The Miracle of Teddy Bear《ザ ミラクル オブ テディベア》 下

Prapt 著　福冨 渉 訳

U-NEXT

THE MIRACLE OF TEDDY BEAR by Prapt

Originally published in the Thai language under the title คุณหมีปาฏิหาริย์.
Japanese print rights under license granted by Satapornbooks Co., Ltd.

装画　八千代ハル
装丁　コガモデザイン

The Miracle of Teddy Bear 下

contents

人物紹介

タオフー
ナットくんのテディベア。自分の出自を知ろうと奮闘中。

ナットくん（ピーラナット）
タオフーの持ち主。脚本家。愛が深く、すぐにやきもちを焼く一面も。

マタナーさん
ナットくんの母。かつて歴史教師だった。何らかの病気のようで……。

ケーンくん
ナットくんの友人。明るく陽気な性格でタオフーにも協力してくれる。

チャンさん（サッチャーリー）
隣家の住人。以前はウマーという名前だった。
親切なようだが「物」たちからは嫌われている。

セーンおじさん
ナットくんの父親の双子の兄でありチャンさんの夫。マタナーさんの元想い人。

●1階の住人

右のスリッパさん
マタナーさんのスリッパ。社会派の男性。今は眠っている。

左のスリッパさん
右のスリッパさんの恋人。行方不明中。

マタナーさんの携帯電話さん
細切れで特徴的な話し方をする。心配性な性格。

掃除機さん
今の家に引っ越してきてからの住人。きれい好きで理知的な言動をする。

●2階の住人

ノートおじさん
ナットくんと一緒に外に出ることもあるため物知り。

チョコレートモルト色の毛布さん
自称めんどくさがりの女の子。前の家での記憶を唯一持っている。

ナットくんの携帯電話さん
もともとタオフーと仲がいい。いろんなことを調べて教えてくれる。

16　ソーン・コーン村の殉教者《じゅんきょうしゃ》たち

ナットくんのように盛《さか》りがちだけど魅力的なひとが相手となれば、その夕方のタオフーによる慰めの行為は、きっと長時間に及んだだろうと考えるひとが多いかもしれない。

だけどそれは間違いだ。そのあとずっと、タオフーはナットくんをただ抱きしめていただけだった。腕の下にいる筋肉でいっぱいのナットくんの身体はピンと張り詰めていたし、おまけにタオルが外れて、もはや隠すものはなにもなかったというのに！

持ち主の気分がよくなるのを待って、タオフーは彼に服を着させて、一緒に一階に降りた。もう空は暗くなっていて、眠っているマタナーさんの太った身体が、同じように眠ってしまったソファーさんの上に座っていた。

マタナーさんのほうに歩いていって身をかがめるナットくんの様子を、タオフーはうかがった。

彼が母の手首をやさしくゆすろうとするのを見て、ほほ笑む。

〝あら、ナット。帰ってきてたの〟

ナットくんはその質問がおかしくて笑っている。マタナーさんは、恥ずかしがるみたいに気まずい顔をしてぼやく。

〝またわたし、なにか派手に忘れてるんでしょう〟
〝大丈夫、母さん。ごはん食べよう。唐辛子ペースト《ナーム・プリック・ヌム》買ってきたから。好きでしょ？〟
それだけで、マタナーさんの顔に笑みがパッと広がる。おかげでその日も、いい日で終わった。気がかりのせいでほとんど一晩中眠れなかったのは自分くらいだろうと、タオフーは思っていた。

「それでどうして／ナットに／直接／聞いてみ／ないの／タオ／フーのぬいぐるみを／どこから／持ってきたのか」

翌朝、そんな状況を知ったマタナーさんの携帯電話さんが聞く。今日の彼女の声はいつもより疲れて聞こえる。単調なだけでなく、言葉の切れ目も不自然だ。すごく眠いひとみたいに、かなり間延びしたしゃべり方になっている。

タオフーはおばさんのほうを振り返る。彼女が家の外で洗濯物を干しているのを確認して、小さな声で答えた。

「出張から帰ってきたばかりで疲れてるだろうし、迷惑かけたくないんだよ」

「もっと／疲れ／ちゃうかもって／心配なの」

タオフーは、気まずそうに笑うことしかできない。

「ナットくんが答えてくれるかもわからないし。前にぬいぐるみの話になったときは、火がついたみたいに怒ったんだよ」

（おまけにぼくを警察にまで連れていって——）

タオフーはそう思いながら、ほこりを吸おうと、ソファーさんの下に掃除機さんを差し込む。掃除機さんのお腹から鳴る大きな音でも、ソファーさんは目覚めそうにない。

「ちょっと待って、タオフーちゃん」

しばらく黙っていた掃除機さんが、突然言葉を発する。

「市場のクッションさまは、クマのぬいぐるみを持ったナットちゃんが、高校の制服を着てたって言ってたんでしょ」

「そうだよ」

「な　にk――」

マタナーさんの携帯電話さんの抑揚のない伸びた声が、そのまま消えてしまう。

タオフーがそちらを向いて聞き返す。

「え?」

だけど、返事はない。それで掃除機さんを一度置かせてもらって、そちらを見に行った。

「電池切れかな」

ひとりごちたタオフーは、充電ケーブルを手に取って電話さんに挿し込んだ。充電を待つあいだに、掃除機さんと話す。

「さっき、掃除機さんなにか言おうとしてたよね」

「ええ」

彼女はしっかりとうなずく。

「タオフーちゃんのぬいぐるみがどこからやってきたのか、知る方法があるかもしれないの！」

チャンさんの家のまわりは、マタナーさんの家のまわりほどには居心地がよくない。陽射しをさえぎる大きな木も植えているし、花を見せるための植木鉢も置いてある。しかしどれだけ丁寧に世話をしても、花が咲かないのだ。

それで持ち主たるひとは、植物に復讐するつもりで、肥料も与えなければ土も耕さずに、枝葉を伸ばしっぱなしにさせていた。

家の中にある家具はそんなに変わらない。座るのと、お客さんに自慢するのに使うソファーセット。ものをしまうのと、お客さんに自慢するのに使う大きな棚。

ほとんどの家具は高級そうだし、趣味もいい。だけどまとめて置かれていると、その美しさから生気が失われてしまう。ターポリンに印刷したまがいものを並べているだけの博物館みたいだ。さながら、大衆歌舞劇《リケー》の舞台背景のように。

すべてが美しいけれど、冷たく静か。週に一度掃除にやってくる家政婦が磨くおかげで、テカテカと光っている。家政婦すら静かに働く。家の主が、音に煩《わずら》わされたくないからだ。

タオフーはあたりを見回しながら、眉を上げたりウィンクしたりしてこちらに合図を送ってくる「物」がいないのか、この空間の寂寞《せきばく》を壊してくれる「物」がいないのか、期待を抱いて探していた。

だけど今までと同じだった――そんな「物」は、この家には存在していない。

今日チャンさんが用意してくれた飲み物は、ナーム・キアオ――メロンジュース風の、緑色のジュース――だ。どうやら前と同じように原液が多めに混ざっていて、やや甘すぎるみたいに見える。

タオフーは、お礼を言いながらそれを受け取り、キャビネットの上に置く。ここに来た理由を言い訳に、飲まないようにするつもりだった。

「友だちがまだ寄付に持っていってなくてよかったわよ」

チャンさんは、家の片隅にまとめてある、古いものを入れた大きな袋のほうにあごをしゃくった。そこには、ナットくんの家からタオフーが持ってきたものも含まれている。

「ところで……忘れたって言ってたのは、すごく大事なものみたいじゃない。わざわざ家まで取りに来るなんて」

その問いには、それがなんなのか、あるいはどう大事なのか探るような響きがある。

(そうなんだよ！)

本当に大事なのだ！

さっきクマさんのぬいぐるみの出どころについて話し合っていたとき、掃除機さんが大切なことを思い出していた。

〝よく聞いて。さっきタオフーちゃんが自分で言ったんでしょ？　ナットちゃんがクマのぬいぐるみを持って帰ってきたとき、高校の制服を着てたって〟

〝そうだよ。だから制服さんはたぶんクマのぬいぐるみがどこから来たのか知ってるんだ。ぼくも考えたんだけどね。だけど今、みんなここにはいないんだよ。大学に入ったころに、ナットくんが寄付に出しちゃったみたいで〟

〝そうね。だけど制服以外にも、一緒にいたはずの「物」があるわよ〟

その瞬間、タオフーも頭の中でイメージをふくらませた。その瞳が少しずつ明るくなっていくのと、掃除機さんが口を開くのは同時だった。

〝そう、ナットちゃんのリュックよ！　このあいだリュックを出してきて、寄付するのにチャンおばさまの家に持っていったでしょ。急いで見に行ってごらんなさいよ。もし間に合えば、連れて帰ってきて、答えを聞けるかもしれない！〟

寄付予定品の山の中にリュックさんがいるのを見つけて、タオフーは目を見開く。喜びのあまり笑みを漏らしてしまったほどだ。

「チャンさん、ありがとうございます。ナットくんので、ただ返してほしいって言ってるだけなんだけど」

「あら、そうなの！」

だが、タオフーが喜んだのも束の間だった。家に帰ってきて早々に、その気持ちが、チャンさんの家の植木鉢の木々みたいにしおれてしまう。

「どうして眠ったままなのよ」

掃除機さんが不思議そうにリュックさんを見つめている。今リュックさんは、普段は掃除機さんをしまっている、階段下収納の近くの床に置かれていた。

「ぼくにもわかんないよ」

タオフーはやきもきとしている。

「ぼくがリュックさんとほかの『物』をチャンさんの家に持っていったときは、みんなまだ起きてて、ぶつぶつ文句を言ってたんだよ。それがどうして、今はこうなっちゃってるんだろう。チャンさんの家の袋に入ってたほかの『物』も、みんな眠っちゃってるみたいだったし」

掃除機さんは大げさに騒ぐようなタイプのひとではない。静かにじっくりと考え込んでいる。

「というか、袋の中だけじゃないんだ。チャンさんの家の中のほかの『物』は、どれも目覚めていないんだよね」

「え？　それじゃあ、あの家がなにかおかしいってこと？」

「わからない。外に行くと、どこでも、生きてる『物』と、生きてない『物』の両方がある。ぼくたちのうちとおんなじで――」

言葉がそこで詰まる。突然、タオフーはなにかに気がついた。

「どうしたの」

タオフーはそれに答えず、つい十分前に充電ケーブルを挿したマタナーさんの携帯電話さんに急いで近づき、手に取ってみた。バッテリーの残量を示すマークは、満タンの緑色を示している。すぐに電源を入れる。

「あら、電源が切れてたの？」

クンチャーイの水浴びからマタナーさんが戻ってくる。彼女の身体もびしょびしょだ。水浴びもとてもタフな作業なのだが、これぱかりはタオフーが代わってあげることもできない。

タオフーが振り返って言う。

「さっき電池が切れてて。充電しといたんだ」

「どうりでだれも電話してこないと思った」

マタナーさんは、まるでいつもはひっきりなしに電話がかかってきているみたいな言い方をする。

携帯電話さんが起動するよりも先に、マタナーさんはシャワーを浴びに行った。タオフーはささやき声で電話さんを呼ぶ。

「マタナーさんの携帯電話さん。電話さん、聞こえる？　電話さん――」

呼びかけを続けるほど、不安げな声になる。恐怖と混乱で、心が震《ふる》えてしまう。

まるで釘《くぎ》を飲み込むみたいにつばを飲み込んだタオフーは、決意を固めると、ソファーさんに駆け寄って、背もたれの裏側から彼女に触れて、呼びかける。

「ソファーさん。ソファーさん、ごめんね。もう怒ってなかったら、またお話をしてくれないかな――」

それから、もとの場所にひとり置かれたままの右のスリッパさんにも。

「右のスリッパさん、許してもらえたかな――」

だけどだれひとり、だれひとりタオフーに返事をしてくれない！

「まずいよ！　みんなになにか起こっているよ！」

苛立《いらだ》つように言葉を発しながら走ってきたタオフーに、落ち着いてから話せと掃除機さんが言わなければいけなかったくらいだ。

「つまり……つまり、右のスリッパさんとソファーさんがぼくに怒って話してくれなくなったのはさ、そもそもぼくたちの勘違いかもしれないってことなんだよ。ふたりともべつに怒ってたんじゃなくて、眠っちゃったんだ！　家の中の『物』が、順番にどんどん眠っていってるんだよ。マタナーさんの携帯電話さんも！」

「なんでそんなことが。ついさっきまで電話さまとしゃべってたっていうのに」

「ほら」

タオフーがマタナーさんの電話さんを掃除機さんに見せる。彼女も電話さんに呼びかける。くすぐったさで目が覚めるかとホースで吸ってみたりもしたが、まったく反応がない。

「なにが起こってるのかしら……」

掃除機さんの声も、不安げなものになっていく。

とはいえクマさんの不安は、彼女のそれとは比べものにならなかった。恐怖で身体が震えてしまうほどだった。

「物」がどうして目覚めるのか、ようやくその理由にたどり着けそうだったし、そこからさらに自分がまた眠りに落ちたり、クマのぬいぐるみに戻らないようにする方法にすら出会えそうだったのに。こんなことが起こるなんて思いもしなかった。

たどり着けると思っていた橋の向こうが、燃えている。その劫火《ごうか》は長い時間をかけて、少しずつこの家を呑《の》み込んでいた。

タオフーはちっとも気づけなかった。気づいたときには、あらゆるものが、もう半分くらいは灰になってしまっていたのだ。

「今、一階はすごく静かなんだよね。掃除機さんとぼく以外には、だれもしゃべってない――」

「ちょっと待って、タオフーちゃん」

掃除機さんが大声を出す。

「そもそもあなたは下の階の所属じゃないでしょ。今、上はどうなってるのかしら！」

「そうだ！　ちょっと見に行ってみるね。掃除機さん、どうか眠らないでね」

彼女に約束させてから立ち上がると、背の高い身体が階段を飛ばして駆け上がり、まず自分の部屋に向かう――。

「なにをそんなに焦《あせ》ってるのよ」

チョコレートモルト色の毛布さんが不思議そうに振り返る。

――それからナットくんの部屋にも。

「だれもなんともなっていないよな」

ノートおじさんがまわりを見回しながら聞く。そして全員から、オーケーの声。

ほんの少しだけ、タオフーに力が戻ってくる。掃除機さんの分析どおりなら、まだ多少は時間が残されているということだ。消滅してナットくんに会えなくなる前に、自分を生んだひとを急いで見つけないと！

階段の真ん中まで駆け下りてきたところで、掃除機さんの叫び声が聞こえて、タオフーのつま先がピタッと止まってしまう。

「タオフーちゃん！」

（なにがあった⁉）

タオフーは目を見開いて、そこから滑空するみたいに階段を下りた。

下に着いて顔を上げると、まずクンチャーイのしっぽが目の前に現れた——リュックさんを置いていた近くだ！

驚いて口を開けたタオフーは、目を剝《む》いて、ワガママなワン公の口からリュックさんを引き剝《は》がそうと体勢を整える。だが、近くで膝をついて座っていたおばさんが、すでに人差し指を上げてクンチャーイを止めてくれていることに気がついた。もう片方の腕にはリュックさんが抱かれている。

タオフーがやってきたのに気がついて、掃除機さんが明るくほほ笑む。

「ほら、早く！」

「なんていい香りなんだ」

マタナーさんの腕に抱かれたリュックさんは、鼻をヒクヒクと動かして、寝言のように言っている。その目はまだしっかり閉じられていた。

とにもかくにも、タオフーは希望とともにあふれ出す喜悦とその声を抑えることができなかった。

「リュックさん！」

その声のせいだろう。向こうの目がだんだんと、面倒くさそうに開かれていく。

「ずいぶんデカい声で呼ぶじゃないか……」

おばさんのほうは違う解釈をして、タオフーに向かって言う。

「そうなの。ナットのリュック、クンチャーイにやられるところだったのよ」

クンチャーイがキュウと鳴く。

マタナーさんは、視線を腕の中のリュックさんに戻す。その顔には、懐かしさに満ちた笑みが浮かんでいる。

「前ね、ナットは黒い手提げの学生カバンしか持ってなかったの。それで、学生カバンはあれがイヤだこれがダメだってずっと言っててね。このリュックを買ってあげたときは満面の笑みだったのよ。そんなに新しいのをほしがってるとは思わなかったのよね。手提げのカバンはガリ勉に見えて自分に合わないって、ナットが友だちに言ってたのをこっそり聞いたの」

最近、おばさんは昔のことを話すたびにすぐ涙を流してしまう。

タオフーも急いで膝をついて、その身体を支えるようにマタナーさんに触れる。

「おばさん、ありがとうね」

「これだっておばさんの息子のものでしょ、星の王子さま。犬に遊ばせたりなんかしないわよ。そうでしょ?」

クンチャーイのほうは息を吐くと、さっさと踵《きびす》を返してしまう。

「懐かしいわね」

マタナーさんはクンチャーイのことは気にせず、話を続ける。

「子どものときは、あの子はもっと明るかったのよ。みんなかわいい子だって言っててね。だけど……」

瞳の明るい光と一緒に、言葉も消えていってしまう。タオフーはマタナーさんを支えていた手で、今度はその腕をなでた。


マタナーさんがそこから離れるのを待ってようやく、リュックさんに大事なことを聞くチャンスが巡ってきた。

「おまえのぬいぐるみがどこから来たかって？」

リュックさんは眉をひそめて天井を見つめながら、過去を思い返してくれている。

「たしか、ターンがくれたんじゃないのかな」

「ターン？」

タオフーは聞き慣れないその名前を繰り返す。

相手はうなずく。

「そう、ターン。たぶん本名はタータ一ンじゃなかったかな。ナットの学校の先輩だよ。しばらくこっそりいい感じだったんだけど、結局別れて。最後の日に、記念のプレゼントをって、ターンがナットを連れて買いに行ったんじゃなかったか？」

（そういうことか、そういうことだったのか！）

タオフーのぬいぐるみは、ナットくんが強く愛したひとから贈られたものだった。おばさんという壁を越えて付き合うほどに愛していたひとの。だからナットくんは、傷ついた日にはいつもタオフーを抱きしめて、涙をぬぐってもらっていたのだ。

（ぬいぐるみのタオフーが柔《やわ》らかいからでも、ふわふわでかわいいからでもなかった。タオフーをくれたひとが、ナットくんが一番愛したひとだったからなんだ！）

その事実はさながら足に合わない靴みたいなものだ。わかっていてもあえて靴を履《は》く人間には、痛みを与える。それでも、なにも履かずに虚空《こくう》の茨《いばら》を進むよりはいい。

タオフーは事実を受け入れることにした。少なくとも、ずっと恐れとともに模索を続けていた自分にとっては、次への大きな一歩だ。

勇気を振り絞って聞いてみる。

「リュックさん、ターターンさんのこと、なにか覚えてる？」

「あいつも顔がよかったんだよな」

「ナットちゃんらしいわね」

掃除機さんがおかしそうに笑う。タオフーも一緒に笑いたかったが、ちっともそんな気分になれない。

「覚え違いじゃなければ、ターンは地方出身だった。それでこっちに進学してきて、ひとり暮らしをしてた。孤独だったけど、自分に自信があって、ナットはすっかり夢中だった。映画を見るのも本を読むのも好きで、しかも難しい話もできる。ふたりがどうやって出会ったのかは覚えてないなあ。ただ、あの時期、ナットの世界はピンク色になってたよ――」

その時期、ナットくんはきっと茶色のノートおじさんを持ち歩いていなかったのだろう。だからこのことを知らないし、ターンという名前を口にすることもなかった。もちろん、タオフーがどこから来たかも知らなかった。

「そのひとを探せるような情報、ないかな」

タオフーがさえぎって言う。おそらく、残された時間は少ない。一分一秒を大切に使わないといけないんだと自分に言い聞かせる。友だちのいろんな「物」たちと同じように、突然眠ってしまうことだってあるかもしれない。それはリュックさんも同じだ。

リュックさんはしばらく考え込んでから、答えた。

「わかんないな。ナットはターンの家に行ったことがないんだよ。お互いの家のことを話してたこともあったかもしれないけど、おれがあんまりちゃんと聞いてなかったんだと思う。だから覚えてないんだ。あのふたりはとにかくたくさん話してた。でも別れてからは、一切連絡をとらなくなった。それが理由で、ナットはすっかり暗い人間になったんだよ」

(そして、おばさんはそのことを知らなかった……)

「ターンのことで答えられるのは、これくらいかな」

「リュックさんさっきさ、ターターンさんがナットくんと一緒にぬいぐるみを買いに行ったかもって言ってたよね。てことは、リュックさんはそのお店がどこにあるかわかるよね?」

ターターンさん本人のことは見つけられなくとも、店がわかれば、お金を工面して似たようなぬいぐるみを買っておいて、ナットくんをとりあえずごまかせるかもしれない。とにかく、自分がすぐにぬいぐるみに戻ってしまうようなことがないのを祈るばかりだ。

「ギフトショップだよ。《アン・ペン・ティー・ラック》っていう――」

(《アン・ペン・ティー・ラック》?)

タオフーはわずかに眉をひそめる。その名前には、不思議と覚えがある。

(どこかで聞いたような、見たような……)

「――ターンとナットがよく一緒に行ってた映画館と同じ建物に入ってたんだ。あのときでもかなり古かったからな。どれくらい経ってるかわかんないけど、もう閉店してるかもしれない」

タオフーの全身の毛が逆立つ。

(思い出した！　聞いたことがあるんじゃない！　見たことがあるんだ、ぼくはそこに行っている！)

鏡張りの四角い柱が並んだ、天井の高い古い建物がまぶたの裏に浮かぶ。それぞれのテナントの店主すら生気を失った、古い百貨店。二階に老人たちのカラオケ店があって、そのすぐそばのスペースがロープでさえぎられていた。中は空《から》っぽで、店名の看板は色褪《あ》せて、欠けていた。かわいらしいぬいぐるみとかプレゼントの絵が、店名の文字を取り囲んでいた。

《アン・ペン・ティー・ラック》

ナットくんに警察に連れていかれそうになったときに、タオフーが走って逃げ込んだ建物の中にあった。

どうりで、追いかけてきたナットくんが建物の前で止まってしまったわけだ。中まで追いかけてこなかったのは、面倒だったのでも、タオフーがどこに行ったかわからなくなったのでもなかった。あの場所は、ナットくんの記憶を湛《たた》える泉だったのだ。本人も向き合うことのできない、痛みの記憶。作品づくりに使うことすらできない記憶。

（ナットくんはどうなっちゃうだろう。一緒に新しい記憶を作ろうとしているぼくが、本当は、自分自身に傷をつけたひとから与えられたものだと知ったら！）

掃除機さんが続けて尋ねる。

「それで、今ターターンさまはどこにいるの？」

リュックさんは、閉じ始めた目をなんとか開こうとしている。

「だから知らないんだって。タオフーをあげたあと、ターンのほうも……連絡を……してこなかった……みたいで……」

言葉が途切れ途切れになる。そして突然、話していたひとがまた眠りに戻ってしまった。

タオフーはあまりに驚いて、我を忘れて叫んでしまう。

「リュックさん！」

「タオフーちゃん！」

掃除機さんが注意する。

「ご……ごめんなさい、ごめんなさい！」

危険がさらに近づいてきている。タオフーは震える手でリュックさんを下に置き、「物」を眠らせてしまう謎の病原菌が自分のほうに広がってくるのを怖がるみたいに後ずさった。だが、それもわずか三歩だけで、後ろを向いて家のドアから駆け出してしまう。

「タオフーちゃん！　タオフーちゃん、どこに行くの！」

掃除機さんの声が後ろから聞こえたが、タオフーはそれに応える気はなかった。

自分の時間が、あとどれだけ残されているのかわからない。「物」たちはひとつずつ、ひとつずつ眠りに落ちている。次は自分かもしれない。これを止める方法を、急いで探す。それが一番いい道だ。

タオフーはナットくんを愛している。ナットくんから離れたくない。

（ようやく、いろんなことがよくなってきたのに！）

気づいたときには、ハアハア息をする背の高いタオフーの身体は、あの古い百貨店の前にいた。昼間だというのに、この場所は夜みたいに活気がない。じっくりと捜索していく。近くのひとたちに、ターターンという人間を、それから《アン・ペン・ティー・ラック》の店長を知っているか、だれか知っているひとはいないか、聞いていった。だけど、だれもが首を横に振る。答えてくれたとしても後者についてだけだった。

〝——あそこはずいぶん前に店じまいしてるよ。姐さんも年で、商品が運べないって。今は生きてるかどうかもわからないねえ〟

結局、ほとんどなにもわからないままだった。

「星の王子さま、どこに行ってたの。ずっと探してたのよ——」

家に帰ってきたタオフーに、マタナーさんが聞いてきた。その顔には怯《おび》えが残りつつも、安堵《あんど》が見える。しかし、肩を落としてほとんど泣きそうなタオフーの様子を見て、心配そうな表情に変わる。

「どうかしたの?」

「おばさん、ナットくんはまだ帰ってないかな」

「まだよ」

タオフーはそれ以上なにも言わずにうなずいた。今なすべき唯一は、待つことだけだ……最後の希望を。

仕事のアイディアをスムーズに思いついたときのナットくんは、いつも機嫌がいい。その新しいアイディアを、タオフーに長々と語って聞かせてくれる。たぶん、ナットくんの性格で一番母親に似ているところだろう。

タオフーは、隣でナットくんが腕枕をしてくれている時間が好きだ。柔らかで香り立つ髪の毛が、自分の裸の腕と肩をなでる。ナットくんの瞳が、空に浮かぶ星みたいに輝く瞬間が好きだ。

ナットくんは、登場人物たちが実際にそこで息をしているみたいに、いろんな物語を語ってくれる。ほがらかな顔色と声色が、彼らの暗い運命を語るときには一緒にしおれていく。ナットくんは紙の上の登場人物たちにすら、いつだってやさしい。

今晩はいつもと位置がちょっと違って、ナットくんはベッドの上で、自分の枕に突っ伏して眠っている。その瞳は、甘くほほ笑むみたいに閉じられている。

タオフーとの記憶から〝木が単なる木にはならず、紙が単なる紙にはならない〟ように編み上げた、新しいプロジェクトのプロットを話してくれたところだ。

口元に残るわずかな笑みはまるで、その記憶がナットくんの手を引いて、あまりに甘い夢の中に連れていってくれているみたいだ。

タオフーは、持ち主のピンと張った裸の背中にもたせかけていた頭を、少しずつ上げた。そして決心して、唇を相手の耳元に近づけて、ささやく。

「ナットくん、ナットくん」

呼びかけられたナットくんに起きる気配がないのを見て、タオフーは彼の身体に回していた腕をゆっくりと引く。ここから離れたくはないが、最後にはそうせざるをえない。それからゆっくりベッドから起き上がって、ナットくんが寝ているほうのサイドテーブルに忍び足で向かう。

「タオフー、なにをする気?」

掛け布団おばさんがこちらを見て尋ねる。だけど、タオフーは答えなかった。

ガラスドアのカーテンが覆っていない部分から外の光が射し込んできて、テーブルからなにかを持ち上げて、ベッドの端のほうに歩いていくタオフーのすらりと高い影を浮かび上がらせる。その影が、期待を込めて、画面の横にあるボタンを押す。

一階の「物」はほとんど眠ってしまった。だけど二階はまだだれも眠っていない。ナットくんの携帯電話さんもたぶん――。

「どうかした／の／クマさん」

タオフーは安堵してため息をついた。携帯電話さんの画面から明るい光の線が放たれて、裸の胸から上を照らす。「物」の多くが、そちらを気にして見ている。

「電話さんに手伝ってほしいことがあるんだ」

「言って／ごらん」

「ナットくんがよく見てたと思うんだけど。ターターンさんのフェイスブックが見たいんだよ」

「ん？　ターターンってだれだ？」

寝室の入口のほうに離れたデスクさんが、チェアさんとノートおじさんにひそひそと聞く声。おじさんも、本当にその人物を知らない。仮に知っていたって、昔のことだけだ。ターターンさんの現在を伝えてくれるのは、ひとりしかいない。

いいよ、と答えた携帯電話さんが、眉をひそめて、ベッドの上にいるひとのほうに目線をやる。

「だけど／ナットは？」

「うん、ナットくんに電話を触る許可はとってない。だけど電話さんのことは信頼できるから。ただ見るだけにするし、ぜんぶ秘密にする」

携帯電話さんは、今度はタオフーをしげしげと見つめた。それからため息をつく。

「そんなに／いいことも／ないと／思うよ／ナットも／最近はずっと／見て／なかったし」

その答えを聞いて、抱き枕さんが別の方向に解釈する。

「ほんとは妬《や》いてるんだろ」

家具たちが笑い出して、おもしろがってささやく声が響く。タオフーは急いでその誤解を解こうとする。

「違うって」

声が少し大きくなってしまい、タオフーはサッとナットくんのほうを確認した。今の声を向こうが聞いていたり、起きてきたりする様子がないと確信できてから、話を続ける。

「さっき、ナットくんの古いリュックさんから聞いたんだ。そのターターンさんが、ぼくのクマのぬいぐるみをナットくんにあげたひとなんだって。だから、もしかしたら、どうしてぼくが急に人間になっちゃったのか知ってるかもしれないんだ。それに、ぼくがほかの『物』みたいに眠らないようにしてくれる、たったひとりのひとかもしれない」

そう聞いた「物」たちは驚いて黙り込んだ。驚きのあまり顔を見合わせているのもいる。

最近、一階の家具たちがひとりずつ眠りに落ちていることは、みんなよく知っている。だけどそれを不思議に思ったり、それに困ったりするひとはほとんどいなかった。眠りに落ちるのはふつうの「物」にとって自然なことだと、みんな思っていたからだ。

それに……だれかと真剣な関係を結んでいる「物」なんて、だれもいない。だからだれも困っていなかった。

タオフーがナットくんに会いたいと望んだみたいに、だれかとの出会いを強く念じている「物」

なんていなかった。

「あなたが／これを見て／つらい気持ちに／ならない／ことを／祈るよ」

電話さんはもう一度ため息をつく。それから諦《あきら》めてパスコードを入力して、タオフーに中を見せてくれる。

彼女はナットくんのフェイスブックを開いて、画面の上のほうにある検索バーにＴａの文字を打ち込んだ。すぐに、名前のリストが現れる。

「一番上の／名前」

「ありがとう」

タオフーは Tatarn Klayanan というその名前を見つめた。せり上がってきたなにかの感情が全身に広がって、タオフーは総毛立って震え出す。

タッチすると、その人物のプロフィール写真がすぐに表示される。「タータ―ン・クラーイアナン」は、肩幅の広い青年だった。ナットくんよりも二歳年上なだけだが、ずいぶんと大人に見える。それでも、写真の中ではいたずらっぽい様子を見せている。特別に整った顔というわけではないが、そんな様子を目にするとつい、つられて口の端が上がってしまう。

自分を生み出したひとだからだろうか、タオフーはこの男性になんとも言えない見覚えがあった。細長い顔だけど、力強いあごがついている。タオフーの目と似た、淡い茶色の瞳も力強い。ただ目の形は、タータ―ンさんのほうが細い。

そして鼻がかなり大きくて不自然だ。おかげでそこに目が引きつけられてしまって、顔自体が印象深くなる。その影響で、簡単には視線をそらせないのかもしれない。

　ピンク色のうすい唇は笑っているみたいに大きく開かれていて、そこから形がかなりバラバラの歯が見えている。脇には鋭い犬歯があって、魅力を増している。

　写真のひとは、草地でかがんでなにかを運ぼうとしているようなかっこうをしている。おでこのところに布が一枚巻きつけてあって、丸首のタンクトップが、汗のせいで身体に貼りついている。

　運ぼうとしているものはどうやらかなり重いらしく、二の腕がふくらんで大きな筋肉を見せている。この作業は習慣的なもののようだ。ターターンさんのオリーブ色の肌は、太陽の下での作業に親しんでいるひとよろしく焼《と》けている。

（ナットくんがずっと心に留めていたのは、この男のひとなのか？　この男のひとが、ぼくを生み出したのか？）

　答えはわからない。

　タオフーは指先をすべらせて、ページの下のほうを見る。あと五枚の写真は、街や森や山など、いろいろな場所の景色を写していた。どれも独特な角度から撮影した、美しい写真だ。そのうちの一枚には、たくさんのひとが多くのプラカードを持って写っている。一番近いところのものは、どうやら〝パー・ウォー〟かなにかと読める。

　さらに下がっていくと、この男性の投稿の大部分が、短い文章だけのものであることがわかった。最後の文章は三月十五日。

（二ヶ月も前だ）

タオフーは少し違和感を覚えた。というのも、それより前までは、平均して少なくとも一日に一回はなにかしらを投稿していたからだ。

〝酒に眠り、
コーヒーに目覚める。
けれどもこのふたつは、芸術家と友好を結ぶ。
苦味はいつも、ほかの味よりも、感情を絞り出す助けになるからだ〟

〝距離は時間にあわせて変化しない。
このふたつの数値は、異なる記数法で求められるからだ〟

〝思い出と記憶が同じものだとしたら、
きみへの想いを記す言葉をぼくは見つけられない。
ぼくからすれば、きみは記憶の中にいる。
そして、感情でいっぱいの思い出でもある〟

〝もしかすると、
タバコの煙みたいな灰色の部屋のほうが、白い部屋より明るいかもしれない。

狭くて小さい部屋のほうが、大きくて広い部屋よりも安心できて、自由かもしれない。
家具のない部屋が、ぼくたちを意地の鎧《よろい》から解き放ってくれる。
上の階にある部屋のほうが、いつでも高くて怖いというわけじゃない〟

〝きみは温水シャワーだ。
灰色にくすんだ空の下に吹きすさぶ寒風が世界を動かす、そんな日に〟

〝既読がついたのに、返事はないんだね〟

〝ふつう、雨滴は下に落ちる。でもときどき、上に昇ることもある〟

〝たとえ今日見つからなくても、
それはべつに、見つかる可能性がないってことじゃない〟

〝腕の中を埋めたいから抱くものもある。
だけど、心を埋めたいときに抱くものもある〟

〝替えの利かないものだってあるんだ〟

〝みんなの唇が、ゼリーみたいに柔らかくて、甘いわけじゃない〟

など、など。

17　純血のタイ民族

タオフーの指先が、何度も何度も画面をスワイプする。

幸運と言うべきなのかなんなのか、ターターンという名の男性は、投稿のプライバシー設定を「公開」にしていて、だれでもそれを読むことができた。おかげで、タオフーのスマホからも彼のページにアクセスすることができた。

一部の投稿は、だれかになにかを尋ねるためにわざと「公開」にされているみたいだった――それぞれが心にしまっている、かつての記憶の中のだれかに……。

とはいえそれが、タオフーの心を煩《わずら》わせることはない。タオフーはナットくんのことを信じている。

それと同じくらいに、タオフーがそばにいるようになってからのナットくんがターターンさんの近況を確認していないという、ケーンくんやナットくんの携帯電話さんの証言も信じている。

タオフーが引っかかっているのは、下のほうの投稿の中身のほうだ。どの言葉にも聞き覚えがある。

それらをつなぎ合わせてみると、はじめのころ、ナットくんがタオフーのいろいろな言葉に驚くようなそぶりを見せていた理由がわかってきた。彼はタオフーの身元を疑い、一度は声を荒らげるほど感情を昂《たかぶ》らせていた。

〝おまえはだれだと聞いてるんだ。フェイスブックの名前はなにを使ってる！〟

〝おまえはどこから来たんだ。だれの差し金だ！〟

ターターンさんのフェイスブックに綴《つづ》られた言葉を、きっとナットくんは覚えていたんだろう。そしてターターンさんが自分に向けてささやきかけていると思っていたに違いない。

そんな言葉がタオフーの口からこぼれ出れば、だれかのいたずらだと思うのはしかたがないことだ。

だがそれも、なによりの証拠だ。これで、タオフーの生みの親探しは成功したと言える。

（ターターンさんこそ、クマのぬいぐるみをナットくんにあげた人物だ！）

残る疑問は、どうして……どうしてそれらの言葉がタオフーの中に残っていたのかということだ。どうして自分は急に、そんな言葉を発してしまったのか。一度や二度なら偶然とも思える。だけど、何度も何度も起こった。

（まるで――）

タオフーはつばを飲み込む。皮膚の下で、チクチクした痛みが広がっていく気がした。知識と理解をつかさどる物質が身体の中で暴れていて、飛び火みたいに全身に広がろうとしているみたいだ。自分ではわかっている気がする。ただそれをどう言葉にすればいいのか、わからない。自分の本当の気持ちを説明することもできなくなってしまう。

困惑《こんわく》を抱えたまま、タオフーは家の中を見回した。

今は昼間だ。静寂《せいじゃく》の中、一階の椅子に座っている。口を開いている「物」はいない。みんなが眠りに落ちている。おばさんすら、薬の影響で、ソファーさんの上で眠っている。

スマホの画面に視線を戻す。生みの親がだれかはわかったが、すべてがそこで行き詰まっている。ターターンさんは、なんの仕事をしていて、どこに住んでいるのかというような個人情報を公開していない。投稿や写真にも、追跡できそうな情報は記されていなかった。このあとどうするべきか、タオフーは悩んでいた。いきなりメッセージを送りつけても相手は困惑するだろうし、むしろ不審がられてしまうかもしれない。

画面を上下にスワイプしていると、投稿にコメントを残しているひとの名前が目に止まった。

〝酒に眠り、
コーヒーに目覚める。
けれどもこのふたつは、芸術家と友好を結ぶ。
苦味はいつも、ほかの味よりも、感情を絞り出す助けになるからだ〟
Pribpree Meekaeng：〝わたしなら混ぜちゃいます〟

〝距離は時間にあわせて変化しない。

このふたつの数値は、異なる記数法で求められるからだ〟

Pribpree Meekaeng：〝どんな「記数法」ですかー〟

〝既読がついたのに、返事はないんだね〟

Pribpree Meekaeng：〝わたしが返事しても、こっちには返事もくれないのに〟
Tatarn Klayanan：〝忙しいんだよ〟
Pribpree Meekaeng：〝休んで〟
Tatarn Klayanan：〝おまえもな。おれのことにいちいち口出しするの、休んだらどうだ？〟

など、など。

タータンさんがあまり返信しないせいだろう。どうやら一番仲がいいらしい〝プリップリー〟という名前のアカウント以外は、投稿に、ほとんどだれもコメントをしていなかった。指先をすべらせて、もう一度ページの上のほうまで見に行く。
（やっぱり）
タータンさんの友達リストは、百人もいない。

リストを見てみる。ナットくんの名前の文字を探すが、思ったとおり、彼の名前はここにはない。タオフーがもとのページに戻ろうとしたところで、別の名前に目が留《と》まる。

Sajjaree Klayanan

チャンさんの名字がなんというのか、タオフーは知らなかった。

それをべつになんとも思っていなかったが、この名前を見て思い出したことがあった。チャンさんが古い物を見に来たときに、おばさんと話していたのだ。

〝――親戚のターターンっているでしょ。あの子なんか、お母さんがいっきにものを捨てたってずいぶん文句言ってたのよ。ほら、日本にデザインの留学してたときに〟

あのとき、タオフーは聞いていた。

〝甥っ子さんですか?〟

そして彼女が答えた。

〝いとこの子どもよ〟

今日、チャンさんはナーム・デーンを出してくれた。タオフーはそれを受け取りつつ、ほとんど飲むつもりはなかった。

今必要なのは、自分を生んだ男性についての情報だけだ。

「タータンの母親はバンコクの生まれなの。息子がラーチャブリーで小学校を出たあとに、こっちの親戚のところに住ませたのよ。バンコクの学校のほうがいいって考えてて」

そう語るチャンさんの声には、皮肉めいた響きがある。だがそれを、笑いで打ち消そうとしている。

「だけどタータンは親戚と一緒に暮らすのが嫌だったみたいなの。バンコクに来たら、自分で住む場所を探して、そっちに移ったのよ。ここからそんなに遠くないんじゃないかしら。近くの男子校に通ってたみたいだし。ナットと同じところだったと思うけど」

タオフーの目の中に、考え込むような光を感じ取ったのだろう。彼女が聞く。

「タオフーはなにが気になってるの？」

「その……」

どう伝えたものか迷って、語尾をにごす。ここに来るまでのあいだ、どう答えれば相手に変に思われないものか、ずっと考えていたのだけど。

「ナットくんにクマのぬいぐるみをあげたひとは、タータンさんだと思うんです」

「あら、そうなの」

問い返しているようにはまるで聞こえない、平坦な声。むしろ、タオフーを見つめる視線の鋭さを覆い隠すために、会話に驚きを添えるような声だった。その視線は、裏にある真実をどうにかかえぐり出そうとしているみたいだ。

「ふたりが知り合いだなんて、ちっとも知らなかった」

「ターターンさんは遠い親戚なんですよね。そのころはチャンさんも、まだここに越してきてなかっただろうし」

「知らないのもおかしくはないわね」

彼女は平坦な声で受け答えする。そしてまるで、これ以上はなにも知らないと、その言葉で話を終えるような口ぶりだった。チャンさんのようなおしゃべり好きのひとにしては、不自然にも感じられる。

「チャンさんは、ターターンさんについてなにも聞いてないんですか」

「言ったとおりよ。遠い親戚だもの」

「だけどあのとき、チャンさんはまるで、ターターンさんの家のひとたちのこともよく知ってるみたいな言い方でしたよ。日本にデザインの留学に行ってるあいだに、お母さんがものを整理しちゃってなくなったってぼやいてたって話です」

「あらあら、記憶力がいいのね」

タオフーは答えを待った。だが相手のほうはただほほ笑んだまま、たおやかにグラスの飲み物に口をつけるばかりだ。待っているほうはどんどん焦《あせ》ってきて、続けざまに聞いてしまう。

「今、近くには住んでないんですよね？　遊びに行ったりしてないんですか？」

「知らないわよ。本人とはほとんど話してなかったんだもの。ここに引っ越してきてからは、あっちの家ともほとんど連絡をとってないし。タオフー、まだなにかある？　ちょっと出かけなきゃいけないのよ」

言うやいなや、もはや自分には関係ないといった様子で立ち上がる。タオフーもなりゆきに合わせて、大丈夫ですと答えざるをえない。

なにも進まなかったと頭をかきながら家に帰るその途中。タオフーが振り返ると、こちらに不安そうな視線を送るチャンさんが見えた。

（今度、急いでいないときに聞いたら、教えてくれるかな）


タオフーは、自分のスマートフォンの画面にまた指をすべらせて、隣家の女性の写真を見つめている。

チャンさんのフェイスブックには、自分自身のしていることの写真しか上がっていない。（豪勢な）食事、（豪勢な）旅行、（豪勢な）買い物。

ターターンさんのほうの家とあまり連絡をとっていないというのも、嘘ではないみたいだ。タオフーの生みの親も、チャンさんの投稿にコメントしたり、いいねを押したりしていない。ほかの「クラーイアナン」姓のひとたちも同じだ。

結局、われらがクマさんは捜索の出発点たるフェイスブックページに戻ってきた。とはいえ、本物のターターンさんに出会うための手がかりになりそうなものは、今のところなにもないのだけど。

（やっぱり、ターターンさんにメッセージを送るしかないのかな？）

考えを巡らせているうちに、指がプリップリーさんの名前に触れてしまって、画面が彼女のページに変わる。

プロフィール写真が大きく表示されて、どんなひとなのか、はっきり見えるようになった。

プリップリーさんはナットくんと年の近い女性だ。多少年下だろうが、離れているとしても二歳程度だろう。体型は細身。ものすごく美人というわけではないが、自分に合った服装と化粧を選んでいるのがわかる。その笑みは澄んでいて、純粋で、明るくて、近づきたくなるような魅力を持った女性だ。

タオフーはすぐにもとのページに戻ろうと思っていたが、まるで呪文にかけられたみたいに、彼女のページの下のほうをつぶさに見ていった。

皮膚の下のチクチクした痛みが戻ってくる。

プリップリーさんが、どこかで聞いたことのある企業でグラフィックデザイナーをしていると知って、タオフーは目を丸くした。もう少し下がると、その驚きが単なる思い込みじゃないと証明してくれるみたいに、自分と彼女に共通の友達がひとりいることがわかる。

ナットくんだ。

（プリップリーさんはナットくんと同じところで働いてる！）

感じたことはあるだろうか。皮膚の下からやってくる予感というのは、どうやら本当にあるらしい。まだなにも起こっていないのに、全身に鳥肌が立ち、身体が震《ふる》えて、なんだかわからないオーラみたいなものを感じる。ただ、もうすぐなにかが起こることだけはわかる、みたいな予感。これこそ、タオフーが今感じているものだ。そんなわけでクマさんは、あわてて指をすべらせて、プリップリーさんの投稿を確認していった。

プリップリーさんの投稿は、ほがらかで楽しげな内容のものが多い。自分でアップしている写真を見ると、旅行好きなひとだというのがわかる。さらにほかのページから、旅行やデザイン関連の写真や動画をシェアしてきている。それと、かわいらしい線で描かれた、三コママンガの画像。Once Upon Our Timeというページのものだ。

指が、ある投稿のところで止まる。これもまた、そのマンガを彼女がシェアしたものだ。一番上のコマでは、頭の大きい男性キャラクターが抱き枕を抱いている。キャプションはこうだ。

〝腕の中を埋めたいから抱くものもある〟

次のコマは、キャラクターの手元のアップ。端のほうで、腕に抱かれていた抱き枕が、人間に変わっていることがわかる。

〝だけど、心を埋めたいときに抱くものもある〟

そして最後のコマはズームアウト。腕に抱かれているひとの身体が、とても大きいことがわかる。

〝腕の中も、心も埋めてくれるひとがいる。きみが、どんどん大きくなっていく〟

シェアした当人が、コメントを添えている。

Pribpree Meekaeng：〝若きカマニータの如き筆の速さなり。エピソードを提供してくれた方に、いつものように感謝です～〟

（これはつまり……）

考えるより先に、タオフーはそのマンガのページを開いていた。そしてすぐ、さっきの予感がどこに導いてくれているのかに気づき、目を大きく見開いた。

さっきの画像だけじゃない。このページのぜんぶが、ターターンさんとナットくんのあいだのできごとをデフォルメしている。

もちろん、描き手はいいねを稼ぐためのギャグやら甘い言葉やらを混ぜて、アレンジしている。ただ、ふたりのあいだにある背景や深いところをそれなりに知ってしまっていて、ターターンさんのページのいろんな投稿を読んですらいるタオフーにとっては、ほかの方向に解釈するほうが難しかった。

〝きみは温水シャワーだ。灰色にくすんだ空の下に吹きすさぶ寒風が世界を動かす、そんな日に〟

〝たとえ今日見つからなくても、それはべつに、見つかる可能性がないってことじゃない〟

〝みんなの唇が、ゼリーみたいに柔らかくて、甘いわけじゃない〟

マンガのおかげで、このふたりの歴史を描いたジグソーパズルの全貌が、少しずつ見えてきた……。


むかしむかし、あるところに……。

ナットくんがターターンさんと知り合ったのは、高校一年生で男子校に編入したときだ。ターターンさんは三年生で、タオフーとそっくりの顔の男の子――ソーンさんのお兄さん、ヌンさん――と同じ友人グループにいた。ターターンさんもヌンさんも、学校のバスケットボールチームの選手だった。

もともとナットくんはスポーツが好きじゃないし、おまけに大人数の行事に参加するのも嫌いだった。

それが、ヌンさんのかっこよさに恋に落ちてしまって、自ら禁を破り、マネージャーとしてチームに入ったのだ。

ナットくんは落ち着いて見えて、静かだった。当時はブカブカの制服上下を着て、レンズが分厚いガリ勉風の眼鏡をかけていた。先輩に片思いこそしていたが、外に示すとしてもせいぜいほほ笑むくらいで、あとは心の中で叫んでいた。仲のいい友だちですら、彼がなにを思っているかは知らなかった――ターターンさん以外は。

ターターンさんはヌンさんとは違った。彼も顔はよかったが、性格はもっと取っつきやすい。すぐに笑うし、話しやすいひとだ。

ヌンさんを好きになったのに近づけない後輩たちは、架け橋として、いつもターターンさんを頼った。わずかな希望を込めて、花や、お菓子や、いろんなシールを預けていたのだ。ターターンさんは、子どもたちの初々《ういうい》しいお遊びのような後輩たちの行為を気に入っていた。だからこそ、分厚い眼鏡をかけてなにも口にしなかった後輩が、なにを思っているのかわからなかったのだろう。

〝まわりでウロウロしててどうするんだよ。プレゼントなり伝言なりなきゃ、ヌンには気づいてもらえないぞ〟

ある日ナットくんがバケツに冷水を注いでいると、近くに来たターターン先輩が、なんとはなしにそんなことを言った。それを聞いたナットくんの顔が、サッと赤くなってしまう。けれど、平静さの仮面を被り、黙り込んでごまかそうとした。すぐに水を注ぎ終えて、バケツを持って、なにも言わずにそこから出ていこうとする。

だけど、相手の次の言葉のせいで、立ち去ろうとしていた歩みが止まる。

〝ナット、おれはターンっていうんだ〟

そんなふうに名前をしっかり呼ばれてしまったら、振り返らないのも失礼になる。それでナットくんはしかたなく、焦った顔のまま、相手と目を合わせた。

待っていたほうの表情は平然としていたが、その目はなぜかうれしそうに笑っていた。彼は眉毛をクイッと上げる。

〝ヌンじゃなくて、おれに渡すプレゼントでもあればと思ってさ〟

そのときのナットくんは、「ないです」という言葉の代わりに首を横に振ると、すぐに逃げ出してしまった。

心には恐怖の旗が立っていて、この先輩には近づいてはいけないとしっかり刻まれてしまった。ナットくんの恋心は、秘密のものだった。ずっと隠してきた自分のセクシュアリティと同じように。

それに気がつくひとがいるということは、その秘密がまさに明かされようとしているということでもある。わずか十五歳の少年にとって、こんな形で秘密が明らかにされてしまうのは、死んでも避けたかった。

そのあと、ナットくんはターターンさんと顔を合わせずに済むように、マネージャーの仕事を休ませてもらった。ヌンさんへの気持ちは、この新たな事件の印象が強いせいで、ほとんど消え失せてしまった。にもかかわらずターターンさんのほうは、しょっちゅうナットくんの前に現れた。偶然が多すぎて、ナットくんが通ったところの机だか椅子だか植木鉢だかの霊が、居場所をばらしているんじゃないかと疑うくらいだった。

いつどこで出会っても、ターターンさんは、なにかを聞こうとするみたいにこちらを静かに見つめていた。友だちと一緒のときなら、あわててそちらと話すふりをして、別のほうに行った。

こんなことが一週間ほど繰り返されたある日、トイレの個室から出て鏡の前の洗面台で手を洗おうとしたとき、あの危険な先輩の大きな身体が現れて、隣の洗面台で手を洗い始めた。

ナットくんが手を洗っていたのは一番奥。トイレの入り口まで、あと四つも洗面台があって、しかも男子トイレにはほかにだれもいなかったから、そのぜんぶが空《あ》いていた。なのにターターンさんは、すぐ隣で手を洗い始めた。

隣に来たのがだれなのか気づいて、ナットくんの心臓は激しく脈打ち、身体は冷たくなり、食道にはおりのようなものが固まって引っかかったみたいになって、呼吸するのさえ難しくなった。

ナットくんは急いで手を洗い終えると、身を翻《ひるがえ》してそこから離れようとした。しかし自分の洗面台から離れることもできずに、後ろに下がった隣のひとにいきなり道をさえぎられた。

〝と……通してもらえますか、先輩〟

〝通ればいいじゃないか〟

相手はこちらを見ずに答える。濡れた手はズボンに擦りつけている。

ナットくんは身体をひねってすり抜けようとする。しかし相手がまた動いてじゃまをする。

〝先輩……〟

〝おまえ、まさかほんとにおれを怖がってるのかよ〟

ついにターターンさんがこちらを向く。背は自分より高いし、しかもすぐ近くにいるせいで、向こうからある程度見下ろされるかっこうになる。

ナットくんはなにも答えなかった。恐怖と、抑えていた感情が目の中で雫《しずく》になって、硬くなった身体が震え出す。

〝おい！〟

相手はすっかり驚いた顔をして、さっきからわざとじゃましていた体勢をやめる。

〝なんで泣くんだ〟

〝と……通してください〟

ナットくんの顔色もあまりよくないし、後ろからほかのひとが入ってきたしで、先輩のほうは道を開けざるをえない。ナットくんはあっという間にトイレから飛び出していった。

それから何日も、ターターンさんはナットくんには近づかなかった。偶然に同じ方向に来ても、先輩のほうが知らん顔をして、ほかのほうに行ってしまう。ナットくんは安心した。

そんなときに友だちが、マネージャーに戻ってくれないかと頼みに来て、もう大丈夫だろうと思ったナットくんは、チームに復帰することにした。

ナットくんが復帰した日、コート脇にナットくんがいることに気づいたターターンさんのプレイはひどいものだった。集中できず、落ち着かない様子で、ナットくんはコーチがほかのメンバーにぼやいているのを聞いた。

それから数分としないうちに、ターターンさんはほかのプレイヤーと接触して転び、足首と手のひらを怪我してしまった。そのまま外に運び出されて、休憩させられることになった。

ナットくんは驚いた——向こうの身に起こったことに驚いたわけじゃない。自分が相手の面倒を見てあげないといけなくなったことに気がついたからだ。

ナットくんは、恐る恐るターターンさんに近づいて、彼の乗った担架をコートの外に運んでいった。ナットくんはターターンさんから離れようと、つま先側のできるだけ遠いところにいた。危険な先輩はこちらを見もしない。けれど、看護係が手当てをしっかり済ませたところで、突然ターターンさんが言う。

〝トイレに連れてってくれ〟

同じ係の先輩が近づこうとしたが、ターターンさんが言う。

〝あの一年でいいよ。おまえはここを見てろって〟

〝だけどあいつ、おまえよりだいぶ小さいぞ。どうやって支えるんだ〟

〝ばか、おれは足が痛いだけだよ。足が曲がっちまったわけじゃない〟

〝じゃあ、ナット、手伝ってやってくれな〟

その役割が、あっという間に、どうしようもなく自分の手元にやってきた。ナットくんはしかたなくうなずいて、先輩の大きな身体を支える。ターターンさんは全身が汗でぐっしょりだ。バスケ用のタンクトップはすべりやすい素材でできていて、そのせいかわからないが、向こうはナットくんの肩をその大きな手でしっかりつかんでいた。

ふたりはひとのいないトイレの前にフラフラとたどり着くまで、口をきかなかった。

〝個室のところまで連れてってくれたらいい。あとは壁を押さえて立つから〟

ターターンさんは小さな声で言ったが、ナットくんはうなずきも答えもしない。けれども言うとおりにした。

学校のトイレは、床に便器が埋め込まれているタイプのものだ。個室の奥行きは深いが、ターターンさんが腕を伸ばせば、両側の壁を押さえられるくらいには幅が狭い。それでナットくんはそこから離れた。だけどターターンさんはつい痛いほうの足に体重をかけてしまい、息を大きく吸い込んでいる。しかも、紐つきのショートパンツを脱ごうと片方の腕を使うせいで、かなりフラフラして見えた。

できれば離れたままでいたかったが、連れてきた本人としては、最後にはため息をつきながら言わざるをえない。

〝ションベンだけなら、支えますよ〟

ナットくんも個室に入り、慣れた手つきでドアを閉め、鍵をかける。それからぎこちない様子で、ターターンさんの脇の下に頭を差し入れて、身体を支えてあげる。

あまり清潔そうではない臭いが籠《こ》もる狭い個室の中、ターターンさんはうれしそうに笑ってナットくんを見る。

〝べつに、おれのが見たいわけじゃないよな？〟

ナットくんはなにも答えない。ただ身体だけは、抵抗感を示して硬くなっていく。

〝悪い〟

自分の過《あやま》ちだと自覚しているみたいに、相手の声が厳しいものになる。

〝冗談だ。また怖いって泣かせちゃうな〟

〝ショートパンツも脱がせたほうがいいですか？〟

ぴったりと横に立つひとがなにもせずにいるのに気づき、ナットくんが聞いた。

〝嫌じゃないか？〟

答えの代わりにため息が出る。そしてナットくんは手を伸ばして、ショートパンツと中のパンツの端を引っぱって下ろしてあげた。平然とした顔つきでいようと思ったが、こんな状況では奇妙な気持ちになる。しかも目を背《そむ》けていたせいで、手の甲で中にあった肉の棒をこすってしまい、ますますドギマギとしてしまう。

ナットくんにとっては、自分が信用していない相手と身体を密着させなければいけない、ちっとも安心できなくて、あまりに落ち着かないシチュエーションだった。視線をそらしておこうと向いた壁にも、不満と性欲の溜まった生徒たちが落書きした卑猥《ひわい》な言葉や絵が見えている。ターターンさんもずいぶんとぴったりな個室を選んだものだ。

〝ああいうのが好きなのか？〟

ナットくんがじっと壁を見つめているのに気づいたターターンさんが聞いてきた。

顔を赤くしたナットくんは、身を守ろうと、本能的に相手のほうを向いてしまう。

〝違います〟

ターターンさんはおもしろそうに笑った。細長い目の奥の瞳に、からかうような光がきらめく。

〝絵を描くのが好きかってことだよ。おれは絵、うまいんだぞ〟

ナットくんは視線を壁に戻してぶつぶつ言う。

〝この落書きも自分が描いたとか言う気かよ〟

個室の中に安心して目をやれるところがなくて、イライラしてきた。

〝ベビーパウダー塗ってるのか？〟

静かになると、相手がさらに聞いてくる。

〝塗ってません〟

〝いい匂いがするよ。おれの汗がついちゃったらごめんな〟

実際、結構嫌な気分ではあった。隣のひとのせいで、こちらもベトベトしなければいけないのだから。しかし、そもそもこんな場所で密着していないといけないことに比べれば、ちょっとしたベトつきのことは忘れてしまうくらいだった。

〝先輩、まだションベンしないんですか〟

急かすような響きの、ナットくんの問い。

〝ちょっと待ってくれよ。ずっと我慢してたんだけどな。隣にひとがいて緊張しちゃってんのかもな〟

ナットくんはもう一度にらんでやろうかと思った。だが、静かになったと思うやいなや、向こうの心臓の音が聞こえてきた。

さっきの言葉が本当だったという証明だ。速い鼓動の音を聞いたナットくんも不思議と恥ずかしくなって、自然と身体を硬くする。ヌンさんと目が合ったときよりも、弾けるような、花開くような恥ずかしさだ。

実際よりも長く感じる時間のあと、便器に水が当たる音が響き始める。ナットくんのほうに跳ね返りがないように、ターターンさんは身体をねじる。しかしそれも難しい。だけどナットくんはなにも言わない上に、片手でショートパンツとパンツを持ってあげたままだった。その持ち主が言う。

〝ほんとにありがとうな〟

水の音がしなくなるのを待って、支えていたほうも答える。

〝まだしますか？　それとも手、洗います？〟

口数が多かったひとが、今度は答えを返さなくなる。壁のほうを見ていたナットくんだったが、気になってつい先輩のほうを見上げてしまう。

相手はすでにこちらを見下ろしていた。

先輩がこちらを見ている……だれにも明かしたことのないナットくんの心のうちを見透かすように。

〝おれの顔、そんなに怖いかな〟

その質問で奇妙な気持ちになったナットくんは、ターターンさんの腕を離してしまいたくなった。けれどすぐ、相手が転んでしまうかもしれないと思い直した。それで、ショートパンツのすその下にあった手を力強く引いて、隣のひとを個室のドアのほうに引き戻そうとした。

けれども、ターターンさんは動こうとしない。

〝まだするんだよ〟

その言葉でナットくんは思うように動けなくなってしまう。ターターンさんを支えながら、ショートパンツを下ろしたままにしてあげるしかなかった。

〝どうなんだよ。おれの顔、そんなに怖いか？〟

ナットくんは答えない。

〝答えないんだったら、このまま立っててもらうぞ〟

ナットくんは答えの代わりに、眉をひそめて相手の目を見た。

〝そんなに言いにくいことかよ。おれは嚙みつきゃしないぞ〟

その言葉がやさしいほほ笑みと合わさって、ナットくんの肩にかかっていた腕が、落ち着かせるみたいにナットくんをなでる。ずっと硬い態度をとっていたナットくんも、それで少しリラックスできた。ただその眉根は、まだ疑り深く寄せられていたけれど。

〝べつに怖くは……〟

〝ならよかった。じゃあ明日、甘いもんでも食べに行こう〟

〝は？〟

〝嘘をついたお詫《わ》びにおごるってことで〟

〝嘘？〟

嘘をついたひとは眉をクイッと上げると、まったく痛みなんかない様子で動くと、ドアを開けて、洗面台のほうに出ていってしまった。

次の日、ナットくんは最後の授業が終わってからずっと、ナコーン・チャイシー通りの喫茶店《ラーン・ノム・ソット》で先輩を待っていた。

ターターンさんはゼイゼイと息を切らして、不安そうな様子で店に入ってきたが、ナットくんの姿を認めると、さわやかな笑みを浮かべて近づいてきた。ナットくんの向かいの椅子に腰を下ろしながら言う。

〝来ないかと思ってたよ。教室の前でずっと待ってたんだ。そしたらお前の友だちが、チャイムが鳴ってすぐ帰ったって言うからさ〟

〝なんにしたって、ぼくを引っぱってくるつもりだったんじゃないんですか？　そしたらすぐ教室を出とかないと、ほかのひとに見つかっちゃうから〟

〝周到だな〟

ターターンさんは、人差し指を上げる。

〝というか……ひとりで来て、怖くなかったんだな〟

〝ほかのひとに知られたくないんです〟

ナットくんははっきりと、真面目な口調で答えた。

〝わかるよ〟

〝なら、どうしてぼくにちょっかい出すんですか〟

ターターンさんは答えずに、まるで秘密があるみたいに眉をひそめて肩をすくめた。それから店員のほうを向く。

〝オレンジジュース。いつもので〟

そう注文したターターンさんは、ここによく来ているらしい。店員もほほ笑んで答える。

〝原液を水で割ったやつね？〟

〝お願い、作ってよ。あれしか飲みたくないいんだ。一度好きになるとさ、やめるのがむずかしいんだよ〟

そう懇願するひとが、向かいに座るナットくんに視線を送る。

店員が笑う。

〝あれ、メニューにないんだからね。ターンがこんなにかわいくなかったら、作ってあげてないよ〟

〝ありがとうでーす〟

かわいいと言われたほうは手を合わせて、にっこりと笑った。それから向かいに座るナットくんのほうを向いて、机の上に身を乗り出してささやいてくる。

〝ほんとは、おれよりかわいいやつもいるんだぜ。知ってるか？〟

〝ええ、ヌン先輩でしょ〟

ナットくんがわざと飾らない答えを返してきて、ターターンさんはおもしろそうに笑った。それで自分も、飾らずに言うことにする。

〝おれが言ってんのはナットのことだよ。それでもまだ、どうしてちょっかい出すんだ、なんて言うのか？〟

なんとなく答えはわかっていたはずなのだが、正直に言われてしまって、ナットくんはつい身体をカッと熱くしてしまう。表情は落ち着いたままにしようとがんばっていたが、ナットくんの瞳の美しいきらめきを見たターターンさんは、満足げに言った。

〝まだだれとも付き合ったことないんだろ？〟

その言葉で、羞恥心が湧き上がる。恥ずかしさを隠すために、ナットくんは驚いた顔をした。

ターターンさんのほうは、相手の本当の気持ちがわかっていたのだろう。そのまま話を続ける。

〝おれはこれまでふたりと付き合った。だけど今はだれとも付き合っていない。大学に入るまではあと一年しかない。もし今年いろいろ話して、ナットが納得しないなら、おれの卒業に合わせて全部終わりにしよう。オーケー？〟

〝オーケーじゃないです〟

〝おいおい〟

相手は肩を落としてしまう。

〝この妥協案、ずっと考えてたのに。そんなに簡単に策にははまらないってか〟

〝ぼくが先輩のこと好きじゃないって、わかってますよね〟

〝だけどヌンのやつは女が好きなんだぞ。ナットのことを、後輩として以外には見てくれない〟

〝わかってます〟

その言葉には、どんな痛みも含まれていない。

〝でもいいんですよ。だれにも知られたくないから……こういう話は〟

〝あいつが世界のすべてじゃないんだぞ、ナット〟

ターターンさんの声が緊迫したものになる。

〝今ナットがおれの思いに応えられないんだとしても、それでももう一回考えてほしいな〟

〝なんのために、ですか〟

ターターンさんが答える前に、注文していた飲み物とお菓子を店員が運んできた。店員がいなくなるのを待ってから、ターターンさんが聞き返す。

〝ナット、ここに来たことあるか？〟

〝ないです。父も母も好きじゃなくて。甘いものしかないからって〟

会話相手は、カヤジャムのトーストを一切れ、ナットくんの皿に置く。

〝じゃあ、食べてみなよ。それで本当に、甘くて、おいしくないのかどうか、自分で判断してみな。だれかに言われただけで、好きじゃないって決めつけるんじゃなくてさ〟

ナットくんは自分の皿のトーストを見つめる。それから顔を上げて、向かいのターターンさんともう一度目を合わせる。

〝これを食べたら、先輩の〈誘い〉に乗ったことになりますかね〟

ターターンさんは口を開けたまま、なにも言わなかった。驚きもあった反面、すっかり自分の思惑がバレていて、笑えてきてしまっていた。

ターターンさんがなにかを言う前に、ナットくんは小さなフォークで皿のトーストを刺して持ち上げた。それを、これから決意をするかのようにじっくりと眺める……自分の深いところにある問題をどうするのか、という決意。心の奥底に埋め込まれていて、もはや見えなくなっていながらも自身を縛りつける制約をどうするのか、という決意。

そしてついに、トーストを口に運ぶ。

〝甘い〟

最初の言葉は平坦な響きだった。

〝だけどぼくは好きですね〟

その日以降、ふたりは〝いろいろ話す〟ことで合意した。

日常にほほ笑みと興奮を与えてくれる、甘い秘密のできごと。

ナットくんは、ターターンさんがスポーツだけでなく、芸術もありえないほど得意なことを知った。そして彼は、ナットくんにちゃんと文章を書いてみるよう勧めてもくれた。これまでずっと、家族にも応援してもらえたことはなかったのに。

すべてがうまくいっていた。先輩が高校を卒業したあとの関係についての答えが、徐々にはっきりとしていった。言葉にせずともふたりのあいだではわかっているくらいに、はっきりと。

そんな静かな波の下でどんどん大きくなっていた嵐が襲いかかって、ふたりが再会することもできなくなるなんて、だれも思っていなかった……。

タオフーはOnce Upon Our Timeのフェイスブックページの投稿を見ている。だけど後ろで音がして、画面をスワイプする指が止まる。
「心配しないでいいのよ、王子さま。ぜんぶ過去のことだから」

タオフーは飛び上がって後ろを振り向いた。いつのまにか、マタナーさんが後ろに立っている。今、一階の「物」たちはみんな眠っていてなにも話さない。見張りをしてくれるひとも、スパイになってくれるひともいない。

画面に映された物語に夢中になっていたタオフーは、どれくらいの時間が経ったのかもわかっていなかった。マタナーさんは途中で目が覚めたのだろう。

家の裏でこっそりスマートフォンを見ていれば、マタナーさんとナットくんに見つかって追及される前に気がつけるはずだと思い込んでいたのだ。

（完全に思い違いだった！）

マタナーさんの隣では、クンチャーイが、これは自分の手柄なんだ！　と主張するみたいな、嘲《ちょう》笑《しょう》するみたいな顔を突き出している。

とはいえ、タオフーにはやつにイラついたり怒ったりしている時間はない。マタナーさんに見られていたという驚きの中に、さらにもう一段階上の驚きが現れたからだ。

マタナーさんのべっ甲柄の眼鏡の奥の瞳には、意味ありげな光が宿っている。失望と、悲しみと、謝罪と、タオフーにはまだ理解できない明るさが混じっている。

最近はほとんど口紅も塗らなくなった乾いた唇が、開かれる。

「大丈夫よ。今のナットには、タオフーひとりしかいないから」

18　10月6日の学生たちを殺《あや》めた人々

タオフーはヒヤリとして、身体を硬くした。聞き違いだと思いたかったが、今の言葉の明確さは、聞き違いからはほど遠い。そしてマタナーさんがこちらを見るその目つきが、すべてをはっきりと語っている。

彼女は知っている。

タオフーとナットくんのことをすべて知っている！

なにか冷たいものが、タオフーの胸に広がった。それが驚きと恐れを運んできて、身動きすらとれない。

ナットくんはずっと、自分とタオフーの関係をマタナーさんから隠すように言ってきた。病気のこともあったから、彼女自身も、タオフーがだれで、どういう立場でこの家にやってきたのか気にしておらず、疑ってもいないように見えていた。

けれどもタオフーは、また薬をもらうようになったマタナーさんが、現在の現実の世界に戻ってくる時間が増えたように感じていた。沈み込んだり心配そうにしたりすることはあったが、空中にセーンおじさんを探すこともなくなっていた。

タオフーはそれでつい安心してしまったのだ。もうすぐマタナーさんはよくなるだろう、それがナットくんの負担を減らすことにもつながるだろうと思っていた。

おばさんが現実を見ることでナットくんと自分の関係が危機に陥《おちい》るなんて、考えたこともなかった。

黙り込んだタオフーの耳に、ケーンくんの声が響く。

〝おばさんは古い人間だからだよ。わからないのか？　しかも社会だか歴史だかの先生だぞ。家にいる男が自分の息子の彼氏だなんて知ったら、心臓麻痺《まひ》だ〟

無数に浮かぶ否定の言葉。けれどもタオフーの口から出たのは、そのどれでもない言葉だった。

「お……おばさん……知ってたの……？」

口と喉に、毒薬を飲んだみたいな苦みとえぐみが広がっている。マタナーさんがゆっくりとうなずいたそのとき、タオフーは、心臓がくるぶしの下まで落ちていくような、魂が、世界で一番深い谷よりも深い、おなかの中の深淵に落ちていくような気持ちになった。

どうしておばさんはわかったのだろう。いつから知っていたのだろう。今朝タオフーが家事をして、急いでチャンさんの家に行くときには、まだ……。

（そうか！）

ここまで考えて、タオフーはようやく理解した。今朝はずっとターターンさんのことに気をとられていて、おばさんのことを気にも留《と》めていなかった。しかし思い出してみれば、おかしいと気づくべき瞬間は何度もあった。

今朝、いつもの家事をこなしているときも、おばさんはこちらをジロジロと見ていた。けれどタオフーが顔を上げて目を合わせると、目をそらしたり、ごまかすように笑って、関係ない話を始めたりしていた。

（あのうわべの表情の下には、本当は……）

相手の瞳に映る失望と恥の感情ほど、つらいものはない。タオフーはいつのまにか目をそらして、うなだれていた。あふれ出る罪悪感が透明な涙になって流れ落ちる。弁明しようとするその口が、ピクピクと震《ふる》える。

「ち……違うんだよ、本当は――」

「違わないだろう！」

家のドアのほうから大きな声が打ちつけられてきて、タオフーはさらに恐れおののく。顔を上げると、ナットくんが仕事から帰ってきていた！

ナットくんのすらりとした身体が仁王立ちして、ガラスドアの外から注ぐ陽光をさえぎっている。しかめた顔が余計にいかめしく見える。彼はマタナーさんの後ろ、あまり遠くないところに立っていた。少し前からそこにいて、状況をすべて把握したのだろう。

マタナーさんは息子のほうを向いてしまったので、彼女がどんな気持ちになっているのか、タオフーからは見えない。さながらムエタイ選手のようにサッサッサッと近づくナットくんの目には、炎が燃え上がっている。だがその口は嘲笑《ちょうしょう》に歪《ゆが》んでいた。

「母さんの理解は正しいよ！　おれとタオフーは恋人同士だ。ふたりともこの家ですっごく幸せに暮らしてるよ！」

「ナット――！」

「タオフーはおれを幸せにしてくれた――母さんが自分の子どものことをちゃんと見てたら、わかると思うんだけどね――」

ナットくんの唇はタオフーのものと同じくらい震えて、瞳には涙が浮かんでいる。けれどもそれは涙というより、油に近いのかもしれない。ナットくんの目の炎が、涙に煽《あお》られてますます強く燃え上がっていっているように見える。

ひとつひとつの言葉が、刃物を押しつけるみたいに、重く、鋭い。

「母さん、おれのいないところでそれをタオフーに言って、どうしたかったんだ？　また、おれの愛してるやつを遠くに追いやろうっていうのか⁉」

「わ……わたしは――」

「おまえはどこにも行かせないからな！」

ナットくんはつま先をさらに速く動かしてこちらに近づき、タオフーの手首をつかもうとする。その勢いで、母親にぶつかりそうになったくらいだ。

「ナットくん……」

「おまえが出ていくなら、おれも出ていく！　母さん、そうなってほしいの？」

「ナット、わたしは――！」

マタナーさんも息子のほうをしっかり向く。その顔は嗚咽《おえつ》に歪み、涙で濡れている。厚い身体がゆっくりと震えて、ワンピースの生地がヒラヒラと揺れる。片手は心臓のところを押さえていて、耐えられないくらいに痛いと訴えているみたいだ。

「ナ……ナットはわたしの息子よ――」

「母さんの息子はゲイなんだよ、オカマなんだよ、ちゃんとわかってくれよ！　おれがどこかの女と結婚して、母さんのために孫をこしらえてやることはできない。もしそれが母さんの望みなんだとしたら、叶わないよ！」

「どうしてあなたは――」

タオフーがナットくんの手を引く。これ以上、母の心を鋭い言葉で傷つけないよう、警告するみたいに。

だが今、ナットくんは火山とほとんど変わらなかった。なにかがナットくんに火をつけて爆発させた。静かだった地中からはマグマが飛び出している。

これまでずっと、なにも異常なく静かだったのに、今は抑えることも難しい。蓄積されてきた見えない抑圧の反動が、すべてを空中にまき散らしているからだ。エアコンの冷気すら、火花となって燃え上がるくらいに。

横から見ると、ナットくんのこめかみには血管が浮き出ている。抑えきれずに大きく見開かれた目の、白目のところに血管が広がっている。その鼻は、ヒュウヒュウと息をしている。口のまわりによだれが白い泡を作っていて、本人がさらに怒声を浴びせるのに合わせて、飛び散っていく。

「母さん、痛いだろう！　息子がこんなんで、こんな人間で痛いだろう。嫌いになってくれたっていいんだよ。おれは自分を変えられない。母さんや〝だれか〟が望むみたいにはなれない。それに、だれがどう思おうと、おれは気にしない――」

嗚咽で言葉も詰まる。それでもなんとか続けようとする。

「もし母さんがおれを追い出さないって言うのなら、おれたちふたりはここに居続ける。父さんのこの場所に。母さんが思い込んでるみたいに、父さんが宙に浮かんでるかもしれないからね。父さんが勝ったわけじゃないんだって見せてやるんだ。父さんは、勝ってなんかいない！」

ナットくんは床を指差して、軽蔑《けいべつ》するみたいに床を踏み鳴らした。

「母さんもよくわかっただろう。もうなにも隠さないよ。こうしよう。これからおれは家で仕事するよ」

「ナットくん？」

「ああ、言ってなかったかもしれないけど、ほんとはな、おれはべつに毎日出勤しなくてもいいんだよ。だけど疲れたんだ！　自分の家で、自分じゃないだれかとして生きるのに疲れたんだよ。だから外に出て遊んでた。それで自分自身を取り戻せて、執筆も進むからな。芸術ってのは自分らしさを使わないといけないだろ。だけどこれからは、おれはこの場所で、自分らしく生きる。おまえとここで暮らす。うれしいだろ、タオフー！」

もしほかのタイミングだったら、タオフーもこれ以上の望みはないと答えたかもしれない。だけど今は、ナットくんがなんのために、わざとこんなことを言っているのか、タオフーにはわかってしまう。

タオフーはマタナーさんがかわいそうになってしまって、そちらに視線を送ることしかできない。ナットくんにはきっともっとたくさん、言いたいことも、ぶつけたい嫌味もあるのだろう。だけどそのおばさんの姿を見て、彼の燃え盛る炎も消えていった。それでただ「おれは上に行く。おまえも来い。部屋のものをおれの部屋に移して、これからはずっとこっちで過ごせ！」とだけ言って、会話を終えた。

そのあとは言葉どおり、タオフーの手首を引いて階段を上がっていく。

マタナーさんはなにも話さなかった——というか、なにも話せなかったのだろう。漏れ出てくるのは嗚咽ばかりだった。階段を上がっていくナットくんとそれについていくタオフーも、なにも話さなかった。

寝室の前に着いてようやく、ナットくんは落ち着いた声で言った。ただしこちらは振り向かずに。

「おれの言うとおりにしろ」

それからタオフーの手を離して、自分の部屋に入り、ドアをバン！　と閉めた。

タオフーはひとり、ぼんやりと部屋の前に立っている。マタナーさんの様子を見に、下に降りたくもある。けれどもさっき心にできた深い傷のせいで、彼女と顔を合わせる勇気も出ない。もしナットくんが知ったら怒るだろうとも不安だった。

結局自分の部屋のドアノブを回し、力尽きそうな様子で部屋に入っていく。

「もっと早く、タオフーくんに言うべきだった」

最初に聞こえたのが自責の言葉とすすり泣く声で、タオフーは驚いてしまう。ベッドの上に視線をやると、その声の主はひどく悲しそうな様子で、抱き枕にすがりついている。

「チョコレートモルト色の毛布さん？」

「ナットくんの声、ぜんぶ聞こえてたんだ。ごめんね、助けられなくて」

タオフーは、急いでそちらに近づく。心配と混乱が混じりながら、ベッドの上の隣に座る。

「一体、なにがあったの？」

「昨日の夜……」

毛布さんは嗚咽を抑えようとしている。

「おばさんがノックして、入ってきたの。タオフーくんに話があったみたいで。だけどいなくて、そしたら隣の部屋から声が聞こえて……」

相手はそれ以上話さなかったが、マタナーさんがなんの声を聞いたのかはっきりわかって、タオフーは目を丸くした。

「わたしも叫んで呼んだんだよ。だけど聞こえなかったみたい。それでおばさんはわたしを握って、ここで一晩中口を押さえたままだったの」

「お……おばさんがここで寝てたの？」

「うん」

今朝、タオフーとナットくんは、何週間ぶりかにマタナーさんより早く目が覚めた。

ナットくんが仕事に行ったあと、午前のうちに急いでチャンさんのところに行ってターターンさんのことを聞こうとしていたから、タオフーはあくせくと家事をした。

そのせいで、おばさんが上から降りてきたときもなんとも思わなかった。彼女は自分の部屋じゃなく、タオフーの部屋から出てきたところだったというのに！

「大きい声を出して、だれかにタオフーくんに伝えてもらおうとしたんだけど、声が届かなかったみたい――」

タオフーは生気なくうなずく。

「今、下の階の『物』はほとんどぜんぶ眠っちゃってるしね。起きてるのはもういくつもない。でもそのひとたちも聞こえなかったんだろうね……」

「タオフーくん、このあとどうするの？」

聞かれたほうはため息をついて、正直に答えた。

「まだわからない。ナットくんはこの部屋のものをあっちに移して、ずっとあっちで過ごそうって言ってる。きみも一緒に行こうね」

少なくともこの部屋にひとり取り残されるわけではないとわかり、気持ちが軽くなったチョコレートモルト色の毛布さんがうなずく。

それからタオフーはわずかなものだけをまとめて、ナットくんの部屋のドアをノックした。どんな反応もない。これは、よくない兆候だ。タオフーはすぐにドアノブをひねって、中に入った。

「戻ってきたっきり、ずっと泣いてるんだよ」

部屋の入口のデスクさんの横を通ろうとするときに、ノートおじさんがひそひそと教えてくれる。

タオフーは口を歪めて、了解を示すように小さくうなずく。その視線は、部屋の奥のベッドの上に突っ伏している身体を捉えた。近づいてみると、ナットくんの背中は、あえぐように震えながら、何度も上下している。

タオフーは、自分のものをベッドの端のほうに置いて、ナットくんのすぐ横に座った。それから彼の背中に手を置いて、ゆっくりと慰めるようにさする。

ナットくんが鼻にかかった声を出す。

「おまえ、おれが悪いって思ってるんだろ」

答えの代わりに、クマさんは聞く。

「ナットくん、ぼくを抱っこしたい？」

ナットくんは、顔も上げずに静かにうなずく。

タオフーはベッドの上に登って寝転がると、少しずつ持ち主を持ち上げて、子どもをあやすみたいに、自分の胸にその顔をうずめさせた。

ナットくんもタオフーを抱いてそれに応える。顔はタオフーの胸にうずめたまま。わずかのあいだに、タオフーのシャツの胸元が涙で濡れていく。

「ナットくん自身もいい気持ちじゃないのに、どうしておばさんにあんな言い方したのさ」

「おれが悪いって言ってる！」

相手はまだ同じことにこだわっている。

「ほんとに頑固だねえ」

掛け布団おばさんがため息をついた。

タオフーはナットくんの肩をやさしくなでる。

「ぼくはナットくんを責めてるんじゃないよ。ただナットくんが心配なの。こんなふうになってほしくないから」

ようやく、ナットくんが顔を上げる。顔中が濡れて、真っ赤だ。

「だけど母さんは、おまえを追い払おうとしたんだろ？」

「おばさんはそんなこと、考えてなかったかもしれない」

タオフー自身も本当にそうなのか判然としない、慰めの言葉だ。

「母さんはやるさ」

ナットくんの呼吸はいまだに震えて、途切れ途切れになっている。けれども怒りがまた溜まってきたようで、その言葉が短く、強くなる。

「母さんはもうやったんだ」

タオフーの手が、ナットくんの肩の上で止まる。

「それは……高校のときの初恋？」

ぼんやりとした目つきのまま、ナットくんがゆっくりとうなずく……。


むかしむかし、あるところに……。

ピーラナットはかわいらしく、陽気なぼうやだった。まだ何歳にもならないうちに、両親はその夢見がちな性格を見抜いた。

ぼうやはお話を聞くのが好きで、それが高じて物語を読むのが好きになり、ディズニープリンセスに夢中になり、セーラームーンが心のヒーローになっていった。

子どものころ、ピーラナットはタオルを頭に巻くのが好きだった。それが、リトルマーメイドのたなびく赤い髪なんだと想像していた。

マタナーさんは息子のそんな遊びに笑っていた。それがある日、軍人たる彼女の夫が駐屯地から帰ってきたとき、頭にタオルを巻いた息子が挨拶《あいさつ》に駆け寄ってきたのを見て、おおごとになった。

その夜、ピーラナットは両親の大声を聞いた。隠し消そうとしていた記憶だが、ぼうやはそれが雷よりも大きな音だったと覚えている。

彼は寝室に身を潜《ひそ》め、棚から引きずり出した分厚い掛け布団の下に潜《もぐ》り込んで、両親の声が聞こえないようにと耳を塞ごうとしていた。でも結局聞こえてしまった。よく覚えているのは、自分の部屋に近づいてきた重い足音だ。それが部屋の前で止まり、ドアが開かれる。外からの光芒《こうぼう》が部屋の中に入り込み、父の大きな身体が、さながら立ちはだかる鬼のごとくそれをさえぎった。

その光は、彼自身の顔にも注いだ。父は、息子がまだ寝ていないことがはっきりとわかっていた。その声は落ち着いていたが、まるで咆哮《ほうこう》のように響いた。

〝ナットは男だ。男は布を頭に巻いて、キャッキャッと騒いだりしない。二度とするな!〟

そして父が後ろに下がるのに合わせて、ドアが閉められる。

だれも気がつかなかったが、そのとき、もうふたつのドアも同時に閉められていた。ひとつは、ぼうやの自尊心と誇りにつながるドア。そしてもうひとつは、彼のもっともよき相談相手であるべき、父と母への信頼につながるドア。

その日以来、母ですら、セーラームーンもディズニープリンセスも見せてくれなくなった。かつて母に買ってきてもらったお人形も取り上げられ、寄付に出され、紙人形たちはゴミ箱の中に消えていった。家に残されたのはロボットや男の子向けのフィギュアに、小さな自動車のプラモデルだった。

けれどぼうやは、それらが好きじゃなかった。それで最後は、ノートだけが、ピーラナットが自分の想像力を映し出せる唯一の舞台になった。彼はたくさんの本を読んだ。たくさんの夢を書くために。

日記を書き、童話を書き、小説を書いた。

ほほ笑みと笑いが消えて、ピーラナットは物静かで、慎重な少年になっていった。彼は、自由のない世界を生き抜くために勉強に励んだ。彼自身であることを制限される世界を生き抜くために。母は彼が本の山に囲まれているのに満足していた。息子は、自分の生徒たちのように、ふざけすぎて怪我をするようなこともない。

けれどもこのころでも、迷彩服を着たひとの目が、つねに彼を監視していた。息子がなにをしても、父は簡単には満足しなかった。

ある日、ピーラナットは父がまた母に大声を上げているのを聞いた。どうもその中身は、息子が世間一般のふつうの少年とは違うというようなことだった。母はそれに反論——しなかった。彼の代わりに反論してくれることはなかった。

〝男の子じゃないかもしれないけど、それでもなにもおかしくないわよ〟というような母の言葉はなかった。

そのときの母の答えは、あの子は完璧にふつうの男の子よ、というものだった。母のこんな言葉には、模範的な教師としての完璧な教育方針が反映されていた。

母も強いひとではなかった。それから母はこっそり、彼が夢を書いていたノートを読むようになった。

一度そこにピーラナットがドアを開けて入ってきた。疑り深い視線でしゃあしゃあと息子のノートを読んでいた母は、彼を見て罪悪感を感じて、無礼を謝った——わけではなく、彼を批判した。このノートに書かれている言葉は文法的に正しくない、ここに書いてあることは現実には起こりえない、どうして王様の冠が頭に巻いたタオルなの、どうして王子が立っておしっこをしないの……。

ピーラナットは母の問いには答えなかった。そんな問いを投げかけられたことで、ますます、母は自分のことを理解してくれないし、自分に自信を与えてくれないという思いが強くなっていった。

書いた作品を発展させていろいろなコンテストに送るように母が勧めても、ピーラナットはそれに応えることはなく、市民的不服従で対抗した。母は息子のノートを読めなくなった。古いものは彼が燃やしてしまったし、新しいものは暗号だらけになったからだ。

〝ナット、文章を書いて遊ぶのはちょっと控えたら？　そうしたら学校の勉強をする時間が増えるでしょ。お父さんがね、高校から新しいところに転校させようって言ってるのよ。そこから毎年、士官学校に合格してる生徒がいるみたいなの〟

迷彩服は、なおのこと彼が忌《い》み嫌うものになっていた。それは、暴力の象徴であり、洗脳と人間性の剝奪《はくだつ》を引き起こすものだった。

だけどピーラナットは、なにも言わずにいるということを学んでいた。いつもと同じで、頭を下げて言葉を受け入れて、ただそのとおりには動かずにいた。

転校は大きな変化をもたらした。ピーラナットは、テレビ画面の俳優ではなく、実際に生きている男性に、初めて心奪われた。

ヌン先輩は理系の特進クラスにいて、勉強もできたが、学校代表のスポーツ選手でもあった。細くてすらりと背が高く、その顔つきまでマンガから出てきたみたいだった。卵型の顔にほっぺたが少しだけふくらんで、しっかりして濃い眉毛から、ほどよく美しい鼻まで線が伸びている。唇のピンク色のひだと、キラリと光る丸くて大きな目のことは、言うまでもない。ヌン先輩はあまり笑わなかったが、おかげでますますかっこよく見えた。ピーラナットはそのひとを目にするたびに心臓が強く跳ねるのを感じたし、先輩と偶然目が合うたびに、顔がカッと熱くなった。

夢が現実になる可能性がほとんどないことはわかっていた。

ただ少なくとも、日の保養にはなった。それだけで、くだらない男子生徒か、様子の違う人間を探しては自分たちの仲間だとレッテルを貼るような女々しいオカマしかいない学校に通う、活力が湧いてきた。

すべてはうまくいっていた。身体の大きい別の男子生徒が近づいてきて、声をかけてくるまでは。

〝ナット、おれはターンっていうんだ。――ヌンじゃなくて、おれに渡すプレゼントでもあればと思ってさ〟

ターン先輩の顔が怪しげだったとかいうわけではない。ただ、ピーラナットが〝なに〟であって、今〝なに〟を考えているのか見抜いてしまう視線と、その自信ありげな笑みが怖かった。

静かだった世界――ずっと、自分自身とその欲望をしまい込んで、平穏を保っていた世界――が、突然伸びてきたひとつの手に揺らされている。

しかもこの世界は自分が理解しているように〝平穏〟なものなんかじゃないと、手の主は伝えてくる。少なくともひとりは、見抜く人間が出てきた。秘密がだれかひとりに明かされれば、それはもう、その次のひとにとっても秘密でなくなる可能性が高い。その次も、またその次も……。

ターン先輩に待ち伏せされるようになったピーラナットは、気持ちが落ち着かず、イライラするようになった。偶然と片付けるには、偶然が重なりすぎていた。

けれども、待ち伏せされているとわかったおかげで、夢想家の彼が、こっそりと妄想を育むようになったのかもしれない。

相手がフラフラとこちらに近づいてくるたびに、心ではあたたかく甘いものを味わって、ひとりほくそ笑んでいたのだ。

でも同時に、自分自身に〝危険だ！〟と言い聞かせて、すぐその考えを捨て去らなければいけなくもあった。

この世界はこれからも平穏であるべきなのだ。興奮や煩悩《ぼんのう》は、日記にだけ記録しておけばいい。けれどもあの日、トイレの狭い個室でのできごとが、すべてを変えた。ピーラナットはそれまでだれとも、たとえ親しい友人でも、あんなに近づいたことがなかった。

両親の言動のせいで、自分はほかのひととは違うと感じていたし、違うということは恥ずべき過《あやま》ちだと思い込んでいた。

その恥をだれかに悟られないためにも、見えない線を引いて、いつも他人と距離を置いていた。ターン先輩の力強い腕が肩に載せられて、その大きな身体が自分の背中に寄りかかって、ピーラナットは今まで感じたことのないようなあたたかさを感じた。この男性の危険の中にも安全がある。そして先輩の手練手管《てれんてくだ》は、そこに挑戦して打ち勝ちたいという勇気を、ピーラナットの中に生んだ。

ピーラナットは、自分にこんな一面があるとは知らなかった。それに、自分が本当は異常じゃないと思えたのも初めてだった。少なくとも、後ろに立っているこのひとは、自分と同じように異常だからだ。このひとつの世界に異常なひとがふたりもいれば、その異常は大したことじゃなくなる。

ターン先輩は、ピーラナットの体臭がベビーパウダーみたいだと言った。だけどターン先輩の匂いも、同じようにやさしかった。全身が汗に濡れていて臭かったはずなのだが、彼はまったくそう思わなかった。

その晩、彼が眠れなかったのも、翌日の授業がまったく頭に入らなかったのも、これが本当の理由だったはずだ。

ピーラナットは授業の終わる時間を待ちわびていた。喫茶店でターン先輩と会う時間を。ターン先輩が開けてくれるドアの先にどんな景色が広がっているのか、自分の見たことのない新しいものに出会えるのか、怖かったけれど、見てみたかった。

最初はそう考えていた。相手の言葉を聞くまでは。

〝ナット、ここに来たことあるか？〟

〝ないです。父も母も好きじゃなくて。甘いものしかないからって〟

〝じゃあ、食べてみなよ。それで本当に、甘くて、おいしくないのかどうか、自分で判断してみな。だれかに言われただけで、好きじゃないって決めつけるんじゃなくてさ〟

それで理解できた。この喫茶店に来たのも、ターン先輩とあっさり付き合うことにしたのも、心の深いところで、本当は父と母に勝ちたかったからなのだ！

自分は、自分だ。自分は愛することができる人間だし、愛を与えてくれるひともいる。

その愛には明るい部分も、隠されて暗い部分もある。その愛がこれまでずっと、異常だと言われ続けてきたのだ。

ピーラナットは前よりも幸せそうになったし、よく笑うようにも、よく話すようにもなった。

はじめは、ターン先輩が毎日耳元で〝今日もかわいいな〟とささやくたびに疑問に思っていた。自分に、ほかのだれかみたいに見目よい部分があると思ったことなんて、なかったから。だけどだんだん、だんだん、その声が心に染み入っていったおかげで、ピーラナットは、ターン先輩といるときの自分が好きになり始めていた。

先輩の言葉は、自分に価値があるという自信と誇りを与えてくれる料理みたいになっていった。

ターン先輩とピーラナットは、互いの趣味を互いに褒め合った。

先輩は、スーパーリアリズム風の肖像画を描くのが好きだった。先輩の描くあらゆる線と陰影に、意味が込められていた。ピーラナットは、それを自分の作品の物語、言葉選び、キャラクターの描写に応用することを覚えた。

ふたりはずっと話し続けていた。そのテーマは〝もしうっかりアリを踏んでしまったら罪になるか〟というものから〝あの事件で共産主義者を意図的に殺害したことは、本当に正しくて、功徳《くどく》とみなされることだったのか〟というものにまでわたった。その幅広い知識と頭の回転のせいで、ターン先輩が、ヌン先輩よりはるかにかっこよく見えるようになった。

そして、そのさわやかな笑みと胸焼けして笑ってしまうような甘い言葉を、ピーラナットが想わない日はなくなっていった。

ターン先輩に、絵画をコンテストに送るように勧めると、先輩のほうも、交換条件として、ピーラナットの作品を出版社やコンテストに送るように煽ってきた。その結果、お互いにそれなりの数の賞を獲得することができた。

そこで集めた賞金は、学校の近くの古い映画館でチケット代に使った。ピーラナットはターン先輩にこっそり手を握られて、幸せだった（あとほかの、暗闇でのいろいろも）。隣りあった便器で立っておしっこをするときにはドキドキした。トイレにほかのひとがいなければ、先輩はこっそり彼のほっぺたにキスをした。

先輩のむこうみずな行動に恥ずかしくなったり、ひそかに不安になったりしたのは否定しない。だけどピーラナットはいい気分だった。近くにいるターン先輩は、したいことがあればする。明らかな間違いやだれかを困らせることでないと思えば、なんでも挑戦する。それは、ピーラナットに心の開き方を教えてくれたし、初めて自由の香りを嗅がせてくれた。

〝いろいろ話す〟相手との、ドキドキするすべてに幸せを感じた。ターン先輩は絵を描きに誘ってくれることもあれば、橋の下で甘いものを食べながら、泳ぐアヒルを眺めに連れていってくれることもあったし、大きな木に登ってピーラナットの膝に寝て、彼が手書きした物語を聞かせてくれと言うときもあった。

そんな日々を過ごすようになり、大晦日の夜、高層ビルの屋上でまばゆい花火を見つめているさなかに、背の高い先輩が身体を傾けて近づいてきても、ピーラナットはそれを受け入れた。自分も身体を伸ばして、鼻で相手の鼻をやさしくこする。あたたかい息が唇に注がれる。そのあとに重ねられたのは、また違う種類のあたたかな、柔《やわ》らかさだった。甘く香る、あたたかい柔らかさ。ゆっくりとやさしいリズムがあって、でもドキドキとする。

その瞬間は、空一面に広がった花火すら、そこでそのまま時を止められたみたいだった。キラキラときらめき、満足げなほほ笑みとともに少しずつ離れていく相手の顔に、彩りを添えていた。

〝ナットの口は甘いな。それに、ゼリーみたいに柔らかい〟

口の甘いひとは、恥ずかしがりながら笑いを漏らした。

〝先輩の口はぜんぜん甘くないよ。舌もザラザラしてるし〟

〝じゃあ、挽回のチャンスを〟

〝いいって〟

手を上げてさえぎる。

〝おーい、大学入ったら、しばらく会えないんだぞ。キスの味を忘れたらどうすんだよ〟

そのころ、ターン先輩はチェンマイの芸術学部の直接入試で、合格が決まっていた。生徒が次々と医学部や工学部に合格していく理系特進コースの中では、異端だった。

〝まだこのまま付き合うなんて言ってないでしょ〟

〝キスまでしといて、付き合わないとかあるのか？　小悪魔すぎるだろ〟

〝卒業が近くなったら言うよ〟

ふたりの手はそのまましっかりと握られていた。互いに、互いが同じ答えを抱いていると確信していた。

けれども花火は永遠には輝かない。あまりに幸福な時間も、気づかないうちに終わっていってしまう。

期末試験が終わったある土曜日の午後、いつもの映画館から手をつないで出てきたところで、ピーラナットは身体を硬くして、足も動かせなくなってしまった。顔もいっきに青白くなる。異変に気づいたターン先輩がナットのほうを見て、それから大きく開かれたその目が見ている先を追った。

迷彩服を着た男性がそこに立っていた。こんな場所にいる迷彩服は不自然で、余計に目立つ。その男性の表情は落ち着いていたが、ひどく鋭い目つきには不満がたたえられていて、火花が散っているみたいだった。ターン先輩は、それが愛すべき後輩の父、シップムーンさんであると気づいたようだ。

〝お父さん、こんにちは――〟

ターン先輩の言葉が、軍人の強い言葉でかき消される。

〝おまえたちふたりを見るのは、これで最後にしたいな〟

〝だけどぼくたちは――〟

先輩は大胆にも反論する。自分はなにも間違っていないと考えているからだ。

それでも父は、先輩を空気のように扱《あつか》う。彼は自分の息子のほうだけに視線をやっている。

〝わかってるな、ナット〟

ターン先輩は、まるで勇気と気力を送るみたいに、ピーラナットの手を強く握っていた。けれどもピーラナットの手の震えは止まず、最後には、気づかないうちに、握る相手の手を離して、自由へと向かってしまう。

すぐさま罪の手枷《てかせ》をはめられる、そんな自由へ。

ピーラナットの両の目に涙がにじむ。罪と正しさのあいだで抗《あらが》おうとするゆえに満ちる涙。なにが罪で、なにが正しいことなのかわからない、疑念ゆえの涙。

その身体はまるで自分のものではないみたいだった。彼はきっと――いや本当は、彼には自分自身をコントロールする権利すらなかったのかもしれない。父がただ〝入口のところに車を停めてるからな〟と言っただけで、足先がそれに合わせて動いてしまう。もはや、先輩のほうを振り返る勇気すらなかった。

家までの道中に、会話はなかった。家に着いても、父はただイライラと怒鳴っただけだった。

〝母さんはどこ行った！〟

それから後ろに下がって、一人息子に家の鍵を開けさせて、中に入った。

ガラスドアが閉められると、まるですべての過ちが外に留《とど》め置かれたみたいになった。

いいや、そんなことは起こらなかったし、これから起こることもないのだ。

父はそのあと、ただ〝士官学校用の予備校の名前を控えてきたからな、申し込んでおけよ。来年、合格するんだぞ〟とだけ言った。

息子はうつむいてその言葉を受け入れた。震えを抑えようと手をしっかりと握り、父の夢に服従する日だけは来させまいと、強く決意するのだった！

このできごと以降、ピーラナットはターン先輩と連絡をとらなかった。父がどうやってふたりの関係を知ったのかはわからない。まるで、迷彩服の目が、空気中のあらゆる粒子と一緒に漂っているみたいだった。恐れ多くて父には逆らえなかったというのも、また否定はできなかった。

ターン先輩もすべてをお見通しだったようで、すっかり連絡が途絶えた。彼も、ピーラナットにこれ以上迷惑をかけたくなかった。

ピーラナットは毎晩泣き続けた。塞ぎ込み、父への恨みを燃やした。けれど、父に逆らってターン先輩に連絡することすらできなかった。

家出も目論んだ。ガラスの破片で手首を傷つけた。この檻《おり》から逃げ出すためならなんでもした。だけど結局、自分は弱すぎるということに気づいただけだった。

勇気あるピーラナット、明るくて強いピーラナットの姿は、本当は、ターン先輩の光を受けて輝く惑星でしかなかったのだ。

痛みの日夜がゆっくりと過ぎていった。そしてある夕方、メッセージが届く。

〝ナット、明日、チェンマイに行くよ。ちょっと会えないかな。映画館の前で〟

先輩がその場所を選んだのは、隠れているかもしれない迷彩服の〈視線〉に、自分たちの純真を示そうとしているようなものだった。でも同時に、起こりうることに対して動揺せず、冷静でいようとする勇敢さも示していた。

そのおかげか、ターン先輩の放つ光芒が、ピーラナットにふたたび注いだ。あの大きなできごとのあと、ピーラナットは本当に初めて、父たるひとの厳命に背《そむ》いて立ち上がった。いまだ恐怖に押しつぶされつつある勇敢さではあったけれど。

ピーラナットは制服を着て、リュックを抱えて家を出た。学期休みのあいだに、学校で集まることがあると装った。学校行事に注力するのはよき子どもの証であるし、制服は服従のしるしであるおかげか、制服姿のピーラナットを見た父は、息子がまだ従順なままだと考えたようだ。

映画館の下、古い百貨店の二階に、ターン先輩は気楽なかっこうで現れた。白いクルーネックのシャツに、サイズの合ったジーンズ。その腕には、ビニールに包まれた、巨大なクリーム色のクマのぬいぐるみが抱かれていた。

思わず笑ってしまうような光景だ。でもピーラナットは笑えなかった。

〝ターン先輩、ぼく……〟

説明したいことはごまんとあった。だけど実際に会うと、そのすべてが心にくすぶって、息ができなくなりそうだった。それがとてもあたたかい涙になって、目に湛《たた》えられる。

〝わかってる〟

相手は悲しそうに笑う。

〝恋人にはなれなかったけど、おれがナットを愛してるのは変わらないから〟

お気に入りの恋愛映画を真似したセリフ。ピーラナットは嗚咽とともに笑い出してしまう。

〝お願いしていいかな〟

ピーラナットは、聞き返す代わりに眉をひそめた。

〝このぬいぐるみを持っておいてくれ。ナットが怖くなって、どうすればいいかわからなくなった日には、こいつを抱きしめてほしい。おれたちが抱き合ってたみたいにさ。じっくり考えてほしいんだ。なにが間違ってて、なにが正しいのか。なにが幸せで、なにが不幸せなのか。ナットにとって、な。ほかのだれかにとってじゃない。おれはナットが賢いって知ってる。それに最後は、正しい、幸せな道を選ぶ勇敢さを手に入れられるって信じてる。自分自身のために〟

〝ありがとう。ぼく、なにもあげるものが――〟

〝ナットが幸せなら、おれも一緒に幸せになれる〟

ピーラナットはほほ笑んだ。涙が流れ落ちそうではあったけど。

〝もうひとつ、お願いしていいか？〟

先輩のいたずらっぽい笑顔が戻ってくる。

〝あと一回だけ、抱き――〟

言い終わるまでもなく、ピーラナットはクマを床に捨てて、目の前のひとの身体に、できるだけ強く腕を回す。はじめは、自分のしゃくり上げる音が聞こえているのだと思った。けれど、強く抱き返してくれたひとのほうが、自分の耳元でやさしくすすり泣いていた。

19　真なるタイの味

ナットくんは、今も隣に寝転がって、クマのぬいぐるみを抱きしめていたのとまったく同じようにタオフーを抱きしめている。

これまでなら、昔と同じように抱きしめられれば、タオフーはうれしくなっていた。自分の存在がもとのぬいぐるみと同じものに戻ってきたと感じられたからだ。

だけど今、急に、自分の姿がもとのぬいぐるみと重なることが嫌になってきた。

なぜなら、もうただのぬいぐるみではいたくないからだ。ターターンさんの代わりに存在するクマのぬいぐるみにはなりたくないのだ。

ナットくんはわかっているだろうか。今この瞬間、タオフーの身体が硬くなっていて、ナットくんを下に転げ落としたあと、上に乗っかりたいと思っていることを。あるいは、とにかくなんでもいいから、自分がただの〝クマのぬいぐるみ〟ではないと実感できることをしたいと思っていることを！

それは実に奇妙な感情——奇妙な苦しみだった！　乾き切った一枚の布が、心臓の肉のすべてをすっかり包んでしまっているみたいだ。

タオフーは、考え方が変わってしまった自分が嫌になった。もはや、ナットくんの愛するひとならだれのことでも好きになれるクマのぬいぐるみではない。複雑な状況で成長していく中で嫉妬《しっと》を知り、自分と同じ場所にいる別のひとを嫌悪するようになってしまった。その場所には相手のほうが先にいて、しかもそこから姿を消したことだってないのに！　抱き枕さんに感じていたような嫉妬と嫌悪とは違う。それはもっと深く、きちんと説明するのが難しい感覚だった。

その瞬間、タオフーは立ち上がって大暴れしたくなった。服を脱ぎ捨てて、ナットくんという男の身体のありとあらゆる場所をめちゃめちゃにしたかった。ナットくんの中に入って、できるかぎり乱暴に突きまくりたかった。

ナットくんが自分を忘れる日なんてない、それに、自分の代わりになるひとなんていない、という確信を得るためのしるしを刻みたいのだ。隣にいるひとの苦しみを見ると、ますます心が抑え切れなくなる。

それでもやっぱり、心の奥底では、タオフーはまだクマのぬいぐるみのままなのかもしれない。どんな「物」よりも持ち主を愛しているし、その愛は自分自身に向けるものよりも大きい。もし自分がナットくんを傷つけることになったら、耐えられないだろう。今、目の前で見えている限りだって、ナットくんの心はちぎれそうになっている。

彼は顔を真っ赤に泣き腫《は》らして、涙も鼻水も止まらず、泣きじゃくって言葉を続けることもできていない。

今このとき、タオフーはしみじみと感じている。どうしてナットくんが自分の記憶をひた隠しにしていたのか。どうして、それを利用したり、そこからなにかを創造したりできなかったのか。ナットくんの得意なことのはずなのに。

(きっとこんなにも痛いからなんだね。痛すぎたんだよね……)

そして、タオフー自身も認めないといけない。なにをどうしようと、ターターンさんは、時間とともに溶け消えていく水の流れのようなものではない。彼は愛の象徴であるだけではなくて、ナットくんの自己肯定の源泉でもあった。ターターンさんとの別れは過《あやま》ちゆえに起こったことではなく、相手のことを思うがゆえに、ナットくんが自らの痛みを受け入れた結果だった。そんなに簡単に受け入れてしまったことは、ナットくんが自らの愚昧《ぐまい》を自覚するための烙印《らくいん》になった。

ナットくんは、なにが間違いでなにが正しいのかも、なにが幸せでなにが不幸せなのかも理解できないまま、見えない力の支配を受け入れた。受け入れる以外の方法を知らなかった。

ずっと〝受け入れるしかない〟と教わってきたから。

「ターン先輩の言葉のおかげで、お……おれは気合を入れて、もう父さんには負けないようにしようと思った……」

ナットくんは士官学校を受験した。けれども、答案を空白のまま提出した。士官学校が不合格になると、父は工学部を受験しろと言った。ナットくんはそれにも反論せず、しかしこっそりと、家から遠い大学の、コミュニケーション・アーツ学部に入学した。迷彩服の監視がその事実に気づいたある日、初めての中間試験のあと、ナットくんは実家に呼び戻された。

〝退学して、来年再受験だ〟

シップムーンさんは平然とした顔で、あっさりと言った。ただその目には、映画館の下の古い百貨店で息子に話したときのような厳しい力が宿っている。

ナットくんは黙っていた。そしてすべて滞りなく進んだと思った父が身を翻《ひるがえ》したところで、相手と同じように平坦な声で言った。

〝ぼくは今の学部で勉強する〟

父の足先が止まる。

〝なんだと？〟

その父の言葉に対する答えの代わりに、ナットくんは足を出して、父を抜き去っていこうとした。自分自身の道を進むために。

けれども半歩前に出たところで、ナットくんは手首をひねられて、身体ごと後ろに引き倒されてしまう。

ナットくんは尻もちをついた。痛みで大きな声を出すには、恐ろしすぎた。父が自分を指差して、怒声を浴びせたからだ。

〝調子に乗るな！〟

シップムーンさんの目玉は飛び出しそうだ。両方のこめかみと、おでこにすら、憤怒《ふんぬ》で爆発しそうなほど血管が盛り上がっている。ピクピクと震《ふる》える指先が、できるだけ自分を抑えようとしているということをはっきり示していた。

〝ナット！〟

状況をうかがっていたマタナーさんが息子に駆け寄り、息子と父の間、ふたりの緩衝材になれそうな位置に座り込んだ。

〝お父さん、わたしがナットと話すから〟

〝こいつと話すだと！〟

シップムーンさんが声を荒らげる。

〝それでどうなるんだ。金を使ってくだらないことを学んでいるのに、おまえは気づきもしなかっただろう。どうせ前と同じに――〟

〝お父さん！〟

マタナーさんは止めようと金切り声を上げる。その声が強くなっている。

〝わたしがナットと話すから！〟

息子が初めて、母の手を振り払う――あの日、父の力が、自分の手を先輩の手から引き抜いてしまったように。

〝ぼくは今の学部で勉強する。卒業したら脚本家になる。工学部が好きなら、父さんが自分で入ればいい。母さんも父さんに賛成なら、母さんも一緒に入ればいい〟

〝おまえが毎日そこで勉強できてるのは、だれの金――〟

〝ぼくのだ！〟

内側では恐怖と勇気が殺し合いを続けていて、身体が震えていたが、それでもしっかりと父の目を見つめて反論する。そしてなんとか、立ち上がろうとする。

〝ナット！〟

母はさらに驚いてしまう。

〝やめなさい〟

〝ぼくの金だもの！　小説のコンテストの賞金だ〟

〝恥晒《さら》しが！　おまえの作文も、おまえの入った学部も、まともな男のやるものじゃない！〟

〝じゃあ、ぼくはならないよ……〟

挑みかかるように、わざと間を置く。

〝まともな男にはね〟

〝ナット！〟

シップムーンさんの怒号。顔は真っ赤になり、全身が震えている。

〝この家の人間がぼくのやりたいことを歓迎しないなら、ぼくは家を出るよ。ぼくがぼくであることが気に食わないなら、みんなに言っておくよ。ぼくとこの家のひとは関係ないって。知り合いでもないって〟

息子のほっぺたに手のひらを打ち下ろしたのは、母のほうだった。

マタナーさんの口元が、ピクピクと震えている。涙でいっぱいになった目で、言う。

〝ナットはわたしたちの――〟

息子はその続きを聞かなかった。乾き切った無感情な目を母親に向けてから、父には一瞥《いちべつ》もくれずに、そこから歩き去った。

「父さんはその年の暮れに死んだ」

ナットくんが語る声は冷たい。声色の中に、悲しみや満足といったどんな感情にも触れられないときよりも、さらに冷たい。まったく知り合いでもない、関心を持っていないだれかの死について語るみたいな言葉だ。

シップムーンさんの死はあまりにあっさりしていた。ナットくんの目からしてもあっけなく、あまりにきまり悪く感じられたのだろう。

気温が下がった十一月のある土曜日、シップムーンさんは喉の風邪を和らげるべく、鎮痛剤を飲んだ。それから二十分後、シップムーンさんは口と舌に痺《しび》れを感じた。それから手足には赤い蕁麻《じんま》疹《しん》が浮き出て、息苦しさを感じるようになった。大騒ぎするのが嫌いで、堪え性のあった彼は、部屋で静かに黙っていた。

家事をしていた妻を呼びに階段を下りるころには、症状が悪化していた。このときセーンさんがちょうど遊びに来ていて、兄と妻はシップムーンさんを急いで病院に連れていった。医師に引き渡した直後、自分の夫には解熱や鎮痛などに用いられるＮＳＡＩＤｓ（非ステロイド性抗炎症薬）のアナフィラキシーの既往歴があったことを、マタナーさんは知った。だがもう遅かった。夫が咳止《せきど》めに飲んだ薬にも、同じものが含まれていた。

医師がまず気道を確保して、アドレナリンを一回投与した。しかし血中の酸素濃度は上がらず、手が紫色になっていく。人工呼吸器を挿管しようとしたが、シップムーンさんはそれを吐いてしまう。数分も経たないうちに状況はさらに悪化して、ついにシップムーンさんは、心筋梗塞によって命を落とした。

軍士官の葬儀は大規模に執りおこなわれた。多くの人々が手助けをしてくれた。当時、マタナーさんはまだ泣き暮れていて、取り乱していたし、息子のほうは我関せずという状態だった。

葬儀が終わったあとも、家庭内には深い亀裂が入ったままだった。ナットくんはほとんど家に帰らなくなり、気づいたときには、悲しみに蝕《むしば》まれた母の体調がかなり悪化していた。彼女は息子の大学卒業とともに仕事を辞めざるをえなかった。ナットくんは新しい家に引っ越すことで解決を図ったが、母の症状はよくならなかった。

翌年になって医師の診察を受けさせるようにしたが、それもまたすべて、元の木阿弥《もくあみ》になってしまう。家の中で、母たるひとの話し声や笑い声と、静寂《せいじゃく》が交互に訪れる。互いに、これがきっと平穏なのだろうと思うようにしていた。ときによっては、その笑い声も静寂も、平穏からはかけ離れたものだったのだけれど。


翌朝、家の中は静寂に包まれていて、そこに時折マタナーさんの笑い声が混じった。

マタナーさんの目は、ひどく泣き腫らしたことを示している。だが息子とタオフーが階段から降りてくるのを認めるやいなや、ほほ笑んで言った。

「今日は遅かったわね。雑炊《カーオ・トム》を作っておいたわよ。揚げオムレツと干しエビのサラダ《カイ・チアオ ヤム・クン・ヘン》もあるの。あたたかいうちに食べちゃいなさいね」

「ありがとう、おばさん」

タオフーはそれだけしか答えられない。本当はもっと早く起きていたのだけど、ナットくんがおばさんの家事を手伝わせてくれなかったのだ。

〝知りたくないのか？　おれとおまえが一緒にいるのを見た母さんが、どんな反応をするか〟

そう言ったナットくんは、まるで自分には予測がついているという態度だった。食卓についたときのキラキラした瞳と、対照的に平然とした表情からして、その予測は大正解だったようだ。

「ナットが買ってきてくれた干しエビ、大きくていいわね。剝《む》いてあるし。味見したんだけど、しょっぱくもないし。こういうのはサラダ《ヤム》にいいのよね」

マタナーさんは、近ごろの日常と比べると、ずいぶんとたくさんしゃべっている。本当にそうしたいわけではなく、家の中に楽しげな話し声があるようにしたい。そういう彼女の気持ちに触れられそうだ。

なのだけれども、干しエビのサラダの最初の一口を食べたナットくんが、冷たく言い放つ。

「また甘すぎるよ」

タオフーは、ピクリとして、気まずそうになるおばさんの顔を横目で見た。それで、助け舟を出す。

「じゃあ、ライム《マナーオ》を持ってくるね」

「ええ、切ったのが冷蔵庫にあるから――」

「いらない」

ナットくんがだれのほうも見ずにきっぱりと言う。

「ずっとこういう味を食べてるんだから」

そう言ったひとは、金属のスプーンで雑炊をすくって、冷ますためにしばらくそのままにしている。湯気がゆらゆらと立ちのぼり、スプーンが金属の皿とぶつかる小さな音が響く。

おばさんは乾いた笑い声を上げる。

「ほんと、ダメね。ナットに何度も言われてるのにね」

「ちゃんとおいしいよ、おばさん」

タオフーは味見をして、それから同席者たちの機嫌を取り持とうとしたが、あまり効果はなかった。ナットくんがほかのだれにも興味を示さずに、携帯電話さんをいじり始めてしまったからだ。ときどき画面を見ながら笑っては、身体をねじってタオフーにも見るように促す。

食事が終わり、タオフーは空《あ》いた皿をシンクで洗っていた。おばさんがそれとなく近づいてきて、ふたりきりで話す機会をうかがっている。だがそれを見たナットくんもフラフラとその近くを歩き、簡単には母の思いどおりにさせないようじゃまをしていた。

「それで今日は、ナットはどこにも行かないのよね？　お昼も星の王子さまと一緒に、ごはんとおやつを用意しておくわね」

「うん、会社からは家で作業していいって」

持ち主の返事を聞いて、タオフーは安心して、こっそりほほ笑もうとした。ナットくんはどうやら落ち着いているし、おばさんへの怒りも収まったと思ったからだ。ところが次の言葉が放たれる。

「次のプロジェクトは大したことないんだよ。遠くに行かなければ手に入らない資料は出張で集めたし、ほかの部分は自分の身の回りで書けるし。BLなんだ。男が男を好きになる話だよ！」

言葉尻を、強調するみたいにかなり強く言う。タオフーは全身が凍ってしまいそうになった。その目は自動的におばさんのほうを追っていた。彼女がどう感じているか確認しないと。

ところが彼女はまだ、ただほほ笑んでいた。クッキーを一枚つまんでかがむと、待ちわびてよだれを垂らしたクンチャーイにそれをあげている。

その様子を見たせいか、ナットくんは攻撃を続ける。

「この国も開かれてきたから、そういう話もテレビで流せるようになったって言うんだけどね。でも、ほかのやつみたいに書くつもりはないんだ」

「どういうこと？」

「ゲイのユートピアみたいなドラマは書かない。世界のすべてがパステルカラーで、家族も友だちも主人公がゲイだって知っていて、それをあっさり受け入れてくれるようなやつは。だって現実は違うからね！　政治も混ぜて書こうと思ってる。ひとを傷つける権力と抑圧のことを。生き延びるために孤独を選んで、自分自身も思い出も捨て去らなきゃいけなくなって、魂を失って生きなきゃいけなくなったひとのことを書くよ！」

「ナットが書くのはいつもうまくいくからね。今回も——」

「今回もいつもどおり、作品そのものの力のおかげでうまくいくよ。母さんのお祈りに頼らなくて大丈夫！」

そう言うと彼はタオフーに近づき、その腰を抱いた。そのときタオフーは、皿の水滴を拭《ふ》いては、すごく静かに裏返して乾かしているところだった。

「パソコン持ってきてくれ。下で書くよ。アイディアだらけだ！」


二時間後、本当にアイディアがあったのかなかったのか、ナットくんは一行たりとも書けていなかった。

最初のうちは、マタナーさんが気をつかっておやつを運んだりしていたが、どんどんイライラしていく息子の様子に気がついて、そこから離れた。クンチャーイを連れて庭へ散歩に出て、代わりにタオフーにナットくんの様子を見させることにしたようだ。

ナットくんがひんぱんに水を飲むようになっていくのを見て、タオフーはお湯を水筒に入れて渡した。ナットくんはこちらを見ずに「ありがとう」と答える。

バックスペースキーを必死に叩いて、ページの半分まで書いた文章を消している。もう十回目だ。

「おばさんと喧嘩《けんか》したから調子が乗らないんでしょ」

「母さんに丁寧に話すようしむけたって無駄だぞ」

彼は水筒をつかんで、お湯をグイッと飲む。勢いがつきすぎて、中身がほっぺたのところにあふれて出てしまう。

タオフーは、庭をチラッと見て、おばさんとクンチャーイがまだ戻ってこないことを確認する。

タオフーはため息をついて、なだめるような、理解を示すような声色でゆっくり説明する。

「おばさんがぼくを追い出すかどうかなんて、もう心配しなくていいよ。ぜんぜんそんなことをする感じじゃないし。それに、ナットくんがこんなことをしてるのも、おばさんに怒ってるからじゃないでしょ」

「おれのなにがわかる！」

答えたほうはタオフーに声を叩きつけながら、最後のバックスペースキーを叩く。顔を上げると、まるでトラみたいな表情になっていた。

とはいえクマさんは、トラの前でもなんとか落ち着こうとしている。

「わかるよ。ナットくんはトラの背中に乗ってるだけなんだ。狷介《けんかい》って名前のトラに乗ったはいいけど、恥ずかしくないように降りられるところが見つけられなくて、降りてこないんだよ」

「おれは恥ずかしがってない！」

そうは言うが、ナットくんは目をそらして、スクリーン上のいろんなフォルダーを開いている。それから言葉をぶつけてくる。

「おれは怒ってる！」

「これまではさ、ナットくんがどうなってもナットくんは悪くなかった。だけど今はおばさんも、このみんなが一緒に平穏に暮らせるように、この家を家らしくしようとしてくれてるもんね。だからおばさんが悪いわけでもない」

「らしいこと言うじゃねえか。作品に使わせてもらうぞ。それが原因なんだって書こう。〝家を家らしく〟して正当な〝平穏〟を手に入れるために、ひとは自分自身を捨て去ろうとするんだ！」

「ナットくんはいろんなものが開かれた時代に育ったでしょ。社会の規範も変わってる。だけどおばさんはナットくんと同じ時代には生まれてないんだよ。ただ、自分が植えつけられたとおりに、すべてをよくしようとしてるだけなんだよね。それに……ナットくんだっておばさんにチャンスをあげてないでしょ。おばさんに……その……ターターンさんの話をしてない。あれを知ったら、みんなにとっていい出口をおばさんが見せてくれるかもしれないじゃない」

「おまえはまだ、母さんがどんな人間かわかってないのか！」

ナットくんは叫び声を上げて、家を取り囲むみたいに腕を伸ばした。

「なにも〝異常〟がないように取り繕えるのがな、母さんの特殊能力なんだよ！　あのひとは自分を騙《だま》し続けて今日まで生きてきたんだ。おれを二十年も育ててきて、おれがなにで、どんな人間で、おれの身になにが起こってたのか、母さんがぜんぜん知らなかったと思うのか？」

怒りで震える身体を抑えようとするみたいに、次の言葉は声が小さくなる。けれど言葉の焼けつくような鋭さは、変わらない。

「母さんが空中に作り出したのは、旦那だけじゃないさ！」

「ナットくん！」

「母さんが愛してたのは、なんでも言うことを聞いて、口答えしない〝息子〟なんだよ。本当のおれがどんな人間か、母さんは知ろうとしたこともない。互いを本当に知らない人間同士に、どうやって愛し合えっていうんだ！」

「じゃあそれで、おばさんが本当のナットくんを多少知ったタイミングで、自分が傷つけられたのと同じくらいに仕返ししようってことなの？」

まっすぐとした事実で言い返されて、ナットくんもまごついたようだ。

「おばさんが本当のナットくんを受け入れてくれないって怒るけどさ、その前に本当の自分を見せようとしたことはあるの？」

「それは、おれがすることなのかよ！」

「だけどさ、もしナットくんがそのことで怒ってるんじゃなくて、おばさんが本当の自分に踏み込んできたことで怒ってるならさ、怒る相手が違うんだよね」

相手の眉根が寄せられて、しわができた。視線には疑問が浮かぶ。

「どういう意味だよ」

タオフーはつばを飲み込んだ。最近、自分のつばはどんどん苦く、渋くなっていて、喉にしみる。

「ぼくたちのことをおばさんが知ったのは、ぼくのせいなんだ」

聞いていたほうは、信じられないという顔で口を開けている。

タオフーは息を吸い込んで勇気を集めた。これから話すことは、まったくもって自分が悪いのだから。

「ぼくが勝手にやって、まだナットくんに伝えてないことがあるの。前の薬を、おばさんに飲んでもらうようにしてて、こっそり病院にも連れてってるんだ」

ナットくんのあごがさらに下がって、口がますます開いていく。

「薬をこっそり飲ませ始めてすぐ、おばさんも気がついたんだ。だけどおばさんが薬を飲まないとナットくんも心配するって言ったら、素直に飲むようになってくれたの。それに、おばさんのほうからぼくに、病院に連れていってくれって頼んできたんだよ。ナットくんに言わなかったのは、おばさんに頼まれたからなの。たぶん、ナットくんがますます考え込んじゃうのが嫌だったんじゃないかな。ナットくんのことを、本当に心配してたんだよ」

「ちょっと待て。母さんが薬を飲んで、医者に行って、それでおれたちの関係のことがわかったってのは、母さんがもう治ったからだって言いたいのか？」

「まだ治ってはいないよ。だけどもうすぐ治ってくるんじゃないかと思う。よく見たらわかるけど、最近は空中のセーンおじさんともほとんど話さなくなってるんだよ」

ナットくんは、庭にいる母のほうに視線を移した――タオフーが自分に都合のいいように見間違えたのではなく、ナットくんの黒くて丸い目に、今聞いたことによる幸せの光が浮かんだのが確実に見えた。

「それならよかった」

ナットくんの唇が動いて、小さな言葉がこぼれ出た。

「ナットくんが怒らなくてうれしい」

「バカなお子さまだよ」

彼の顔に笑みが花開いた。

「おまえのなにに怒るんだよ。母さんを治そうとしてくれてて、しかも母さんにおれを認めさせてくれてる!」

「おばさんがナットくんをすっかり受け入れたとは思わないほうがいいかも」

タオフーが忠告した。

「たぶん今は、おばさんも混乱してるんだと思うんだ。だけどおばさんはナットくんにチャンスを与えて、やれることはぜんぶやった。だからあとは、ナットくんがおばさんにチャンスを与えるかどうかだよ」

「口のうまいやつめ」

ナットくんが納得したようにうなずく。

「セリフを考える助けになるよ。普段映画しか書いてないから、ドラマはあんまり得意じゃないんだ」

今日初めて、タオフーは心から明るく笑えた。

「プリップリーさんみたいに上手には思いつかないけど」

「うん?」

「プリップリーさん。ナットくんのフェイスブックの友だちのさ。投稿へのコメントがいつもおもしろいんだよね」

「ああ! プリッププか」

思い出すのに精いっぱいで、タオフーの言葉や態度の探るような様子には気がつかなかったみたいだ。

「会社の後輩だよ。ウダウダずっと書いてきて、むしろウザいんだよな。返事もしないのに、ずっと仲良いみたいにコメントしてくるし。だいぶ前にフォローをやめたんだ」

「どうりで……」

「なにがだよ」

（どうりで、プリップリーさんがシェアしてるマンガのページを見てないわけだ）

「どうりで、ぜんぜん返事をしてないんだなと思って」

「おまえも関わらないほうがいいぞ。めんどくさいから」

タオフーはあっさりとうなずく。

「ナットくん、機嫌よくなったね。続きが書けるといいけど。じゃましないようにするね」

ナットくんはほほ笑んで礼を言う。

調子よくPCに向かい始めたナットくんは、そこから離れたタオフーが、スマートフォンでこっそりだれかにメッセージを書いていることなんて知りようがなかった。


そのあと、この家は本当の笑い声と平穏を取り戻した。

ナットくんは、自分がマタナーさんの治療について知っていることを本人には言わなかった。タオフーのほうも、マタナーさんとふたりきりでの話はほとんどできていない。だから、ナットくんにした話のことをマタナーさんには伝えていなかったし、そもそもナットくんと自分のことを実際はどう思っているのか、知りようもなかった。ただこの関係を、マタナーさんは、喜んで心から受け入れてくれてるんだという確信だけはあった。

タオフーは、もうわざわざ聞かなくていいだろうと思っていた。おばさんのほうも、そのあとは結局、タオフーとこっそり話そうとする様子もなかった。

タオフーは、自分の愛するふたりが、互いに少しずつ心を開いていくのを見て、幸せだった。長いあいだ捨て置かれていた無理解の蜘蛛《くも》の巣が畳まれて、強い力を持った風がそれを吹き飛ばそうとしてくれているみたいだ。

ナットくんの笑顔もだんだん明るくなっている。それが伝播《でんぱ》するみたいに、マタナーさんの笑顔も明るくなっていく。たまにふと気づくと、マタナーさんが、息子と自分を満足そうな笑みとともに見ている。けれど目尻には涙が浮かんでいる。タオフーと目が合うと、彼女は笑ってそれをごまかして、別のほうを向いてしまう。

夜の暗闇の中、ナットくんがあっさり眠ってしまったあと、タオフーは目を開けたまま、見えない天井をまっすぐ見つめている。タオフーが見ているのは、毎日のいろんなできごとと、そのときのとてもいい気持ちだ。

それはさながら、プレゼントみたいなものだ。タオフーはようやく、自分がここに現れたことと、自分が存在することの意義を、少しずつ感じられるようになってきていた。

少なくとも、ナットくんとおばさんの関係を取り持つ手助けはできた。それだけでも十分だと言えるだろう。もし次に眠りに落ちるのが自分だとしても、幸せな気持ちのままここを去っていける。そういう安心感があった。

あとはあのことだけが、心に引っかかっている。そしてそのせいで、クマさんは毎晩ぐっすり眠れていなかった。

タオフーは何度もスマホを見ては、メッセージも着信履歴もないことを確認し、ため息をつき、待ちわびていた……もうすぐ来るはずだ、自分が眠ってしまう前に、と期待しながら……。

その電話はある日の夕方にかかってきた。タオフーは夕食の皿を洗い終えたところで、マタナーさんは上でシャワーを浴びていて、ナットくんのほうはドラマの脚本執筆に一生懸命になっている。

心臓が強く鳴る。タオフーは持ち主のほうを見てから急いでタオルで手を拭き、電話に出た。

「ケーンくん、どうだった？」

「わかったよ」

電話に出た声は、スクリーンに表示された名前のひとのそれとは違う。タオフーは不思議に思った。ただ、

（どこかで聞いた声だな……）

とだけはわかった。

「おいクソガキ、よこせ！」

今度はケーンくんの声も漏れ聞こえた。ふたりが電話を取り合っているみたいなカチャカチャという音がして、それから最初に聞こえた声の主が話す。

「呼んでおいて、ひとりでしゃべる気かよ」

「だれがおまえを呼んだんだよ」

「おじさんは口と気持ちが裏腹だねえ！」

〝おじさん〟という言葉を聞いて、タオフーはようやく思い出す。

「ソーンさん？」

タオフーとそっくりのヌンさんの弟、アヌン――ソーンさんだ！

「ケーンくん、ソーンさんと一緒なの？」

「あ……ああ」

ケーンくんの声は、まるでケーンくんじゃないみたいだ。恥ずかしそうに濁《にご》っている。

「来させろって言われて」

「あ……そう」

タオフーはわかったような声を出したが、あんまりわかっていない。

「言えばいいじゃん、あの日にラインを交換して、毎晩おれと話してるって」

「バカ野郎！　でかい声で言うな！」

ケーンくんは、警察のお偉いさんの息子を、その威光にはちっとも怯《おび》えていない様子で怒鳴った。

状況を理解し始めたタオフーは笑ってしまう。

「それで結局、今日は、ケーンくんとソーンさんは一緒にプリップリーさんに会いに行ったのね」

「ま……まあ――」

ケーンくんは咳払《せきばら》いをする。

「そうだ」

ナットくんが家から出ずに仕事をすると宣言をしていたことで、自分がプリップリーさんと話しに出かけられるチャンスがなくなってしまうだろうと、タオフーは思っていた。

こんなふうに一刻を争うような状況では、ケーンくん以外に頼れるひとはいなかったのだ。

メッセージを送るとき、タオフーは相手の興味を引くような切り出し方にした。

〝ケーンくん、ぼく、ナットくんと、タータ―ンさんと、ヌンさんのこと、ぜんぶわかったよ〟

目を丸くした顔文字と〝どういうことだ！　どういうことだ！〟の返事が返ってきたので、タオフーはOnce Upon Our Timeのページのリンクをコピーして、返事の代わりに送った。

思ったとおり、それを読むのにしばらく静かになったあと、返事が来た。

〝おい！　どういうことだよこれ。ほんとのことなのか？　ナットは知ってるのか！〟

タオフーの計略どおり、ケーンくんは食いついてくれた。タオフーは返事をして、少しずつ説明を重ねていく。

〝まだだよ。ナットくんを嫌な気持ちにさせたくなくて。だからこのページのひとと話して、なにがどうなってるのか先に聞いたほうがいいかなと思ったんだ〟

ケーンくんはあまり乗り気ではない様子だったが、ナットくんが家に仕事を持ち込んでいるせいでタオフーが家から出られないという理由を知って、自分がプリップリーさんを追及しに行くと申し出てくれた。

〝ナットと同じ職場なら、すぐ見つけられるだろ〟

そして今、タオフーは興奮を抑えようと、息を深く吸い込んでいる。自分がまた一歩、生みの親に近づいている、というのがわかる。

タオフーはできるだけ震えないようにした声を、電話口に注いだ。

「ケーンくん、プリップリーさんはなんて言ってた?」

20　エーカタット王の弱さ

プリップリーという名前は、〝むかしむかし、あるところに……〟で語り出される物語と、伝説上の王国プリップリー——現在のペッチャブリー県にあったそうだ——を思い起こさせる。主流の歴史においてタイ最初の王国とまで讃えられるスコータイよりも、はるか昔の王国。

しかし、初めて会ったプリップリーは、ぼくが思っていたような、ペッチャブリーの女性ではなかった。

ペッチャブリーに生息する猿も眠り込んでしまうくらいの人当たりの良さと話のうまさで、彼女は、両親が初めて出会った場所から名付けられたんだと教えてくれた。

むかしむかし（とはいえ冒頭の話ほど昔ではない昔）、チェンマイの女性がプラチュアップキーリーカンの男性と見つめ合い、小さな小さな愛の物語が編まれていった。そして小さな小さな、よくしゃべる、さらになによりよく笑う女の子が生まれた。

そんなわけで、ケーンシットが一体何者で、自分がフェイスブックページに描いているキャラクターのふたりとどんな関係なのかを知ったプリップリーは、彼と会うのを拒まなかった。そしてすぐに、物語が鉄砲水みたいにあふれ出してきた。

「彼女はターターンさんと日本で出会った」

電話から聞こえるケーンくんの声が、その横にいるひとにじゃまされる。

「東京藝術大学」

タオフーにも聞こえたものと見て、眉をひそめたようにケーンくんは話し続ける。

「ふたりともそこに留学した。ターターンさんはチェンマイの芸術学部、絵画専攻を卒業してから奨学金をもらってた」

海外で出会ったタイ人同士ということで、ふたりはだんだんと親しくなっていった。

「プリップのほうが先に帰国して、フラフラいろんなところで働いた。それで最後は、ナットと同じ会社の美術部に落ち着いた。一度ナットと一緒に写った写真をフェイスブックに上げたら、ターターンさんからメッセージが来て、その男を知ってると書いてたらしい」

ナットくんの初恋の相手はかなりあけすけなひとだった。気が合う人間同士、話せば話すだけ物語も湧き起こる。

「彼女が言うには、ターターンさんは、日本人も含めてそのあと何人もと付き合って別れてたけど、心にはずっと昔の恋が残ってたらしい」

「じゃあなんでナットくんに連絡しなかったんだろう」

タオフーは理解できない。

「それがおれにもわからない」

近くで耳をそばだてていたソーンさんが先に答えてしまう。

「プリップリーさんが言うには、ターターンさんはまた問題が起こるのを恐れてて、それで、昔のことはいい思い出に留《とど》めておくことにしたってことらしいけど」

「大人になるとな、子どもみたいに甘い、夢みたいなことばっかりじゃなくなるんだよ。おれは理解できるぞ」

ケーンくんがそこに重ねたが、隣のひとがブツブツとぼやく。

「おいおい、じいさん！」

「このマセガキ！」

乗った船が大海に流れ出してしまわないよう、タオフーはなんとか帆を引いて風を受けて、もとの岸に戻ろうとする。

「ケーンくん、だけどプリップリーさんはその話をマンガにしてるんだよ。もしぜんぶを思い出にしておきたいなら、どうして——」

「どうして描かせたかって？」

ケーンくんが先取りして答えてくれる。

「きっと、それで失うものもないと思ったんだろう。おはなしとかさ、年代記を読むみたいな気分なんだろ。過ぎてしまったものは戻らない。ターターンさんはそう思った。しかもナットがハチャメチャにやってるのをプリップから聞いてたわけだし、ふたりの人生はもう遠く離れたんだと思ったんだよ」

（そんなことはない――）

タオフーは心の中だけで反論した。

ターターンさんはあれを単なる過去のことだとは考えていない。彼がプリップリーさんにあの話を描かせたのは、むしろぜんぶを掘り起こしたいと思ったからじゃないだろうか。プリップリーさんとナットくんはあれだけ近くにいる。親しくないとはいえ、今は、フェイスブックに書かれたことなんて簡単に広がっていく。あのマンガたちがいつかナットくんの目に触れて、昔の炎がまた燃え上がるかもしれない。そんなことがありえないなんて、だれにわかるだろう！

それこそ、タオフーの心の敵が望んでいることだ。しかも彼は――。

「ターターンさんがフェイスブックに書いてる、甘い言葉は？」

タオフーは次の質問を受話器に注ぐ。

「なんで、まるでナットくんが自分のフェイスブックを読んでるのを知ってるみたいに、あんなにずっと、何度も何度も、匂わすようなことを書いてるの？」

「そんなの、ひとりしかいないだろ」

「プリップさん！」

ソーンさんが、タオフーの予想も待たずに言う。

ケーンくんがそれを引き取る。

「そうだ。ナットが自分の作ったページに目を留《と》めたこともないって、彼女は知ってた――」

「ナットくんはプリップリーさんのページをフォローしてないんだよね」

タオフーが答える。

「そう。それである日、ナットが自分の机の近くで打ち合わせしてるときに、彼女はわざとタータ ーンさんのフェイスブックページを開いたままにしておいた。それでおまえも知ってるように、ナットは罠《わな》にかかったわけだ！　昔の恋人を見つけて、テンションが上がったんだろう。相手のアカウント名を覚えて、こっそり見るようになった」

そこまで話して、ケーンくんはため息をつく。

「だけどタオフー、あいつにはあいつなりの理由がある。それにあのころは、まだおまえにも出会ってない。ターターンさんのページは見てたけど、友だちには追加しなかった。それだけで、おまえにもいろいろ伝わるだろ？」

（たぶん、そうじゃない……）

ケーンくんは、タオフーがナットくんから聞いたみたいにすべてを知っているわけじゃない。だからわかりようがない。

すべてが過ぎ去ってからもなお、ナットくんがターターンさんに連絡をしなかったのは、自分からターターンさんの手を離したという負い目があるからだ。

あれは、自分の進む道を宣言したのと同じことだったし、その選択は相手を傷つけるものだった。ナットくんがターターンさんのもとに行かないのは、自分のおこないを恥じていて、まだそれが許せないからだ。

それはつまり、ナットくんのターターンさんへの気持ちは、まだちっともしぼんでいないということでもある！

心臓にナイフを何度も突き立てられたみたいな、ザクッという痛み。けれどもタオフーはそれを隠しとおして、ケーンくんの声を黙って聞き続けた。

「プリップはそのあとも調査を続けて、ナットがターターンさんのフェイスブックをちょくちょくこっそり見ていることを知った。それでキャッキャ大喜びして本人にも伝えたらしい。そのころターターンさんはもうタイに帰ってきてて、働いてた。どうもこっそりナットの家のあたりに来て、様子をうかがったりもしてたらしい。プリップが言うには、ターターンさんはおばさんともしゃべって、彼女のことをすごく心配してたんだと。だけどナットに会えるまで家で待ったりもしなかった」

タオフーは状況をつなぎ合わせていく。ターターンさんがおばさんに会ったのは、おそらく彼女の症状がとても悪化していたときだろう。

相手の話題がだんだん、タオフーが本当に関心があることにつながってくる。息を吸い込んで、心を落ち着かせて、ナットくんのほうをチラリと見た。彼はまだ、仕事に没頭している。

「それで、今ターターンさんはどこにいるの？」

「どうもチェンマイで小さい家を借りて、そこを個人のスタジオにしてるらしい」

「シリマンカラーチャーン通りの、ソイ３」

「そこまで詳しく言う必要ないだろ」

ケーンくんは、事あるごとに話に入ってくるソーンさんを叱《しか》る。

ソーンさんも負けじと反論していく。

「だって父さんがそうしろって言ったから」

「警察のガキめ！」

ターターンさんは日本に留学しただけじゃなく、いろんな国を旅して調査して回っていた。特に、フィンランドとドイツ。それが、文化芸術全般と現代アートの発展について、ターターンさんに新しい視点や興味を与えてくれた。一時期は、日本で、レタッチとCGIなどの画像処理関連の企業から仕事を請け負った。画像の持つ言語への深い理解は傑出していて、彼が培った能力は、印刷広告制作のアイディアへと発展していった。激しい動画戦争の時代のただ中にあったにもかかわらず。

ターターンさんの名前は注目されていった。海外のエージェンシーとも仕事をするようになり、カンヌライオンズ国際クリエイティビティ・フェスティバルでグランプリを獲得するなど、ほかのさまざまな舞台で受賞するようになった。

「――だから彼は、仕事を選べる立場にいる。だけどプリップが言うには、最近は、仕事から別のものに興味が移ってるらしい」

ナットくんと付き合っていたときのターターンさんと今日のターターンさんは、変わっていないのだろう。自分自身の理想をはっきりと持っている男のひと。実際、大学の芸術学部にいたころはずっと、地方のコミュニティと協働する学生団体で長い時間を過ごしていたらしい。日本から帰ってきたあともそういう活動には変わらず興味があって、続けているようだ。

「――最近はあの、パー・ウォーとかいうところのムー・バーン反対運動のリーダーのひとりらしい。プリップはもっと控えめに活動したほうがいいって忠告してるみたいだけど、聞く気はないようだ。それで忙しくて、最近はフェイスブックをチェックする時間もないみたいだな。プリップのページもそれで、最近は昔の思い出をシェアするばっかりだろ。元ネタになる甘い甘い投稿がないからだよ」

「心配しなくてもいいと思うよ」

しばらく黙っていたソーンさんの声が、また聞こえてくる。

「あんたの彼氏と元カレはさ、今はぜんぜん関係なさそうじゃん。しかも彼氏は家で仕事してるんだろ。ナットさんはすっかりあんたに夢中でしょ。うちの彼氏と比べたらさ」

「おい、なんだよ。だれがおまえの彼氏だって？　外堀を埋める気か！」

「ぼくも、彼と関わらなくて済むことを祈ってるよ」

タオフーの独り言がずいぶんと弱気になってしまう。というのも、そんなことはほとんどありえないとわかっているからだ。

ターターンさんは自分の生みの親だ。おそらく、迫りくる眠りの危機から助け出してくれる唯一のひとだろう。ついに、この一階に残る最後の友だちであった掃除機さんまで飲み込んでしまった危機から！

「見たところ、プリップにも悪意はないみたいだぞ。だけどタオフーが彼女のページが嫌だってんなら、やめさせるように言えるからな」

「ありがとう、ケーンくん」

タオフーは短く答えた。だがその決意ははるか遠くまで、長く伸びていく。

翌日の夜。タオフーは一粒ずつ昇っていく雨滴を見つめている。

自分の生みの親とそれを結びつけまいとする試みは、奏功しない。結局、ターターンさんのフェイスブック投稿を思い出してしまう。

〝ふつう、雨滴は下に落ちる。でもときどき、上に昇ることもある〟

タオフーは覚えている。あの投稿は、ターターンさんが四つ目の壁を破ったあとのものだ。

〝既読がついたのに、返事はないんだね〟

〈第四の壁を破る《ブレイク・ザ・フォース・ウォール》〉とは、ナットくんが以前教えてくれた、演劇用語だ。

フランスの哲学者で美術批評家のドゥニ・ディドロは、演劇の舞台を、四方を壁に囲まれた空間として定義した。そのうちの一面——第四の壁——は、透明の壁で、そこを通して観客は、登場人物たちの物語を見ることができる。〈第四の壁を破る〉とは、映画や演劇の舞台上の登場人物が、自分は演じられているだけの登場人物に過ぎず、そこに観客がいるということを自覚しているみたいに振る舞うことを指す。

もしかすると逆なのかもしれないが。ターターンさんは、わざと、そこに彼を見ているひとがいないふりをしていた。それがあるタイミングで、その小さな劇場に飽きてしまった。それで、第四の壁を破って出てくることにした。

だけどナットくんはそれに返事をせず、第五の、第六の、あるいは第七の、さらには第八の壁の向こうに姿を隠したままだった。さながら、この両岸のふたりが出会うためには、奇跡に頼るしかない、というように。

〝ふつう、雨滴は下に落ちる。でもときどき、上に昇ることもある〟

これを読んだタオフーは、想望の比喩だと考えた。奇跡が起こるかもしれないと待ち望むこと。たとえそんなことが起こる可能性は、ほとんどないとしても。

そういうわけで、外の雨粒が上に昇っていくのを目にするやいなや、嵐の冷たさが壁を破って中に激しく吹き込み、心まで冷たくしてしまう。

「車が前に進んでると、窓の雨が上に昇っていくように見えるね」

自分の言葉すら、気力を失ったみたいに悲しげだ。隣の運転席に座るナットくんがその言葉を聞いたあと、一瞬だけ動揺するようなそぶりを見せたのが横目に見えて、余計に悲しい。

ナットくんはたぶん、自分がガラにもないことを考えていると思ったのだろう、それでわざとくさく笑って、その空気を打ち消した。

「想像力豊かだな。ああ、おい、傘持ってきたか？」

家を出るとき、五月中旬の空は暗くよどみ、うなり声を上げ始めていた。けれど家の食糧がほとんどなくなってしまっていたので、ナットくんはタオフーを誘って、車で近くのスーパーに行くことにした。大量の買い物が、車の後ろに積まれている。ナットくんは何度も外に出て時間を無駄にしたくないのだ。

最近彼は、頭が走っていると、よく口にする。

車は、交差点の赤信号ギリギリで止まった。ザアザアと強く降り注いださきほどの雨は、だんだんと弱くなっている。上に昇っていた雨粒も、また下に向かって落ち始めている。

タオフーはカウントダウンを始める赤信号を見ながら、決意を固め……。

青信号。

「最近、変なことが起こるんだ」

「うん？」

ナットくんは、こちらも見ずに、喉の奥でうめくような声を出す。

「見えるんだよね。知らない場所とか、ひとが……ナットくんの家に来てから、そんなもの見たことないはずなんだけど」

車の中が静かになる。しかしその外では、遠くから別の轟《とどろ》きが近づいてきている。大雨は止んだが、もっと大きな嵐が這《は》い寄ってきているようだ。

ナットくんはなにを理解するのも早い。だけど、理解も、ものによっては受け入れがたいことがある。おそらくそんなわけで、彼の次の言葉は、甚大な労力をかけてひねり出されたものになったみたいだ。

「知らないひとってのは、イケメンもいるのか？」

からかうような笑いで不安の痕跡《こんせき》を隠そうとしているが、まったくうまくいっていない。

タオフーはうなずく。

「ひとりいるんだよ。というかそのひと以外には、だれも見えてないんだ」

長い静寂《せいじゃく》が、壁のように立ち上がる。しばらくしてようやく、ナットくんが次の問いに移る。

「つまり……思い出したのか……？」

タオフーはため息をついた。

「ぼくもよくわからないんだ」

「医者に行こう」

「もしぼくが、記憶が戻ってほしくないって言ったらどうする？」

ナットくんが唇の端でニヤリと笑って、その目が少しだけキラッと光ったのを見て、タオフーは気が楽になる。

「だけど、真実がなんなのかを知りたくもあるんだ」

「記憶は戻ってほしくない、だけど真実を知りたい」

ナットくんの悲しい声で、タオフーの我慢も限界に達した。隣にいるナットくんを見る。自分の身体が震《ふる》えているのがわかる。秘密にしていたすべてが、ナットくんの悲しみのせいで点火されて、爆発しそうなくらいの化学反応を起こしている。

タオフーはナットくんの腕に手を置いた。あまりに冷たくて、震えていたせいだろう。ナットくんがビクリとしてこちらを向く。

タオフーが涙を流しているのに驚いて、ナットくんは目を見開く。

相手がなにかを言う前に、タオフーは大泣きしてしまっていた。それでもなんとか、きちんとした言葉で話そうとする。

「真実を知っても、ぼくはいなくならないからね。ナットくんの前からは消えないからね。ナ……ナット……ナットくんが、ぼくにいてほしいと思ってくれる限りは」

「バカなお子さまだよ」

ナットくんは、涙を流しながら笑う。

「お前に消えてほしいわけないだろ」

（ナットくんを待ってる、あのひとに会っても？）

この時間帯はあまり渋滞しておらず、車はスピードを出している。それでもタオフーの目の端には、道端に建つものがはっきり映っていた。

あの古い百貨店と映画館。

《アン・ペン・ティー・ラック》のあるところ……。

クマさんは、嗚咽《おえつ》になってせり上がってくる不安と恐れをどうにか呑《の》み込もうとする。

「ナ……ナットくん、やくそく……約束してくれる？」

その言葉があんまり真剣に聞こえたのだろう。相手が笑った。

「なにマジになってんだよ？」

タオフーが黙ったままでいると、ナットくんはこちらを向いて、困ったようにほほ笑む。

タオフーの瞳に映る待望に応えようと、ナットくんはようやくしっかりとうなずいてくれた。左腕を伸ばして、肩を叩いてくる。強くて、あたたかい手。

「約束する。おれにはおまえが必要だ。これからもずっと、今みたいに、隣にいてほしいと思ってる。心配すんな」

その手が下がっていって、指が、タオフーの指のあいだに差し込まれる。そうして、ふたりの手がしっかりとつながれる。

「おれも知りたいしな。おまえが一体何者なのか」

タオフーは口を歪《ゆが》めてから、決意を固めて、冗談とも本気ともつかない様子で言った。

「もしかするとぼくは……なくなったナットくんのクマのぬいぐるみなのかもね」

「クマのぬいぐるみが人間になったのか？」

相手は笑いながら少し考え込む。

「テッドみたいなもんか？　だけど、クマのタオフーからこのタオフーへの変身は、どうやってつじつまを合わす？」

タオフーも一緒に楽しもうとするが、かえってぎこちなく聞こえてしまう。

「考えてみたことない？　ナットくんとずっと一緒にいたクマのぬいぐるみが、ナットくんのことを好きになりすぎちゃって、ぬいぐるみのままじゃいられなくなっちゃうんだよ」

「ぬいぐるみがおれと寝たいってのか？」

ナットくんはゾクゾクするようなささやき声を出してから、目を細めていかがわしい視線を送ってくる。けれどもすぐに笑い出してしまった。

「このプロットで映画にしようと思ったら、また会社で上にどやされるな」

「どうして今になって、こんなことが起こっちゃうんだろう。せっかくどれもこれも完璧になってきてるところなのに」

「本当に完璧なものなんて、ないからかもしれないな」

車内が一瞬で静かになる。聞こえるのは、窓と屋根に当たる雨の音だけだ。

タオフーがその息詰まる沈黙を破った。

「ナットくん」

「うん？」

（もしぼくがいなくなっても、ナットくんは生きていける……？）

「顔を見つめたまんまなにも言わないってのは、どういう意味だ？」

ナットくんは眉をひそめながら、目の前の道路とこちらとを交互に見ている。

タオフーはなにも答えなかった。目に涙が浮かんできていたがなんとか笑おうとして、ナットくんの手を強く握った。

「おい！　なに怖がってんだよ。おれを信じてないのか？　おれはおまえを信じたんだぞ。おれたちが変わらない限りは、まわりがどうなったって関係ないだろ」

タオフーはうなずいた。

「けど……その男はだれで、どこにいるんだろうな。どこから〈真実〉を探し始めればいいんだか……」

もともとタオフーは、ターターンさんがバンコクにいるのかどうかもわかっていなかった。その上でもし、ソーンさんみたいに近い場所にいるのだとしたら、それをナットくんに告げただろうか。もしかすると、自分ひとりで会いに行っていたかもしれない。そのほうが安全だったかもしれないし。

顔を合わせたとしても、ターターンさんが不思議がるのはせいぜい、どうしてタオフーがかつての同級生にそっくりなのだろうということや、それがどうして昔の恋人にプレゼントしたクマのぬいぐるみのことを聞いてくるのか、ということくらいだろう。

期待していた答えが得られようが得られまいが、あとはただそこから離れて帰ってくればよかった――向かうときと同じように、静かにこっそりと。

ナットくんが昔の恋人に会うことがなければ、自分は今と同じ地位にいられるし、ナットくんのほうもあまり苦労なく自分との約束を守ることができる。そうやって安心できていたはずだ。

けれどもターターンさんは、自分ひとりで行くには遠すぎる場所にいた。

そんな大きな理由のせいで、タオフーは、自分が遠出をしたいということを、しかたなくナットくんに伝えざるをえなかった。それが、ナットくんがかつての恋人に再会する機会を与えることになって、自分自身の立場を大きく揺るがすものになりえるとしても。

出発の日が近づくにつれて、タオフーは、本当は距離の問題ではないということに気がついた。心の奥底のすみっこのほうに、ある恐怖心を隠していたことに気がついてしまった。
最後にナットくんが、自分ではなくターターンさんを選んでしまうかもしれないのが怖いわけじゃない。

深く思索を巡らせたタオフーは、結局、ナットくんの幸せこそが、つねに最大の目的なのだと認めざるをえなかった。

もし自分がナットくんの近くにいることができたとしても、ターターンさんと再スタートを切るチャンスを逃したナットくんがずっと後悔するとしたら。タオフーはそのほうがよほどつらい。自分との約束を守るためだけに、ナットくんはもっと輝かしい未来へのチャンスを失うのだから。

タオフーが怖いのは、ターターンさんとの出会いが失敗に終わるかもしれないことだ。生みの親が本当に自分を助けてくれるという保証はどこにもない。すべてはタオフーの勝手な期待にすぎないのだ。

ほかの家具たちみたいに眠りに落ちてしまわないように自分を引き止めておく方法なんてものは、存在しないかもしれない。そんな可能性も受け入れられるように、タオフーはあらかじめ自分に揺さぶりをかけておくことにした。

自分に残された時間はただ減っていくだけなのかもしれなくて、そのときが来たら、ナットくんは悲しむだろう。そしてタオフーが日常に現れる前の、沈んで陰鬱《いんうつ》とした、孤独な状態に戻ってしまうだろう。

そうなったナットくんを想像しただけで、タオフーは耐えられないほどに苦しかった。

一緒にターターンさんに会うのは、ナットくんの幸せをできるだけ長く保っておくための最後の手段だ。ナットくんがタオフーとの別れに悲しもうが悲しまなかろうが、タオフーを思い出そうが思い出すまいが、少なくともナットくんが愛し、その愛を返してくれるひとの近くにいられるのは、なによりもいいことのはずだ。

しかもすでにタオフーは、重要な任務、つまりマタナーさんの救済を成し遂げているのだし。ナットくんを確実にその場所に連れていくためには、ある程度のことを隠しておく必要がある。それでタオフーは嘘をついた。頭に浮かんだイメージで、ぼんやりと、ある男性の姿を見た。名前はわからないが、デモのリーダーみたいななにかの活動をしているというのだけはわかった。それとは別に、デザインの仕事もしているみたいだ。あまりはっきりはしていないが、このふたつで、目標としているひとに必ず会えるはずだ。というのもそのひとがいる――タオフーに〝見えた〟――場所は、スタジオに改装された小さな一軒家で、そんなに大きくないソイの中だった。しかも、シリマンカラーチャーン通りのソイ3というところまで特定できている、というふうに。

〝昔そのへんをよく通ってて、ソイの看板を覚えてるのかもしれないな。人間の額には、べつに名札は貼ってはないしな〟

なんとか冗談を混ぜようとしてくれたナットくんは、旅程をこうまとめた。

〝おまえ、身分証明書がなんにもないだろ。だから飛行機で行くのはたぶん無理だ。おれが運転してやるよ〟

〝ナットくんに迷惑かけちゃうね〟

〝くだらないこと言ってんじゃねえよ。おまえひとりのためだけに行くわけじゃない。いい機会だから、母さんを旅行に連れてってやることにする。おまえの……家族に会えたら、挨拶《あいさつ》もしておけるだろ。そのあとのことも話しておけるし〟

そう言ったひとは、自身の躊躇《ちゅうちょ》と不安をかき消すみたいに肩をすくめた。

〝おれも母さんもべつに悪人みたいな見た目はしてない。ちゃんと話せば、おまえの家族だって、このままおれたちと住んでるのを認めてくれるかもしれない。そうだろ？〟

同行者におばさんが追加されるのがいいアイディアなのかどうか、タオフーにははっきり言えない。

マタナーさんがターターンさんのことを認識しているのかどうかはわからないし、仮にそうだとしても、どういう立場の人間として知っているのかもわからない。

それに、ターターンさんと会ったナットくんの反応を見て、マタナーさんはなにを感じるだろうか。どれもこれも、予測できる範疇《はんちゅう》を超えている。

タオフーに考えられるのは、マタナーさんが息子のことを認めるというのは、彼女がほかのことも認めたり、理解したりするための、大切な道のりの一部なのだということだけだった。

（それに少なくとも、ターターンさんが悪いひとだということもなさそうだし……）

出発の日の早朝、ほがらかにほほ笑んだおばさんが、クンチャーイを連れて家から出てくる。いつもよりもきれいな、ひらひらの服を着ていて、唇には鮮やかな口紅が戻ってきている。

手首には金属のブレスレットがひととおりはめられていて、動くたびにカシャカシャと音を立てる。自分の家の前で運動していたチャンさんが、隣人が総出でガヤガヤしているのを見て、様子をうかがいに来た。ナットくんは彼女が好きじゃないようで、聞こえないふりをして、母に答えさせることにした。

「ナットがチェンマイに連れてってくれるのよ」

「あら！　すごくいいじゃない」

口ではそう言いながら、チャンさんの目はこちらを探るように深く光っている。タオフーのほうも後ろ暗いところがあって、向こうが目を合わせてくるやいなやほかの方向を向いて、ナットくんについてそのまま車に乗り込んだ。

「ほんとによかったわよ」

後部座席に乗り込んだマタナーさんはまだしゃべっていた。その膝にはクンチャーイ。外に出るのに慣れていないようで、落ち着かなく見える。マタナーさんはクンチャーイをなでながら話し続ける。

「こんなふうにみんなで一緒に旅行に行くのなんていつぶりか、覚えてないわ」

ナットくんはサングラスをかけていたが、道路から目をそらしてバックミラー越しに母と目を合わせたのが、タオフーには見えた。

（ナットくんがおばさんと目を合わせて話しているのが見られるなんて、なんて幸せなんだろう）

「これからは、仕事が片付いたタイミングで、たくさん連れてってあげるよ」

「もっと長生きして、ナットと一緒に旅行したいわね」

突然クンチャーイがバウ！　と吠えて、マタナーさんが驚いた。

ナットくんは笑う。

「母さんが変なこと言うから、クンチャーイすら納得してないじゃん」

「もう本当に年なのよ。今はナットには王子さまがいるからね、わたしの代わりに一緒に旅行してもらえるわね。安心できるわ」

タオフーとナットくんは顔を見合わせた。ふたりの顔にほほ笑みが浮かぶ。とはいえそこにはいろいろなものが隠されていた。いいことも、悪いことも、希望も、ひそかな動揺も……。

（たしかなものが、本当にたしかだったことなんてないんだよ、おばさん。ずっと一緒にいてくれると信じたものに、時間がわずかしか残されていないことだってある）

ナットくんが道路のほうをまた向いた。今日は空が開けていない。分厚い雲が一面に広がっている。

タオフーだけが、ナットくんを見つめ続けている。隣にいるひとのありとあらゆる細部を、覚えておこうとするみたいに。

（だけど、やれることはやってみるよ。やれるだけのことを……）

21　デモ参加者の本当の数

ナットくんは比較的のんびりと車を走らせた。道中ではちょくちょく休憩を入れて、マタナーさんが歩いて身体を動かせるようにしてあげている。

タオフーは、チェンマイに近づくほどに、ナットくんの身体が、緊張しているみたいに硬くなっていると感じていた。車の速度こそ変わらないが、ナットくんが、目的地にできるだけ早く到着したい気持ちと、この〝ふつう〟でいい時間を、できるだけ長く引き伸ばしたい気持ちのあいだで葛藤しているのは、だれが見ても明らかだっただろう。

水色のセダンは、午後四時半を過ぎて、ファイ・ケーオ通りからシリマンカラーチャーン通りに入った。二本の車線はひとと車であふれていて、両側に小さな建物が並んで立っている。そしてまもなく、左折して、タオフーの伝えたソイ3に入った。

このソイに建っているのは、大部分が住居のようだ。大小の一軒家が並んでいるが、アパートもある。

ナットくんは車のスピードを落として、見覚えのある家がないか、タオフーに道の両側を確認させてくれた。

幸運なことにおばさんは眠っていて、今なにをしているのか、ナットくんがわざわざ言い訳をする必要もなかった。

「見たことある建物、あるか?」

ナットくん自身も首を伸ばして、タオフーが伝えられたほんのわずかな情報をもとに探してくれている。

タオフーの心臓がドキドキしている。仮にターターンさんの家を見つけられなくて、ナットくんにはうまく思い出せなかったと伝えたって、向こうもなにも言わないだろう。

けれどここまで来てしまった以上、答えはこの先にしかない。前にグーグルマップで見たが、このソイはそんなに深くないから、確認はすぐに終わる。怖《お》じ気《け》づいて、ここまで来た努力を簡単に諦《あきら》めてしまっては、意味がなくなってしまう。

「前にお茶屋《ラーン・ナーム・チャー》さんがある。ナットくん、ちょっとあそこで降ろしてくれないかな。お店のひとに聞いてみるよ」

「そうだな。おまえを知ってるやつがいるかもしれないし」

店が道路から奥に入ったところにあって助かった。ドアを開けただけで、花茶がフワリと香る。タオフーは後ろを振り向いて、ナットくんからこちらが見えないことを確認してから、スマートフォンを取り出した。保存してあったターターンさんの写真を開いて、店員に見せる。

「この男のひと、見たことありますか? なにかのデモのリーダーだと思うんですけど」

「ああ、ターンはん」

黒い服を着た若い女性が、北タイ《カム・ムアン》の言葉まじりで答えてくれる。

「そうです、ターターンさん。このソイに住んでると思うんですけど、どの家かわからないんですよね」

「おうちはこっちのはす向かいのほうにあんで。二階建ての一軒家の、塀をクリーム色に塗ってはる小さいとこ。おひとりで住んではるはずで」

タオフーは北部の言葉が書いてある本を読んだり、北部の言葉で話している動画を見たりしたことがあったので、一応聞き取れた。

「ありがとうございます。バンコクからわざわざ探しに来たんですよ。すごくラッキーだ！」

「ちょっと待ち」

身を翻《ひるがえ》そうとするタオフーを、相手が引き止める。

「え？」

「しばらく帰ってきとらんのよ」

近くに立っているのにあたりをうかがうような店員の様子に、タオフーはなにか隠されたものを感じ取って、呼吸を抑えた小さな声で聞く。

「どうしてですか。なにかあったんですか」

「その……」

相手は視線をこちらに戻して、躊躇《ちゅうちょ》するように声を伸ばしている。

「ターンはん……の親戚が、ちょっと前に、よそに連れてってもうたのよね」

「どこに行ったかわかりますか？」

あまり関わりたくなさそうな相手の様子を見て、タオフーは懇願するように言った。

「教えてもらえませんか。彼に会わないといけないんです」


ナットくんが予約した二つ星のホテルは、ファイ・ケーオ通りの反対側、すぐ近くにあった。ナットくんは、母親と荷物を先に運んでチェックインしておくことにした。マタナーさんはクンチャーイと同じ部屋、タオフーは隣の部屋でナットくんと一緒に寝る。

マタナーさんは長旅でかなり疲れていて、それを好機と捉えたナットくんは、ホテルで休んでいるよう彼女に伝えた。自分とタオフーは外でちょっと用事を済ませて、夜までには戻ってきて、食事に連れていくからと。マタナーさんはなにを疑うでもなく「はいはい」とうなずいたので、ナットくんはすぐにタオフーを連れて、ふたたび車で外に出た。

「そんなところに行くなんて、なにかあったのか、そいつは？」

車でまた大通りに戻ってきたところで、ナットくんが口を開く。

タオフーは首を横に振る。

「わかんない。店員さんも教えてくれなかったんだ」

ナットくんもどうも釈然としないようだったが、それ以上この話はしなかった。GPSの示す経路のほうに集中していたのだろう。幸いなことに、目的地はあまり離れていなかった。

目的地の大きなビルの頂上に、緑色の巨大な十字マークが目立っている。ナットくんの運転する車は、ファイ・ケーオ通りから、ブン・ルアン・リット通りに入った。そこから少し運転したところで、その病院に到着した。

受付に足を踏み入れたところで、ナットくんが聞く。

「それで、そいつの名前はわかったんだよな？」

本当は、タオフーにはまだ迷いがあった。できることなら、なんとかして、ナットくんの前ではターターンさんの名前を出したくない。

（だけどあともうほんの数歩で、そのひとに会える……）

「うん、名前は――」

ターターン、という言葉が口からこぼれる前に、歩いてきただれかがタオフーの背中にぶつかった。身体の大きな男性があわてて言う。

「すまない、申し訳ない！」

ぶつかった衝撃でなにかが床に落ちたようで、相手はこちらを見ずに、しゃがんでそれを探し始めた。もしナットくんが相手のことを呼ばなければ、向こうが顔を上げることもなかっただろう。

「セーンおじさん！」

タオフーは本人を見たことはなかったが、チャンさんの家で見た写真から、これがセーン・ブララットさんだとすぐにわかった。マタナーさんが自身の夫だと思い込んでしまった、かつての想い人。本当はチャンさんの夫だったわけだが。

セーンおじさんはタオフーが見た写真とかなり変わっていた。細身で背が高く、顔も細かったひとは、時が経って肉づきがよくなり、貫禄を備えるようになっていた。ふくらんだほっぺたが骨格を隠して、顔を丸く見せているが、一部にはまだシュッとした顔つきが残っている。丸くて黒い、大きな目はナットくんと瓜二つだが、そこには威厳がたたえられている。もう、若いころのようないたずらっぽい光はない。

「ナット！」

セーンおじさんも驚いたようだ。こんなところで甥っ子に出会うとは思ってもいなかったのだろう。

「こんにちは」

ナットくんはワイをしてから、互いを紹介してくれる。

「タオフー、こちらはセーンおじさん。おれの父さんの兄にあたる。おじさん、こいつはタオフー……」

その語尾に戸惑《とまど》いが見え隠れする。普段ナットくんが、自身の性的指向を伝えるのをためらうことはない。ただそれは、外のひとに向けてのことだ。自分の家族に向けてとなると、タオフーとの関係をはっきりと説明するのは難しくなる。

タオフーは、愛する持ち主が苦しむのを見たくない。それで、先に答えることにした。

「こんにちは、おじさん。タオフーです。ナットくんの後輩で、今は家で、おばさんの世話を手伝ってるんです」

「ああ！」

相手の目が、なにかを思い出したように光る。それと同時にかがみ込んだタオフーは、さっき床に落ちたものを拾った。腕時計だ。

「ありがとう」

セーンおじさんは笑顔でそれを受け取る。

「最近言うことを聞かなくて。すぐベルトが外れるんだ」

「言うことを聞かないのはそっちだろ！」

かなりぼやけた低い声が、即座に言い返す。その声が腕時計から聞こえているのに気づき、タオフーは目を見開いた。

腕時計さんは、高齢の男性のような声で文句を続ける。

「年をとったから、手を振っては柱やらなんやらにぶつけてるんだろ。目もあんまりよくないくせに、店にも持ってかないで、自分で修理までしようとするんだから！」

ずっと張り詰めた時間を過ごしていたタオフーだが、腕時計さんがかわいくなって、つい笑ってしまう。タオフーはセーンおじさんに伝えた。

「お店に持っていったほうがいいと思いますよ。そっちのほうがちゃんと直してもらえるし、長く使えるし」

時計とその持ち主が、同時にクマさんを見上げる。腕時計さんにほほ笑むと、相手もほほ笑みを返してくれた。

　セーンおじさんのほうも言う。

「たしかに店で修理しないといけなそうだな。最近はずっと忙しくて」

「たしかに。おじさん、ちっともバンコクに来ないもんね」

　ナットくんが今思い出したみたいに言う。

「それで、どうかしたんですか？　病院なんか来て」

　相手は不思議議とうんざりした様子で首を振った。

「どうもしてないさ。仕事で来たんだよ。上司のお客さんがここにいてね」

　そう答えると、顔を、手でもむみたいにぬぐった。手を顔から離して、続ける。

「そっちこそどうした。なにしてるんだ？」

　そう聞いたセーンおじさんは一瞬タオフーのほうに視線をやって、なにかに気づいたような目をする。

「ナーになにか……？」

　言い終わらずに、そのまま語尾が伸ばされる。セーンおじさんの口調や言葉は、心配するゆえに柔《やわ》らかいものになっている。そういうものが、取り繕うこともすっかり忘れて自然に出てきている。

　ナットくんはイライラすることもなく、自然にほほ笑んだ。

「母さんは大丈夫。一緒に旅行に来てるんだ。ここには、ちょっと知り合いの見舞いに来てて」

　その答えには、タオフーについての話をややこしくしたくないという気持ちが見てとれた。それにもうひとつ、タオフーには、この伯父と甥がそんなに親しくないのもわかった——たしかにぬいぐるみだったときから、ナットくんがセーンおじさんの話をしているのをほとんど見たことがない。

　そんなわけで、タオフーはナットくんに声をかけた。

「受付で聞いてくるね、ナットくん」

　それが、答えそびれていたナットくんからの質問への答えになる——。

（ぼくはその男のひとの名前を知っている——）

　ナットくんがうなずくと、タオフーはセーンおじさんに小さく会釈《えしゃく》をして、その場を離れた。

　受付係のひとがターターンさんの病室番号を調べているあいだに、うしろからセーンおじさんの声が聞こえた。

「——じゃあ、用事が終わったら電話してくれ」

　おじさんが去っていくと、ナットくんはタオフーのほうを向いて、トイレに入るというそぶりを見せる。

　タオフーがそれにうなずいたところで、受付係のひとがこちらを呼ぶ。

「六一〇号室、二号棟です」

　タオフーは礼を言って受付を離れると、トイレの前でナットくんを待った。それから、受付で教えられたとおりに上の階に向かう。

　エレベーターの中でふたりきりになると、ナットくんはタオフーをいたわるみたいにほほ笑んだ。それは、同時に自分をいたわっているみたいでもある。それから冷たくなった白い手を伸ばしてきて、タオフーに触らせようとする。

タオフーはその手をしっかりとつかんだ。エレベーターのチャイムが鳴ってドアが開くまで、ふたりのあいだに言葉はなかった。

ひと部屋ずつ確認していき、次が目指す部屋だというところで、ナットくんの手がタオフーの手から自然と離れる。

「あれ、ナット！」

セーンおじさんだ！　六一〇号室の前に立って、だれかと話している。

そしてナットくんとタオフーの驚きがますます大きくなる。セーンおじさんの話す相手は――。

「チャンさん？」

タオフーが驚きの声を上げる。

そう呼ばれたチャンさんは、やってきたふたりの青年に、興味も驚きも示さない。タオフーとナットくんがここに来ていると、すでに夫から聞いていたのかもしれない。あるいは、彼女の目に浮かんでいる不安の原因になっているもののほうが重大なのかもしれない。

チャンさんがまた夫のほうを見る。静かながら、しっかり確認しているのが聞き取れるような問いが続く。

「まだなにも話してないのよね」

セーンおじさんは眉をひそめた。相手に投げつけるような返答の声が、煩《わずら》わしさを示している。

「だれにも、なにひとつ言ってないよ！」

「いいわ。ちょっとあなたに話しておきたいことがあるの」

チャンさんの目が、こちらをチラリと見る。ナットとタオフーがこの会話を訝《いぶか》しんでいて、そしてふたりが、これから、セーンおじさんがどの部屋のだれに会いに来たのか聞こうとしているのを見抜くみたいに。

だが、夫のほうはなにかが気に食わなかったみたいだ。

「あいつらが来てしまうぞ！」

「すぐ終わるから」

そう言ったチャンさんは相手の答えも待たずに手を伸ばして、セーンおじさんの肘のあたりをつかむと、その場所から引き離すように引っぱった。夫のほうはまるでそれが恥ずかしいと言わんばかりに躊躇《ちゅうちょ》していて、甥っ子たちのほうは見向きもせずにその手を払う。そして自分からさっさと向こうに歩いていった。

「なんなんだ」

ナットくんがつぶやく。

タオフーのほうも同じく混乱していた。しかしあのふたりがどうしてこの部屋の前にいたのか、ナットくんよりはある程度理解できている。

（チャンさんとセーンおじさんが行ってくれて助かった）

このチャンスも、すぐ消えてしまうかもしれない。タオフーは急いでナットくんに言う。

「中に入ろうか」

そう言ってタオフーは手を伸ばして、ドアノブを回した。バチッと静電気が発生して、思わず手を離してしまう。ナットくんのほうはなんの前触れや予兆も感じていないようで、それを笑ってから、言った。

「どいて」

タオフーを下がらせると、自分からドアを開けて入っていく。

六一〇号室は個室だ。室内は広くもないが、狭いとも言えない。目の前には床や壁の色と同じ白の机と椅子が備えつけてある。その色が、病室をさらに清潔に見せていた。ほかの彩りは、一番奥にある、赤肉メロンの果肉のような色のカーテンと、ベッドを包む水色のシーツだけだ。

室内には、ベッドの上に横たわるひと以外はだれもいない。景色がはっきり見えてくるにつれて、ふたりは呆然《ぼうぜん》としてしまった。探していたひとが、こんな状態になっているとは思いもしなかった。

患者用のガウンをまとったその身体は、タオフーがかつて見た写真よりもひどく痩《や》せている。シーツと同じ色の毛布が、胸から足首の上までを覆っていた。その目はぴったりと閉じられている。人工呼吸器からはいろんな管や線がごちゃごちゃと延びていて、ベッドのまわりを医療機器が囲んでいる。バン、とドアの閉まる音がしても、相手が目覚める様子はなかった。

とても痩せているが、顔つきは変わっていない。ベッドの上にいるのがだれかわかった瞬間、ナットくんは目を見開いた。きちんと確かめるために、顔を上げて、ベッドの頭のほうの、上に掲げられた患者の名前を読む。それだけで、涙があふれてきている。

ナットくんの唇がパクパクと動く。音はしなかったが、空気の動きでなにを言っているかは聞こえた。

「ターン先輩！」

「ナットくん！」

ターターンさんの様子にも驚いたが、タオフーは、このひどい光景を見たナットくんがどうかしてしまうんじゃないかという恐れから、声を出してしまった。

ナットくんが振り返った瞬間、一滴の涙が落ちた。まだしゃくり上げていて、ひどく混乱している様子だ。

タオフーの姿を認めたナットくんが我に返る。しかし、タオフーが男性の姿を思い出したことが、この唖然《あぜん》とするような光景につながっていると気づいて、余計に混乱しているみたいだ。

ナットくんにそんな目で見つめられて、タオフーはようやく自分の置かれた状況を思い出した。口の中にまとわりつくつばを飲み込んで、わざと聞く。

「ナ……ナットくん、この男のひとを知ってるの？」

ナットくんの涙がもう一滴落ちる。口が少しずつ開いていき、その中につばの線が伸びているのが見える。しかしナットくんの声が聞こえてくる前に、病室のドアが押し開けられた。

「――正直に申し上げて、こちらがターターンさんの件を把握したのは、デモが激化してからのことなんです。わたしも、会社のほうにお手伝いをするよう伝えているのですが――」

そのはっきりとした甘い声が、本人よりも先に入ってきた。姿がはっきりと見えると、その声がわずかに止まる。向こうも、タオフーとナットくんがいることに気がついたからだ。

自信にあふれた、美しい女性だ。服も、化粧も、髪型すら完璧に整っている。それらに輪を掛けて彼女を〝高級〟に見せているのは、その立ち居振る舞いだ――たぶん意識していないのだろうが、怪訝《けげん》そうにタオフーとナットくんを見るのにも、あとから入ってきたセーンおじさんのほうに目をやるのにも、どこか居丈高《いたけだか》な雰囲気がある。上級の生物が下級の生物を見つめているみたいだ、とすら言ってもいい。タオフーはこの女性をどこかで見たことがあるような気がしていたが、まばたきをした瞬間に思い出した。

（直接会ったわけじゃないや。テレビかスマートフォンの画面で見たんだ）

記憶違いでなければ、彼女の名前はケーオチンドゥアン・タナロートディロックという。さまざまな分野の産業にまたがって事業を展開する大実業家の娘だ。こんなことをはっきり覚えているのは、最近、彼女の姿がひんぱんにニュースに登場しているからだ。

（パー・ウォーのムー・バーンのニュース、彼女の会社が建設を請け負っていたはずだ。だけどターターンさんはそれに反対しているひとたちのリーダーなんだよね。なんでケーオチンドゥアンさんが――？）

甥っ子たちふたりが目に入ったセーンおじさんは、目で、外に出ろと合図を送ってきた。同じタイミングでさらにふたり、知らないひとが入ってくる。ひとりは首からカメラを提げていて、もうひとりはマイクを持っている。こういうひとたちをテレビで見たことがある。どうやらマスコミのひとたちみたいだ。

タオフーとナットくんは急いでドアのところまで下がった――カメラに見切れないように身を隠

すみたいに。とはいえ、カメラマンはべつにシャッターを切っていたわけでもないのだけど。

ケーオチンドゥアンさんはそちらのひとたちに顔を向けると、自信ありげな笑みをたたえて、板についた様子で話し続けた。

「――わたしと父、それに関係者の全員がとても驚いています。ターターンさんの完治を祈っています。聞いた限りですと、二ヶ月が過ぎたところですよね。まだそんなに時間が経っているわけではないですし、希望は残されています。わたしたちのほうでもなんとか助けられないか、方法を探っているところです」

ケーオチンドゥアンさんはベッドの脇で立ち止まって、いろいろなポーズをとり、ニュース用の写真を撮影した。写真によってはセーンおじさんも参加した。おじさんはかなり不満そうな表情をしていたが、それに逆らえないらしい雰囲気がはっきりと伝わってくる。

ナットくんとタオフーは、開いたままのドアのところに立っている。そこでようやく、夫を待つチャンさんに気がついた。彼女の顔も、落ち着かない様子だ。

とはいえ、もっと落ち着かないのは、ナットくんのほうだ。

ナットくんはそこにいた年配者にひそひそと尋ねた。その視線は、ベッドの上で動かないかつての恋人から離さずに。

「なにが一体どうなってるんですか」

聞かれたチャンさんは、なにかを思い出したように目を細める。

「ナットはターターンと本当に知り合いだったのね」

ナットくんの態度が変化しないと見るや、それを回答とみなして、チャンさんは話を続ける。

「わたしもターターンの調子が悪いって知ったばっかりで。急いでこっちに来たの」

タオフーが不思議そうにそちらを向く。

「先月チェンマイに行ったときから知ってたんだと思ってました」

タオフーは、ボストンバッグを持った彼女が焦《あせ》って家を出ていったときのことを覚えていた。そしてそれが、その直前の電話と関係しているんじゃないかとも考えていた。

〝うん？　チンさんがどうしてセーンさんに会いに行くの。もう終わったことでしょう――〟

チャンさんはわずかにばつの悪そうな顔をしたが、まだその態度は変えなかった。

「あれは別の用事よ。ところで……ナットとタオフーはここでなにをしてるのかしら？」

悲しみをたたえたままだったナットくんの瞳に、状況を理解したような光が灯《とも》る。答えは短かった。

「ぼくたちもちょっと用事があって」

チャンさんはおでこにしわが寄らないように、わずかに眉をひそめた。おかげで、顔全体を覆う硬い仮面をつけているみたいに見える。

「用事？」

「大事な」

それ以上言う気がないと示すような答え。

状況の理解に努めていたナットくんの目つきが、チャンさんに挑みかかるようなものに変わっている。

　チャンさんの目も、すぐにキラリと光る。彼女はナットくんから室内に目を向け、夫がこちらに戻ってくるのに気づくと、あごを少しだけしゃくって、慈しむような笑みを見せた。それから話す。

「タオフーとちゃんと旅行をするほうが大事なんじゃないかしらね。ナットたちみたいなふたりだと、月の蜜を飲む《ハネムーンに行く》って言っていいのかしら」

　どうしてナットくんの表情が張り詰めて、険しいまなざしになったのか、タオフーにはわからない。センおじさんのほうもこちらを興味深そうに見ているのにナットくんは気がついて、余計に険しい顔つきになる。

　それでも答えるときには、チャンさんと同じように、口の端で皮肉っぽい笑みを浮かべている。

「王室プロジェクトの《三こすり山《ドーイ・クラム》》ブランドのはちみつなら飲んでますよ！」

「ナットはほんとにユーモアのセンスがあるわね。お笑いショーパブの芸人たちに、映画の脚本でも書いてあげたら？　多少はお金になるでしょ。それとも書いたことがあるけど、話題になってないから知らないのかしら」

　ナットくんが答えないので、相手は話し続ける。

「ね、まだお父さんが生きてたらすごく誇りに思ったでしょうね。わたしもナーさんがうらやましいわよ。こんなにかわいくて、優秀な息子がいるんだもの。しかも今はもうひとり、息子みたいなタオフーもいて」

「チャンさん、うらやましがらないほうがいいよ。あんまりひとをうらやむと、悪人になっちゃうから」

　タオフーは純粋にそう言ったが、ナットくんはそれにウケた。

「タオフー、おまえマジでおもしろいな。今度はこいつに脚本を手伝ってもらって、できた映画をおばさんに見せてあげますよ」

　チャンさんがそれに答える前に、部屋の中の人々が一斉に出てくる。先頭はさっきのケーオチンドゥアンさんだ。後ろを向いて、マスコミのひとたちと話している。

「――チェンマイに来て時間があるときは、必ずターターンさんのお見舞いに来るようにしています。こんなふうに不屈の精神を持ってらっしゃる方は、尊敬していますので。わたしたちの社会には、こういうひとが必要ですよね」

「ターターンは子どものころからそうなんです」

　チャンさんが振り向いて会話に加わった。

「育て方がよかったんでしょうね」

　ケーオチンドゥアンさんもマスコミの人たちも、少し戸惑う。チャンさんのことを知らないのだろう。けれども礼儀として笑みを返して、それから自分たちのほうで話を続ける。

「チンさんが今回チェンマイにいらっしゃったのは、ターターンさんのお見舞いのためなんでしょうか。それともパー・ウォーのプロジェクトに関連するなにかがあったんでしょうか」

　〝パー・ウォー〟という言葉が、聞かれたほうの感情をだいぶ損ねたようだ。美しさを保っていた顔が、わずかにひくつく。それでもなんとか笑みを崩さずに答える。

「本当は、わたしはパー・ウォーのプロジェクトは直接担当してないんです。今回チェンマイに来たのは休暇と、友人のところに遊びに行こうと思っていたからで。カーさんのところのロータンがね、もう一歳過ぎたかな。ペラペラしゃべってとってもかわいいんです。すっかり子どもが好きになっちゃいました」

聞いていたほうは話題をそらされているとすぐに気がついたのだろう。それで、再度、相手に迫る。

「最近、パー・ウォーへの反対運動がまた激化しています。タータームーンさんが襲撃された事件との関連を疑うひとが増えているからですよね。どう思われますか」

聞かれたケーオチンドゥアンさんはため息をついた。

「タータームーンさんが入院されてもう二ヶ月です。それなのに、今になって突然、このプロジェクトや、TRDグループとの関係を勘ぐるひとが現れたんです。一体どんな意図で、そんなことをするんだと思います?」

「つまりチンさんは、ムー・バーンの建設を請け負っている側の評判を落とそうとする第三者の手によるものか、タータームーンさんの個人的な問題によるものなんだといまだにお考えだということでしょうか」

「わたしたちTRDグループは、人道的で清廉潔白な経営を理念としている、とだけお答えしておきます」

マイクを持ったマスコミのひとはほほ笑んだが、そこには侮蔑《ぶべつ》の感情が隠されている。

「トライトゥルンさんとの婚約破棄は、その理念を示す好例ですね」

それは、まだ自分がぬいぐるみだった去年に起こった一件だったと、タオフーは覚えている。イケメン若手士官として一大ブームを巻き起こしていたトライトゥルンさんというひとが、南部でラークサの人々の人身売買に関わっていたとのスクープの餌食《えじき》になった。これが明るみに出た途端、ケーオチンドゥアンさんは稲光のごときすばやさで、トライトゥルンさんとの婚約を破棄した。相手はまだ汚名をそそぐことすらできていなかったのに。彼女の家族が、自分たちの名声を守りたかったんだと噂《うわさ》されていた。すでに一度、国立公園でのクロヒョウ殺しの容疑者との関係を疑われてその名前に傷がついていたから、これ以上の醜聞《しゅうぶん》は避けたかったのだろう。

ケーオチンドゥアンさんは、過去のできごとを掘り返されてもなお平然と笑っていられるくらいには強かった。そのまま、インタビュアーが無礼な質問をしているとまわりが思うようになるまで、好きにしゃべらせている。

そんな雰囲気の中セーンおじさんは、彼女を哀《あわ》れむこともなく、ぼんやりと言った。

「ターターンは、敵を作るような子じゃないさ」

そして、病室のドアの外に出てくる。さながら、これ以上自分の従甥《いとこおい》に関わるなと、まわりのひとすべてを追い払おうとしているみたいに。

ケーオチンドゥアンさんもセーンおじさんの感情はある程度理解できたようで、それ以上反論もしなかった。おじさんに礼を述べてから、その上司にもよろしく伝えるよう言う。

重要人物たる女性が去っていく前に、彼女を振り向かせようとするみたいに、チャンさんも大きくはっきりした声で別れの言葉を述べた。

セーンおじさんが相手を送り終えて、ふたたびこちらに戻ってくる。なにかを聞かれる前に、ナットくんが言い出す。

「母さんをホテルで待たせてるんです。急いで戻らないと」

〝母さん〟というナットくんの言葉で、チャンさんは夫のほうを見た。

セーンおじさんのほうは、甥っ子がここで話し続けるのは都合が悪いのだろうとすぐ察したようで、うなずいて言った。

「じゃあ、あとで電話するから」

さっさと身を翻して離れていくナットくんとは違い、タオフーは一瞬立ち止まった。セーンおじさんの腕時計が笑いながら話す声が聞こえたからだ。

「おもしろくなってきたな」

聞こえているのはタオフーだけだとわかっている腕時計のおじさんは、こちらを見つめている。クマさんが聞き返すように眉をひそめると、相手が言う。

「昔の想い人がわざわざ現地まで来たんだ。セーンは隠しおおせるかな」

〝なんのこと？〟と聞きたかったが、口に出してしまえばほかのひとが訝しむ。ただ自分の中でその言葉を繰り返すだけにした。

頭では、自分とナットくんが、病室の前で立ち話をするセーンおじさんとチャンさんに会ったときのことを思い出す。

チャンさんは自分たちとここで会ったことに驚きすらしなかった。彼女が唯一気にしていたのは、〝まだなにも話してないのよね〟ということだけだった。

〝だれにも、なにひとつ言ってないよ！〟とセーンおじさんが答えると、チャンさんは夫を引きずっていこうとした。

〝いいわ。ちょっとあなたに話しておきたいことがあるの〟

（もしかして、腕時計さんが言ってるのはあのことかな）

とだけ思ったところで、タオフーがついてきていないことに気づいたナットくんが振り返り、急げというようなしかめっ面をした。

タオフーがうなずいたそのとき、後ろで腕時計さんが種明かしをしてくれる。

「おばさんのほうが秘密にしておけって言ってた話だよ。ほんとはな、このふたりはとっくに離婚してるんだ。しかも、だんなのほうから別れを切り出したんだ！」

むかしむかしの、つい最近。命の気配がしない、寂《さび》しげで静かな家で、だれかが言った。

〝――ほら、名前にだって真理《サッチャ》――本当のこと――が入ってる。タオフーに嘘なんかつけないわね――〟

タオフーがチャンさんを信じたのは、彼女がかつて、マタナーさんの夫についての謎を解いてくれたからだ。そのすべてが真実に聞こえたから、彼女が自分自身について話すこともまた、本当のことなんだろうと思っていた。たとえ彼女を悪く言う声が周囲に多くても、それを信じたくもなかった。

それが今になってついに、心に疑いが生まれた。みずからを〈真理〉だと、善人《コン・ディー》だとみなすひとへの疑いが……。

（嘘をついていないと宣言する人間は、本当に言葉のとおり、嘘をついていないんだろうか？）

マタナーさんだって、嘘つきではない。病が原因で、彼女は自分自身に嘘をついた。じゃあチャンさんも自分自身に嘘をついているのだろうか。それとも、そこにはなにか病が隠れているのだろうか？

タオフーは彼女が自分自身に嘘をついていて、それらの嘘が自分のところにも届けられたんだと理解するようにした。

おじさんに離婚を切り出されたことが、口に出せないくらいにひどいことだとはどうしても思えなかった。タオフーの秘密や、ナットくんに言うことができなかったマタナーさんの秘密とは違う。マタナーさんに言うことができなかったナットくんの秘密とも。

だけど、それはそれなのだろう。人間はときに、他人には理解しようもない、自分なりの理由を抱えている。

タオフーにわかるのは、嘘をつくひとはだれもがかわいそうだということだ。タオフーも嘘をつかないといけないときはいつも、幸せじゃなくなる。

チャンさんが長々と聞かせてくれた、彼女の過去を思い出す。結局あそこには、どれだけの事実があったのだろうか。少なくともひとつは、事実ではないはずだ。セーンおじさんがあまり家に戻ってこないのは、ナットくんの母の妄想を煩わしく思っているせいだという話は、嘘だと言ってまず間違いない。

今日、マタナーさんの話をした瞬間、おじさんの目の色が柔らかくなった。口にするまでもない、心配と思いやりがそこにはあった。妻——元・妻？——に見せる態度とは対照的だ。

タオフーは考え続ける。セーンおじさんはいつ、チャンさんに離婚を切り出したんだろう。仕事でチェンマイに移ったときからだろうか。それともそのあとだろうか……。

答えが出てこないことについて考え続けるのは疲れる。

タオフーはため息をついて、男性トイレの入口脇の壁に寄りかかっている自分の人間の身体に、その思索を向けた。ナットくんは病院に着いたときにもトイレに行ったのだが、エレベーターで一階に降りてきたらまたトイレに行きたいと言った。それでタオフーはここで待っていたのだけれど。

（そういえば、ずいぶん長く入ってるな……）

心配になってきたクマさんは、すぐ横の入口から中をのぞき込む。中は空《から》っぽで、あまりに静かだ。小便器のところにも、洗面台のところにもだれもいない。タオフーはすぐに個室のほうに視線を向ける。

使用中なのは一部屋だけだ。タオフーがその前まで歩いていき、声をかけようとしたところで、鍵のところの丸い穴から緑色が見えているのに気がついた。

（だれも入っていない？　ナットくん、どこに消えたんだ）

ヒヤリとして踵《きびす》を返そうとしたところで、小さな音が聞こえた。

ため息の音――。

（違う。これはむせび泣く声だ！）

また振り返って、急いでドアを押し開ける。そこに見えたのは、便器に座って、両手で顔を覆うナットくんの姿だ。だれかが入ってきたのに気がついたナットくんは顔を上げる。その顔は歪《ゆが》んで、真っ赤で、涙で濡れそぼち、両の目が腫《は》れ始めている。

入ってきたのがタオフーだとわかると、ナットくんはサッと立ち上がって抱きついてきた。思わずよろめいてしまうくらいの勢いで。しかも、その嗚咽《おえつ》に合わせてタオフーまで震《ふる》えてしまいそうなくらい、しっかりと。

ナットくんの声が耳元で聞こえる。不明瞭で、途切れ途切れで、ほとんどなんと言っているかわからない。

「タオ……フー……ごめ……ごめん……！」

22　赤いドラム缶で燃やされた人々

よく使われるし、その意味も広く知られているのに、辞書には意味が載っていないという言葉がいくつもある。そのひとつが、〈文明化《シウィライ》〉だ。〈文明化〉は、発展するという意味の civilize あるいは、発展と文明を意味する civilization からきた言葉だ。後者の意味で考えると、ぼくにとって、チェンマイはバンコクよりも〈文明化〉している。

どちらの場所も時代の波に呑《の》まれているが、チェンマイのほうが自分らしさを保っている。バンコクと同じように、現代人の利便のために開発されている一方で、いつでも、細かい部分が洗練されている。建築物、商店、レストラン、建物の脇に置かれたちょっとしたものまで、独自の美の精神が確立されたセンスが見て取れる。ただ建てたり置いたりしているだけではない。結果として、遺跡や古くから残る建築物とも融和する。芸術関係の仕事をする人間として、チェンマイはどこを歩いても楽しいものが見られるし、心は満たされるし、バンコクのように渇いても、焦《あせ》ってもいない。だからたぶん、ぼくもここを拠点にしようかと真剣に考えるようになったんだろう。

だけど、ぼくとは違って、チェンマイの景色と空気はクマさんの心を惹《ひ》きつけなかったみたいだ。

目の前に伸びる黄昏時のキラキラのせいで、どうやらタオフーは余計に目が回って、混乱している。

今、タオフーとナットくんは病院に隣接する駐車場の屋上に立っている。もっといい雰囲気のときなら、伸びていくマニー・ノッパラット通りのファア・リン堡塁《ほうるい》やローク・モーリー寺院をナットくんが指差したりしていただろう。

だが彼は今、ぼんやりとして、黙り込んでいる――黙り込んで……泣きもせず、しゃくりあげるみたいな呼吸ももうしていない。身体のまわりを暗闇と静寂《せいじゃく》が包み始めていて、ときおりなにかの虫の羽音が耳元をかすめる。だが、どちらもそれを手で払おうともしない。

ついに心を決めたタオフーが、乾いた声で言葉を発する。

「ナットくん……」

次の言葉を口にするのは、あまりに難しい。

「……まだターターンさんを愛して……るんだよね」

あのじゃまな虫がまた飛んでくる。しかしタオフーの聴覚にブンブンと響いているのは、虫の羽音ではなかった。

ナットくんは、小さすぎずも大きすぎずもない声で答える。

「だけど、おまえを愛してるってのは、嘘じゃない」

そう言ったひとは少しずつ顔をこちらに向けて、タオフーの目を見つめた。ほのかに暗い空気の中で、ナットくんの目が大きく腫《は》れているのがはっきり見える。

タオフーは自分の顔の皮膚が乾燥して、うまく動かせないみたいに感じた。そこをなんとか整えて、苦労して笑いを作り出す。きっと悲しいほほ笑みに見えているだろう。

「ありがとう」

「ウケるよな」

そう言いながら、ナットくんの目つきもタオフー同様、あまりに悲しそうだ。

「なんでおれが愛したふたりが、いきなり関係してくるんだろうな。なんでおまえがたったひとり思い出したのが、ターン先輩なんだろうな」

そう言ったナットくんは泣きそうな顔で空を見上げる。その言葉は、むしろ上にいるだれかを問い詰めるような、非難するような響きだった。

「〈第四の壁を破る《ブレイク・ザ・フォース・ウォール》〉を思い出したよ」

(第四の壁を破る?)

タオフーもその言葉を覚えてはいたが、なぜ今出てくるのかよく理解できない。

(パッと思い出せる範囲だと、あれは画面とか舞台の登場人物が、自分が単なるキャラクターにすぎないってことをわかっているみたいに、観衆のほうに話しかけてくるみたいな場面のことを言うんじゃなかったっけ?)

ナットくんはどうやらタオフーの混乱に気がついたようで、続けて教えてくれた。

「俳優の話じゃない。見てるほうが舞台上に上がってきて、無理やり《ドーイ・パラカーン》自分の好きなように物語を付け替えちゃうってことだ」

（独裁的に《ドーイ・パデットカーン》……）

タオフーにはナットくんの気持ちがわかった。いまやナットくんは、制服姿の少年ではない。だから、自分が、だれかの勝手気ままにあれこれと動かされるただの登場人物ではないことにも気がついている。決定権が自分にあるのだから、その人生の舵《かじ》は、自分自身の腕と、脳と、心によって制御されているべきだ。

一体どうして、今回は不可思議な偶然が起こったのか。

まるで、観客や観察者としての権利しか持たないだれかが、後ろで状況を意図的に操っているみたいに感じているのだろう。

（本当の権利を持たないひとが、第四の壁を破るべきじゃない！）

とはいえ、クマさんはため息をつく。

（ナットくんには、今みたいに理解しておいてもらうのでいいだろうな）

少なくともナットくんは、これを恋人が自分の気を引くためにしかけた馬鹿げた作戦だと思ったりはせずに、タオフーのことを信じてくれている。

タオフーは渋い顔をしてから、言葉を続けた。話を続けないといけないと思った。ようやく複雑な思考をし始めたぬいぐるみが考えられる程度にはゆっくりと、気をつけて。

「ターターンさんの家族はこっちにはいないみたいだね。セーンおじさんもぼくのことは知らなかったみたいだし。彼が目を覚ますまで、答えはお預けなのかも」

その〝答え〟にはもちろん、タオフーが眠りに落ちるか、もとのぬいぐるみに戻ってしまう可能性についての答えも含まれている。

考えるほどに心がしおれていく。タオフーが眠りに落ちる前にターターンさんが目を覚まして助けてくれるのか、自分にはわからない。そもそも実際は、仮にターターンさんが目を覚ましたところで、それがべつにタオフーを助けられることを意味するわけでもない。

今になってタオフーは、ナットくんをチェンマイに連れてきたのは、間違った決断だったのではないかと思い始めていた。

ナットくんといられる時間が残り少ないかもしれないと悲観的に考えて焦ったり、欲を出したりするべきではなかった。いつか終わりが来るといったって、今、家のすべてはあるべきところに収まって、みんなが幸福を享受している。とはいえ、すべての時間の価値は等しい。終わりのないものなんてあるんだろうか。終わってしまうほうが、こうして互いに苦しむよりもよかったんじゃないだろうか。

もし本当にタオフーに残された時間が短いのだとしたら、別れはますます苦しいものになる。自分がナットくんのほがらかな笑みを目にできる日は、まだ残っているのだろうか。

タオフーのことで笑うのであっても、ターターンさんのことで笑うのであっても……。

「その……」

タオフーの口の中に、薬を含んだみたいな苦みが広がる。

「ごめんね。ナットくんをこんなことに巻き込んで」

「おいおい」

ナットくんはわざと軽い口調にしたみたいだが、どう見ても笑える雰囲気にはなっていない。

ナットくんがタオフーの腕を叩く。

「自分を責めなくていい。おまえだってこうなるなんてわからなかったんだから。たぶんおまえの言うとおりなんだよ。待たないといけない……ターン先輩を」

その名前を口にするたび、ナットくんの声にはたくさんの感情が混じり合って聞こえる。

そしてそれが、タオフーの心に重くのしかかる。

タオフーはなんとか、自分の声をしっかり出そうとした。

「ナットくんは……今、どういう気持ちなの」

隣にいるナットくんは、だんだんと暗闇に呑まれていっている。ナットくんがふたたびこちらを向いた。近くにいるおかげで、さっきまで乾いていたナットくんの丸くて大きな黒い目が、また湿り始めたのが見えた。嗄《か》れていた声も、また軽く震《ふる》えている。

「うまく答えられない。最初は、真実がわかったら、おまえを失うんじゃないかと思ってた。怖かったんだ。おまえの見た男っていうのが――」

言葉がそこで止まり、ナットくんのあごがピクピクと震える。彼が鼻から息を吸ってそれを抑えようとすると、そこに詰まった液体がすすられる音が聞こえる。

「――今はもっと最悪だ。それがターン先輩だったんだから」

例のイカれた虫がまた戻ってきて、タオフーもついに手を宙に伸ばす。しかしわざわざ手をのぞき込むまでもなく、なにも捕まえられていないのがわかる。まるで、実体がないみたいだ。さまよう幽霊のように。

なぜだか、タオフーは急に、ナットくんの寝室の「物」たちが言っていたことを思い出して、それを勝手に結論づけた。

〝幽霊は悪夢のようなもの。「物」は悪夢を見たことがない〟

（もしかして幽霊っていうのは、本当は、記憶のことなんじゃゃ……）

ナットくんの言葉はまだ震えていた。まるで見えない幽霊の手に揺らされているみたいに。

「正直に告白すると――そうだな。おまえの言うとおりだよ。おれはターン先輩を忘れたことはない。あのひとが初恋なんだ。おれに、おれ自身を教えてくれた、自分の愛し方を教えてくれた初恋だ。しかもおれたちは、そうなるべきじゃなかったのに、別れることになった。それをずっと、後悔してきた」

ナットくんの目から水滴が落ちる。

「おれは先輩に連絡してなかった。だからどうして先輩がああなったのか、いつからなのかもまったくわからない。ここであんな状態の先輩を目にすることになるなんて、心の準備もしてなかった。先輩はおれに、本当によくしてくれたんだ……」

「ナットくんは、ターターンさんがあんなことになったのが……かわいい、かわいそう……なの？」

タオフーはあえて、別の言葉を使った。もっと核心を突くような言葉を口にして、それを自分で受け入れるのは、あまりに難しかった。

だけどナットくんもそれに気づいたみたいだ。

ナットくんは震えを抑えようとするみたいに口を歪《ゆが》める。けれども抑え切れない。

「おまえが考えてるようなことだけじゃない。おれは先輩を愛してるけど、おまえのことも愛してる。おれが怖いのは、ターン先輩とおまえが……ただの知り合いじゃないかもしれないってことだ。わかるだろ。おれは先輩に回復してほしい。だけどもし先輩が回復して、そのあとにわかったらどうしようって。おまえと先輩が――」

ナットくんの言葉が止まる。さながら、遠くから走ってきたところで、目の前が谷底につながる崖になっていることに気がついたみたいに。まるで、この前の言葉のときから吸ったままの息が、ここで急に尽きてしまったみたいに。ナットくんは息を吸い込んだけれど、小さな声でしか話せない。

「……愛し合ってたって……」

もう一度、ナットくんは言葉を止めて、口を歪めて、それからもっとふつうの調子で話を続けた。

「もしそうだったら、最後までおまえを引き止めておこうとするなんて、自己中すぎる話だよ。ターン先輩はいいひとだ。おれみたいな人間と再会して、また傷つくべきじゃない。それに、いいひとだからこそ、おまえだって先輩と一緒になって、幸せになれる」

この一時間くらいで、タオフーは初めて心から笑うことができた。次の言葉は慰めるような調子になる。

「ナットくん、それは心配しなくていいよ。ぼくとターターンさんが今のぼくたちみたいな関係だとは思えないんだ」

「覚えてないだけかもしれない」

　相手はまだ落ち着かない。

「仮にそうだとしても、べつに難しい話じゃないよ。もしターターンさんとナットくんがオーケーなら、ぼくもまったく問題ないし。三人で暮らせばいいじゃない」

（ぼくはナットくんのそばにいて、ナットくんの幸せを目にすることができれば、それでいい……）

　純朴すぎる悲しい言葉を聞いたナットくんは、理解できないというようにタオフーの顔を見つめた。タオフーの茶色い目になにを見たかはわからないが、ナットくんが答える。

「どんだけ心が広いんだよ。母さんだって、息子がそんなことしてたら、また胸が張り裂けちまうぞ」

　そう言ったナットくんは下を向いた。もう瞳は乾いていて、涙は落ちてこない。

「それで……ここまで来て、ターン先輩を見て、なにか思い出したり、なにか見えるようになったりしたか？」

「ぜんぜん」

　タオフーは、今度は、考えるまでもなく答える。

　それで、ナットくんのほうが考え込むはめになる。

「なら、おまえについての事実をセーンおじさんに言ったほうがいいな。おじさんならターン先輩に関わってるほかのひとたちを知ってるかもしれないし、そのひとたちがおまえを助けられるかもしれない」

「そんなことしなくていいよ、ナットくん」

「うん？」

「ターターンさんが目を覚まさないうちは、ぼくとナットくんが一緒にいられる奇跡なんだって思っておくことにしようよ。もうなにも知りたくないや」

「だけどある日突然思い出したら、どうする？　そうなったら、おれは哀《あわ》れじゃないか？」

そう言ったナットくんは眼下の街のまばゆい光に目を向けた。それから上空の広漠《こうばく》に。

「そのとき、おまえの人生に、おれが必要ないくらいのひとがいたってことがわかったら？　おれはおじゃま虫になるんだよ。おれはおまえがいないと生きていけないっていうのに……」

今度はタオフーの心が震えてしまう。その言葉に喜ぶなんてあまりに馬鹿げているというのはわかっているのだが、それでも、とてもうれしかった。

タオフーはしっかりとした口調で答える。

「ターターンさんを目覚めさせる方法を探すよ！」

「うん？」

タオフーはにっこりと笑って、白い歯を見せる。

「それが、ナットくんが幸せになる唯一の道だもの」

聞いているほうはまだ理解できていないようだ。

「ぼくだって自分がだれなのかわかるし、ナットくんも安心できる。ぼくたち……が、別れなくても済むって」

ナットくんの乾いた笑い。

「おまえが医者だったらよかったのにな。ここの医者ですら、手の打ちようがないらしい」

「ナットくんは奇跡を信じる？」

「今度はなんだよ」

そう聞く声は、おしゃべりな小さい子の相手をする大きなお兄さんのようだ。子どものほうは、自分の話していることの意味もまったくわかっていない。

だけどタオフーは真剣だ。

「ぼくたちが思いつかないくらいに不思議なことが起こることだってあるかもしれない。つまり、さっきケーオチンドゥアンさんが言ってたでしょ、助けられないか方法を探ってるって。彼女はお金もあるし、有名人だから付き合いも広いし、優秀なお医者さんを探して、ターターンさんを治してくれるかもしれないよ」

「おまえ、あれが本気で助けようとしてると思うのか？」

ナットくんが少し口元を歪める。

「ターン先輩はあの女たちがやってることに反対するひとらのリーダーだぞ。ここにわざわざ来て顔を出したのも、自分たちが裏で糸を引いてるっていう噂《うわさ》を打ち消そうとしてるんだろ」

「そうかもしれないし、そうじゃないかもしれない」

クマさんの目がキラリと光る。

「ひとまず、セーンおじさんにいろんなことを聞きに行くのがいいんじゃないかな」

セーンおじさんに会うのは、タオフーが考えていたほど簡単な話ではなかった。マタナーさんも連れていかないといけないからだ。

ナットくんも、今、母の調子がどの程度なのか、はっきりわかっていなかった。タオフーが伝えていたように、病院で薬をもらうようになったマタナーさんは、調子がよくなっているのだろう。少なくとも今、彼女がセーンおじさんの皮を被った夫の影を探し求めることはない。だが家では、とてもデリケートな話題として扱《あつか》われていた。セーンおじさんのことにわざわざ言及しようと思ったり、掘り返したりするひとはだれもいなかった。互いの心を傷つけずに済む話題は、千も万もある。

もし今日、マタナーさんがセーンおじさんに会うとして、その反応がどんなものになるのかは予想ができない。少なくとも彼女が前向きかどうか、あらかじめ聞いて、言質をとっておいたほうがいい。

ホテルのマタナーさんの部屋、ベッドの脇でタオフーとナットくんが答えを待ちわびていると、ようやく彼女が口を開く。

「セーンおじさん、というのはわたしの夫じゃなくて、その双子の?」

ナットくんが急いで言う。

「母さん、会える？　難しそうならおれら三人だけで食事に行くよ。おじさんとの話も、また今度、おれとタオフーだけで行けばいいし」

マタナーさんがほほ笑む。

「どうしてわたしが怖がるのよ。おじさんのほうだってわたしを怖がってなんかいないのに」

そんなわけで、ナットくんがセーンおじさんに電話して約束を取りつけることにした。長々と呼び出し音を待つまでもなく、相手は急いで電話に出たようだ。そして、一緒に夕食に行くと快諾してくれた。

セーンおじさんおすすめのレストランは、北タイ料理の店だった。ナットくんが調べたところ、有名な店のようで、チェンマイに来たお客さんをもてなすのによく使われるらしい。

チャーン・プアックのあたりにある、ラーンナー・スタイルの木造建築。入口には大きな木々が茂って木陰を作っているが、夜には、美しく光るクリーム色の電飾で飾りつけられる。そこに涼しげで甘い北タイの言葉《カム・ムアン》のフォークソングが加わって、耳を楽しませてくれる。

タオフーたちのほうが先に到着した。店内に動物を連れて入るわけにはいかず、クンチャーイは入口の塀につながれることになった。

すっかり夜になって客もそれなりに増え始めている。タオフーたちは、一階の軒下、四、五人がけの席をあてがわれた。メニューを受け取ると、マタナーさんがタオフーに、珍しい北の料理を紹介してくれる。名前すら珍しく、聞いたこともないものがたくさんあった。

発酵ソーセージの蒸し焼き《チン・ソム・モック》、肉のハーブ煮込み《フム・チン》、ツルムラサキのスープ《チョー・パック・パン》、チンゲンサイの和えサラダ《サー・パック・カート・ノーイ》、それに、さまざまな肉や魚のバナナの葉蒸し《エップ》。マタナーさんとナットくんが、それぞれどんなものので、どんな味なのか説明してくれた。

しばらくして、おじさんが電話をかけてきた。ナットくんがテーブルの番号を伝えると、落ち着いた色のポロシャツとズボンを身に着けた大きな身体のひとが、木々の間を抜けてやってきた。セーンおじさんは、顔の横がひだになるくらい、にっこりと笑っている。しかしその笑みも、タオフーの隣にいるマタナーさんに向けられた瞳の輝きにはかなわない。

タオフーは思わず、マタナーさんの反応を観察してしまう。

はじめ、彼女は興奮した様子でセーンおじさんを見上げた。でも同時に、興奮を抑え込もうともしているみたいだった。べっ甲柄の眼鏡の奥の目が、少し大きくなっている。だけど不思議なことに、すぐ空虚《くうきょ》が映し出され、それに続いて、恐怖にも似た混乱が見えるようになる。

「おばさん……？」

タオフーは隣のマタナーさんに声をかける。マタナーさんがこちらを向いて、苦々しいほほ笑みを見せてくれた。それからもう一度セーンおじさんと目を合わせると、いつものような、心やさしい歴史教師のほほ笑みが美しく輝く。

「セーン」

おばさんが、慣れ親しんだ相手にうなずく。セーンおじさんも最初は彼女の反応に戸惑《とまど》っていたようだが、安心した様子で歯を見せて笑う。ナットくんが電話で言ったように、彼女の症状が本当によくなっていると思ってくれたのだろう。

「ナー」

美しく、やさしく甘い、低い声が響く。その目の輝きもやさしくて、甘くて、店内のクリーム色の照明が一瞬で色褪《あ》せて見えてしまうくらいだった。

「若造ぶってるな」

おもしろがったセーンおじさんの腕時計さんが、低くかすれた声で言う。それが聞こえたみたいに、セーンおじさんはすぐにその表情を隠して、聞く。

「元気だったかい」

「げ……元気よ」

おばさんはぎこちなく、コクコクとうなずく。長い間会っていなかったので、どう振る舞えばいいかわからないのだろう。

「座って。注文するところだったんだけど、なんだかわからないのもあって。セーン、教えてくれる？」

「もちろん、喜んで」

セーンおじさんがナットくんの横に座る。眼鏡を指で押し上げながら「視力は若者の武器だからな」と笑って、ナットくんからメニューを受け取ると、それを開いた。

おじさんが外せないメニューを教えてくれて、マタナーさんとナットくんもその提案に賛同する。なにも知らないタオフーのほうには、もちろん異論はない。店員が注文をとってから離れていくと、セーンおじさんがタオフーとナットくんのほうに向き直る。

「さて、結局さっきは病院でなにをしてたんだい？」

セーンおじさんは眼鏡を外すと、シャツのポケットにそれを引っかけた。軽い調子で問いかけてきたが、聞いていたふたりとも、相手が答えを求めていると感じられた。

あらかじめ回答を準備していたナットくんが、はっきりと答える。

「実は……」

そこで語尾をにごしながら、聞いてきた側と同じくらいになにも知らない母のほうに、視線をやる。

「タオフーはちょっと調子が悪かったんだけど、ちょっとした変化があって。それでチェンマイまで来たんです」

そのあとナットくんは、タオフーがかつて話したとおりに語ってくれた。記憶を失った青年が、偶然にもナットくんとおばさんの家に現れた。タオフーはマタナーさんと馬が合うし、面倒見もいい。そう判断したナットくんは、身元不明人の面倒を見てくれる団体に、彼を連れていかないことにした。それが最近になって、記憶が戻ってきたみたいに、タオフーの頭に映像が浮かび始めた。その映像にはチェンマイが映っていて、彼らが探し求めていたひとが、セーンおじさんの妻——元妻の従甥《いとおい》であり、病院に臥《ふ》せるターターンさんだった。

同じくタオフーについての話を初めて聞いたおばさんが口を開く。

「ということは、うちには病人がふたりもいたのね。病人が病人の世話をしてたなんて」

マタナーさんたちがしおれた手でタオフーの肩をやさしく叩き、シリアスな空気が笑えるような雰囲気になる。

「運命的だな。昔のぼくたちみたいだ。覚えてるかい？」

店員が料理を運んできたあと、セーンおじさんがうなずきながら言う。

テーブルの上には北タイ料理のオードブル、炒り魚のサラダ《ラープ・プラー・クア》、ツチグリのカレー《ケーン・クア・ヘット・トープ》が並んだ。

「もし、調子の悪くなったナーのおばあさんが間違い電話をかけなかったら、ぼくたちは出会わなかった——」

その言葉に続いて、まぶしい幸福がパチリとまたたく。おじさんの視線に悔恨《かいこん》がのぞく。さながら、この〝運命〟は自分たちのものではなかったと、今気がついたかのように。

セーンおじさんは、そのまま続ける。

「そして、もしきみたちふたりの調子が悪くならなかったら——」

おじさんがタオフーとおばさんに向かってうなずく。

「——そんなにあっさりと出会って、同じ家に住んで、こんなにすてきな家族になることもなかっただろう」

おじさんに他意はなかっただろうが、家族のせいでずっと心に傷を負ってきたナットくんの表情は、その言葉に少し張り詰めて、青白くなる。

そこに、別の声がじゃまをしてきて、ナットくんの表情が余計に暗くなる。

「どこの家族がすてきですって？　ご一緒させてもらっても、いいかしら？」

鋭い声色。新たにやってきたひとの視線にも、鋭いものがある。もし昨日なら、あるいは今朝であっても、タオフーはまだ世界をポジティブに見ようとしていただろう。この鋭さは、店内の照明の反射のせいだと。

しかし今は、セーンおじさんの元妻であるチャンさんにも秘密があり、正直に明かしていないことがあると知っている。タオフーは、警戒した笑みを浮かべた。

チャンさんがいつ、どこからやってきたのか、だれにもわからない。彼女は若い女性のようにきびきびとしていて、服装も化粧もまた若い女性みたいだ。その声がタオフーたちに届くやいなや、美しく整った姿が、テーブルの横に現れた。

「どうかしら？」

テーブルについている全員が混乱しているのを見て、チャンさんは視線をマタナーさんに向ける。

そして、彼女の思惑どおり、マタナーさんはあたふたとしながら言った。

「どうぞ、一緒に座りましょう」

そんなわけで、さらに張り詰めた表情になったナットくんが店員を呼んで、追加の椅子をテーブルの端に持ってきてもらった。

「ありがとう」

チャンさんはゆったりとそれに座る。

マタナーさんが声をかけた。

「ここで会うとは思ってなかったわ。チャンさん、今朝はまだ——」

「ちょっと急ぎの用事があったの」

「チャンおばさんの親戚のターンさん、調子が悪いんだ、母さん」

ナットくんがそう伝える。

「タータ―ンの話をしてたの？」

チャンさんは、口だけで笑う。テーブルを見回したあと、その視線が元夫のところで止まった。さながら、彼に答えるよう指名するみたいに。

だがセーンおじさんは話をそらそうとする。

「チェンマイで食事するところはいくらでもある。しかもきみはクリーン・イーティングだろ。なんでわざわざここに」

ほほ笑んだままのチャンさんは恥ずかしげもなく、はっきりと答えた。

「あなたのあとをつけてきたの」

「なんだって――？」

セーンおじさんがそれ以上の怒りを放出するより先に、チャンさんがそこに声を差し込む。普段となんら変わりのない、やさしくて、甘い、美しい声。

「わたしはあなたの妻よ。あなたがなにをして、どこにいるか、全部わかってるわ。前世はきっと、あなたの護衛についたナイトだったんじゃないかしら。あなたに危険が迫れば、すぐに駆けつけて、あなたを守るのよ」

その言葉の終わりに、チャンさんはナットくんとタオフーに意味ありげなほほ笑みを見せる。

「わけのわからないことを言うんじゃない！」

ナイトに守られていることになったセーンおじさんは、それが余計に気に食わないようだ。店の入口のほうに視線をやって、一体どうして、元妻がこの場所に気づき、やってきたのか探ろうとした。

鋭い視線が向けられるやいなや、なにかの影が、店の木の塀にサッと身を隠す。

セーンおじさんは、ほっぺたが盛り上がるくらいに歯を嚙みしめている。元妻のほうは、水の入ったグラスを持ち上げて飲んでいる。

「どうしてターターンの話をしてたのかしら？　もっと楽しい話があるはずでしょ。あなたとナーさんは、ずっと会ってなかったんだから」

タオフーには、それがチャンさんによる当てこすりなのかどうか、判断がつかない。その目は、わずかにクルクルと回る彼女の手に向けられている。手首が動くたびに、氷がカランカランという音を立てる。さながら、最高潮の快感の中でウィスキーを飲んでいるみたいなしぐさだ。

「どこまでお話をしたのかしら？　わたしも聞きたいわあ。あの子とはそんなに連絡もとってないし」

「親しくはないの？」

ナットくんの母は、本当に相手の話を知りたいというよりも、礼儀心からそう聞いた。

「ナーさんに前言ったとおりよ。ただの遠い親戚だもの。ほんとは、若いときはターターンもバンコクにいて、ナットと同じ学校に通ってたのよ。ナットのこともよく知ってるみたいだし」

タオフーはできるだけ存在感を消そうとしていた。同時に、サッとナットくんのほうをうかがう。自分が持ち主の初恋の話を落ち着いて聞けないということを、隠すためだ。

ナットくんは、知らぬ存ぜぬという態度を上手に見せている。空《から》っぽの目でチャンさんを見返すと、ただ「知り合いでした」とだけ言った。

相手がそれだけしか答えなかったので、チャンさんもやむなくうなずき、話を続ける。

「高校を出たあと、チェンマイ大学に入ったの。それから奨学金をもらって、日本でデザインの勉強をしに留学した。かわいそうなことに、卒業してすぐ、日本で働いてるころにね、両親が自動車の事故で亡くなったの。そのあとのことはあんまり知らないのよ。あの子も親戚とはほとんど連絡をとらないし。チェンマイで働いてるってことだけはみんな知ってて。センさんが電話で、あの子の調子が悪いんだって教えてくれなかったら、なにもわからなかったわ」

タオフーはその語りを注意深く聞いていた。

センおじさんはタオフーの様子には気づかず、自分から話し出した。その目には、惜しむような痛みがたたえられている。

「ターターンはすごく優秀なアーティストなんだ。だけどあまり自分のことを他人に見せない。ひとりで家を借りて静かに暮らしてた。だから、地方の活動家リーダーとして知ってるひとのほうが多いくらいだ——」

センおじさんが語る。三年くらい前、パー・ウォーのムー・バーン建設のために山林が蹂躙《じゅうりん》され、木々の伐採や爆倒がおこなわれてしばらく経ったあと、地元の人々がその状況に関心を持ち始めた。ターターンさんはそのプロジェクトがどの部局によって進められたものか、疑問を持ち、調べようとした、最初のグループの一員だった。まもなくして、プロジェクトへの批判の声が高まると、裁判所が起訴の脅《おど》しをかけるかのような文書を出してきた。それでメディアは鳴りを潜《ひそ》め、人々も批判の手をゆるめざるをえなかった。そのあともずっと声を上げ続けていたターターンさんは、チェンマイにいるたったひとりの親戚を通して、権力を持つ人々から、遠回しに圧力をかけられることになった。

「――ぼくが働いてる会社の株主には、ケーオチンドゥアンさんの父親がいる。ある日彼の部下がチェンマイに来て、ぼくを呼び出したんだ。よくないことが起こる前に、ターターンに活動をやめさせろって」

「よくないこと?」

口を開いたナットくんが不満そうに眉をひそめる。タオフーにはその気持ちがよくわかる。愛するひとが被害にあったことだけではない。そもそもナットくんは、こういう卑怯《ひきょう》な抑圧を嫌っている。

セーンおじさんがうなずく。ただ、それが具体的になんのことかは説明してくれない。

「それで、恥をしのんでターターンに話をしに行ったんだ。ターターンはぼくに迷惑をかけてすまないと謝ってくれた。それに、そのときの卑怯なやり方にものすごく怒っていた。だけどなにができるわけでもない。それで、去年……」

バーン・ラーオでラークサの人々の人身売買をおこなう組織が摘発されたという、大ニュースがあった。それが収まったころ、今度はチェンマイでの別のニュースが話題になる。《パー・ウォーの土地返還を求める人々のネットワーク》の活動が拡大していき、ムー・バーンを拒否する人々の大規模な抗議デモが起こった。ターターンさんは表舞台には出てこなかったが、このすべての運動で、彼が重要な原動力になっていたのは、想像に難くなかった。

話はどんどんと大きくなっていく。伐採された森よりももっと哀《あわ》れでどうしようもない、建設までの来歴が掘り返された。切り開かれた山よりももっとはっきりと、むかしむかしのできごとが明るみに出た。建設のきっかけを作ったとみなされる人々の名前、計画の承認に関わった人々の名前、秘密にされた、絡み合って複雑な、真の目的。さらに、設計と建設を請け負った業者との、不透明な入札と契約までが明らかにされていった。

「ぼくはターターンに忠告したんだ。したんだよ……」

ここまで話して、セーンおじさんのような屈強な男性ですら、その声が嗄れて消えていってしまう。瞳は乾き切って、ぼんやりとしている。まるで、かつてのできごとを思い返しているみたいに。

忠告が発された日。それが聞き入れられなかった日。すぐそばまで危険が迫っていると、ターターンさんが気づいていなかった日！

「――そのころ、ターターンはだれかにつけられていると感じていた。事件があったのは土曜日の午前だ。ムー・バーンの件で話がしたいとターターンに家に呼び出されたんだ。ぼくたちは口論になった。ターターンは、ぼくがやつらの手先になっていると思っていたんだよ。ぼくが否定しても信じてくれなかった。そしていつもと同じだ。この件から手を引くべきだということも、信じはしなかった」

言葉がそこで止まる。セーンおじさんの瞳は、霊が曇らせてしまったみたいに、もうなにも映っていないように見えた。おじさんは石像のように固まっている。吸い出された魂が、過去のできごとに囚《とら》われている。その中だけで悲しみを味わって、外に見せないようにしているみたいだ。

次の言葉が出てくるときには、その声はほとんど嗄れ消えて、空気の音だけになっていた。

「あの日ぼくがもし、もし……」

口の震えを抑えようとしているのがはっきりわかる。

「怒って、すぐにターターンの家を出ていかなければ……」

「なにがあったんですか」

ナットくんは黙っていられなくなったようだ。

セーンおじさんは、大きなため息をつく。

「ぼくも……知らないんだ。気づいたときには、ターターンの家を出て、車に乗って、しばらく経っていた。自分があまりに大人気ないと思ったんだよ。もしかすると……なにか、虫のしらせみたいなのがあったのかもしれない。それでUターンした。だけどターターンはもう家にはいなかった。車もなかった。ぼくはうっかり、なんでもないだろうと考えて、そのまま帰った。それで次の日の昼くらいに、彼が襲われたというニュースが出た……」

昏睡状態のターターンさんを発見した人がいた。場所はアーントーン県のあたりの森の中——シリマンカラーチャーン通りソイ3の家から、六百キロも離れたところで！　車も、持ち物もすべてなくなっていて、財布の中の身分証明証だけが残されていた。彼がどうしてそんなところにいたのか、だれにもわからなかった。ただ確実なのは、それ以降彼は目を覚ましていないということだ！

「ぼくも取り調べをされたよ。住んでるところが会社の工場のムー・バーンでラッキーだった。どこに行ってもみんなに見られてるからね。おかげで、その晩はどこにも出かけてないと証言してくれるひとがいた」

ナットくんがうなずく。

「もしターン先輩の家からアーントーンまで運転したら、往復で十時間以上かかります。絶対に不可能なので、それでおじさんの疑いも晴らせます」

「そうだね」

おじさんも首を縦に振る。

「しかしぼくじゃないとなれば、一番の、明らかな容疑者は……」

声がそこで消える。まるで、テレビの登場人物が、突然声だけを奪われたみたいに。それでも、まわりのひとはみな同じように理解してしまう。タオフー、ナットくん、そしておばさんが目を見開いた。

「この話を外に漏らさないよう、強く言われてる。ターターンは病院に送られた。ラーチャブリーの実家に帰る途中で強盗に襲われたんだと言うように、ぼくは言われてる。だから事件はニュースになってないんだ。せいぜい地方のニュースの小さな枠で扱われるくらいで」

「そのせいで、事件の捜査はなにも進んでないってことですよね！」

ナットくんも口が震えている。こちらは、怒りによる震えだ。

セーンおじさんが見つめ返して、短く答える。

「ぼくたちだって気をつけないといけないんだ！」

「ターン先輩は、どのくらいのあいだそんな状態なんですか！」

「だいたい、二ヶ月だ」

セーンおじさんは考えたり計算したりもせず、即答した。

「警察は、ぼくが向こうの家を出てからすぐに襲われたんだと考えている。まだ……覚えてるよ。三月二十三日の朝十時くらいだ」

三月二十三日の、朝十時くらい……。

衝動的に、タオフーの眉毛がすこしずつ、静かに上がっていく。皮膚の下に、チクチクとした痛みを感じた。プリップリーさんのフェイスブックを初めて見て、彼女と自分の間に共通の友だちがひとりいたとき。それがナットくんで、しかも彼女がナットくんと同じ会社で働いていると知ったときと、同じ……。

そう。大きなことが起こるとささやく、なにかの予感みたいに。

タオフーには、なにが起こるかはわからない。けれども、それがとても大切なことで、しかも、もっと大切なことに導いてくれるというのはわかる。

その日付には、なんだか見覚えがある。だけどタオフーにはまだ、それをどこで見たのかわかっていなかった……。

23　バーン・プラカノーンのナーク嬢

セーンおじさんが話を続ける。

「犯人は、なにかでタータールーンの頭を強く殴ったらしい。医者が言うには、頭蓋骨《ずがいこつ》が陥没《かんぼつ》して、脳に強い衝撃が加わって、意識を失ったみたいだ。ただ、回復して、目を覚ます可能性もあるらしい」

チャンさんが眉を動かす。

「だんだん、地元のひとたちが、事件に疑問を強く持つようになってきた。それで、TRDグループの令嬢たるケーオチンドゥアンさん自身がここまで乗り出してきて、ニュースをもみ消そうとしてるのね」

「警察はまだ結論を出してない。適当にだれかの名前を挙げるんじゃない」

おじさんが厳しい声で窘《たしな》める。その視線も厳しい。今名前の挙がったひとが、おじさんの働くところにも関係しているからだろうと、タオフーは思った。

「タータールーンの写真はある？」

ずっと黙って聞いていたマタナーさんが、ようやく口を開く。

セーンおじさんがズボンのポケットをまさぐろうとしたが、元妻のほうが早かった。携帯電話を取り出して、従甥《いとこおい》の写真をマタナーさんに見せる。

「これよ」

ふたりのあいだに座っていたタオフーが、それを取り持つ。

おばさんは眼鏡をずらして、写真を近くで見つめる。

「なんてハンサムなのかしら」

だが写真がはっきり見えてくると、彼女の眉頭が少しずつ近づいていった。携帯電話を持ち主に返すときも、眉根はグッと寄ったままだ。

おばさんがなにを考え込んでいるのか、タオフーが気にしていたところで、マタナーさんが口を開いた。

「星の王子さま、すごくお腹が痛くなっちゃったの。ちょっとトイレに行くわね」

「一緒に行こうか？」

タオフーはそう聞きながら立ち上がって、マタナーさんを席から出やすくしてあげる。

「大丈夫よ、タオフー」

チャンさんが代わりに答える。

「セーンおじさんの役割を奪っちゃダメよ。ほら、死ぬほど一緒に行きたそうにしてるでしょ」

かつての想い人を心配そうに見つめていたセーンおじさんが、隣のチャンさんをキッとにらむ。

「なにを言ってる！」

「いやあねえ、あなた……」

チャンさんがセーンおじさんの二の腕に触れる。冗談めかすような、謝罪の振る舞いだ。だが乾き切って赤くなったその目には、冗談めかす様子はない。

「からかっただけよ。なに本気になってるの。わたしにだって目がついてるの。だれがなにをして、なにがなんなのか、わからないわけないじゃない。ナーさんだってこんなに老けて、夫も息子もいて、しかも息子がさらに夫を連れてきて！」

押さえつけていた怒りが、言葉を選ぶ力を失わせたのだろう。チャンさんはひどい言葉をペラペラとまくし立てた。ナットくんがそれに驚いて、タオフーも驚く。どう考えたって、自分の伯父の前でそのことを明かされてしまっては、いい気持ちはしないはずだ。しかもそれが、悪意からなされたものであれば、余計に。

「くだらない！」

セーンおじさんは、会話を終わらせようとするみたいに強い声を出す。

しかし、ナットくんは、このまま終わらされるのは受け入れられないといった様子で、隣に座るセーンおじさんを見る。

「大丈夫ですよ！」

ナットくんの声は落ち着いて聞こえた。だがそこにものすごい大きさの感情を抑え込んでいることがわかる。場を和ませるためのほほ笑みすら見せていない。

「チャンおばさんの言ってることは正しいので。ぼくはタオフーと付き合ってますよ！」

ナットくんは目を大きく開けて、セーンおじさんとチャンさんを交互に見た。

レストランのBGMに流れていた、チャラン・マノーペットの往年の名曲が、ちょうどサビにかかっている。

ナットくんの母のほうも驚いて動きが止まり、息子を止めようとなにか言おうとする。だが火に油を注ぐことになると思ったタオフーは、おばさんを注意するみたいにつついて、それを制止した。

セーンおじさんの気詰まりと混乱と、チャンさんのしてやったりといったほほ笑みを前に、ナットくんははっきりと続ける。

「こんな話、なにも恥ずかしいことないでしょう。ふつうのことですよ。男が女と付き合って、同じ家に住んで、一緒に暮らして、一緒に寝るのとおんなじでね！」

最後の言葉で、ナットくんはチャンさんに笑みを見せる。向こうが興味はあるが口にする勇気のないことを、こちらは言えるのだと強調している。それはちっともおかしなことじゃないのだと。

「いやだわ」

話を始めたほうは、最高潮の快感の中にいるみたいに笑う。

「時代が速く流れすぎね。おばさんじゃ子どもたちに追いつけないわ。ナーさんも、こんな話を簡単に受け入れられるなんて、さぞ〝速い〟人なんでしょうね」

ナットくんは相手の目を見て笑っている。双方のほほ笑みが、タオフーには、銃口を突きつけ合っているように見える。

「時代の流れが速い。それはそうですね。でもこういう話を受け入れられる人が、べつに〝速い〟わけじゃないですよ」

「じゃあ、受け入れられない人間は〝遅い〟のかしらね？」

チャンさんも、まったくナットくんを恐れていないといったそぶりを見せる。

「速いとか速くないとかいうのは、決めつけられる側の人間の話じゃないんですよ。他人を決めつけるのが好きなひとたちのほうの問題です。受け入れるのも受け入れないのも、個人の問題ですからね。すべてのひとに、それぞれの権利があります。そう考えられたら、無意味な話を続けて頭を悩ます必要もないんですけどね。ああ！　権利とか、他者を迫害しないとかいうのは、もう一世紀以上話されてることなんですよ、チャンおばさん」

「さすが、一流の脚本家ね――」

「褒めすぎですよ。一流なんてとても言えません。それに仮に一流になったとしても〝父さんが誇りに思う〟なんてことも言えないですし」

今度はチャンさんの笑みが引きつる。必殺の銃弾にしようと思っていたものを相手に気づかれて、先に撃たれてしまったからだ。

「父さんもひとりの人間です。なにかを好いたり、嫌ったりする権利がある。正しいこともすれば、間違ったこともする。言ったとおりですよ。ぼくたちが、人間を人間として受け入れることができれば、無意味な話で時間を無駄にする必要なんてなくなるんです」

「ナーさんが歴史が得意だって知らなかったら、あなたのこと、哲学者なんじゃないかと思ったかもしれないわ。息子をこんなに利発に育てて」

おばさんはどうすればいいかわからないというふうに、気まずそうに笑っている。それで、このタイミングで言った。

「我慢できなくなってきちゃった。ちょっと失礼するわね」

セーンおじさんとタオフーはマタナーさんを見送ることしかできない。かたやナットくんは、母親に興味は示さず、話し続ける。

「真の歴史というのは、王たちや貴族階級の人々が国土のためになにかを成し遂げたっていう話だけじゃないんですよ。哲学も、そういう歴史の中に含まれるものです。それに、歴史を批判的に読んだり、歴史を盲信しないようにしたりってことは、哲学書を読むのと変わりありません。これはぼくとチャンおばさんの言ってる哲学が同じものだっていう前提で話してますけど」

「それはわからないわね。わたしは、同性愛は性的な倒錯だって教えられてきたからね。ところでね……ナットの言ってるその歴史でね、どの哲学者が男色の話なんか始めたのかしら。自分がそうだから、そんなこと言ったんじゃないの？　わざわざそんなに深く考えるなんて」

「自分の夜の事情が異常だと自分でも思っていた、ってことですか？」

「そうとも言えるわね。ナットだってわたしが古い人間だってわかるでしょ。そういう話を理解しようと思っても、それが正しいのかどうかわからないのよ。わたしやおじさんの世代は、性的倒錯は精神的な異常だっていう考えで育ってきてるから。そういう子どもが生まれたら両親は悩むし、恥ずかしくてだれにも言えないのよ。だからナットを褒めたのよ。ナットがどんな人間でも、仕事はできるし、そもそも家族のだれにも応援してもらえなくてもずっと奮闘して、それを仕事にしたでしょ。それに、妥協してお父さんの家に住んで、お父さんの財産で、幸せな暮らしを続けてる。以前、あなたたちの世代の思想家が書いてる文章を読んだのよ。ナットの言うみたいな、小文字の歴史を書き直すみたいなやつだと、王や貴族がひとりで国を作ったんじゃない、下層の人々もその血肉と引き換えに国を作ったんだってなってるのね。それで、そういう古い体制に逆らってて、軍はいらないみたいに言ってる子たちがいるでしょ。もしナットがあんなふうにイカれちゃったら最悪ね。せっかくお父さんが、軍人というお仕事で財産を築いてくれたのにね」

静かな笑みをチャンさんに見せたままのナットくんが、関心を北のソーセージ《サイ・ウア》に移して、それを口に入れる。そして、さきほどからの辛辣《しんらつ》な応酬をしばらく聞いてないみたいに孤独な食事をしているおじさんのほうを向いて、言った。

「ここのソーセージ、おいしいですね。脂《あぶら》っこくない」

チャンさんがまた、楽しそうな笑い声を上げる。さっきの曲が、ランラン、ランラン、ラー、ラン、ラン、ラー……というところまで流れたのに合わせて、鼻歌を歌う。タオフーも手を伸ばして、スプーンでソーセージを取った。

「だと思ったわ。ナットは〝ソーセージ〟が好きなはずだって！」

ナットくんの手のスプーンが、金属の皿にカツンとぶつかる。タオフーは、そこに広がった重みを感じ取った。それで、ナットくんがなにかを言うより先に、口を出す。

「セーンおじさんは、どうしてチャンさんと離婚したんですか」

普段の会話と変わらない音量の、落ち着いた声。けれども言い終わった瞬間、このテーブルの全員——特にチャンさん——が、固まってしまう。そして、まるで相手が人類には理解不可能な言葉を漏らしたみたいに、タオフーを見つめた。

そのとき、テーブル上で唯一聞こえたのは「ヤッホー！」という、セーンおじさんの腕時計さんの声だ。彼はタオフーを称賛するみたいに、大きくうなずいている。

一呼吸おいてなお、セーンおじさんのほうに、なんら変わった反応は見られない。顔を真っ赤にしている元妻とは正反対だ。彼女は表情をごまかすほほ笑みの仮面をつけることすらできず、手のスプーンも、自分自身を抑えていられないみたいにプルプルと震《ふる》えている。

「プライベートな問題だぞ、タオフー」

ナットくんが怒るような声を出す。しかし同時に、あえてそれを強調するようでもある。

「礼儀ってものがあるだろう！」

その言葉で、腕時計さんが笑い出す。

「ごめんなさい」

タオフーは頭を下げて、チャンさんからの、相手を今にも射殺しそうな視線をかわす。そんな目をしていながらも、彼女の下まぶたに水滴が転がっているのが見える。

セーンおじさんのほうが話す。

「人間には、いろいろな、難しい、個人的な考えや事情があるな。違う場所で育っていれば、違うように考える。ナットとタオフーが愛し合っていて、それで幸せなら、いいことだよ」

なんてことはない言葉だったが、それを聞いたタオフーは、さっきの雫《しずく》が、チャンさんのあごまで流れていくのが見えた。彼女はわざとらしく、手の甲でそれをぬぐう。それから手を振って店員を呼ぶと、酒を注文した。

「おい」

セーンおじさんが、冷たい顔の元妻を見る。

「やめたんじゃなかったのか」

「飲みたい気分なの」

チャンさんは笑いに変えようとする。

「ふん」

こちらの声はセーンおじさんの腕時計さんだ。

「チャンディーは面倒が多い女だよ」

タオフーは聞き返すみたいに腕時計さんのほうを見て眉をひそめる。腕時計さんは、自身の教養を誇るみたいな笑みを浮かべてから、説明してくれる。

「彼女のもとの名前はウマーだろ。それをチャンに改名した。だから女神チャンディーとくっつけてみたんだ。知ってるかいな。チャンディーは女神ウマーのもうひとつの姿なんだよ」

タオフーはうなずく。ナットくんの本や、インターネットの記事で読んだことがあった。ナットくんはいろいろな信仰のいわれなどにも興味があって、その中には、バラモン教とヒンドゥー教のものも含まれていた。仕事に生かせるものがあると考えていたみたいだ。

タオフー自身は、そういうものを読んでみて、わかることもあったし、わからないことは調べてみた。それで《マッタナ・パーター》という物語に、チャンディーという登場人物がいたのを覚えていた。美しいバラにまつわる、あまりに悲しい愛の伝説だ。

腕時計さんが話を続ける。

「マタナーさんからの想いを逃しさえしなければね、セーンのやつだってあんなに簡単に、チャンディーと一緒に人生を歩もうなんて思わなかったはずだよ。セーン自身のマヌケさってことだな。チャンディーにうまいこと言いくるめられて、あっさり罠《わな》にかかっちゃうんだから」

テーブル上の料理についてセーンおじさんとナットくんが会話しているのをよそに、腕時計さんがタオフーに話をしてくれる。マタナーさんがシップムーンさんとの結婚を決意したその年、セーンおじさんはとてもとても心を痛めていたそうだ。そのすきを見て（当時はまだウマーという名前だった）チャンさんが、近づいてきたらしい。

「――チャンディーの家族は昔から公司《かいしゃ》みたいなことやってるだろ。タータンだかいうやつの家も、その国《なかま》だったらしい。それがこのおばさんの代になって、互いが自分のものにしようと奪い合うことになったみたいだ。チャンディーの父親はセーンを優秀だと思ったらしくて、ほかの兄弟よりも上の立場に置いて、仕事を手伝わせた。そこに娘を送り込んで、仲良くさせて、落とさせようとしたんだな。だけどそのときのセーンはマタナーさんに夢中で、仕事のこと以外でチャンディーのことなんて見もしなかった。あれこれしてるうちに、負けず嫌いの性格もあってな、向こうを利用しようとしてたチャンディーが、自分のしかけた罠にハマっちゃったんだよ。セーンに恋に落ちて、なんとか自分のものにしようとした……」

チャンさんの計画がようやく成功を収めたのは、シップムーンさんとマタナーさんが結婚してから四年後のことだった。当時、ナットくんは二歳。しかしそれからも、チャンさんとセーンおじさんのあいだには、ずっと軋轢《あつれき》があった。通貨危機の時期にチャンさんのビジネスは大きな損失を被り、大富豪だったものが、なんとか生活できるくらいの小金持ちになった。一族の経営への影響力が制限されるようになると、タータンさん側の家族のほうが、新しい株主と一緒に出資して、力を持った。以前の経営陣の右腕だったセーンおじさんは、新たな経営陣に圧力をかけられて、退職することになった。

「――失敗を味わったふたりの人間が、ずっと一緒にいる。最初はせいぜい皮肉ったり、ちょっとした口論をしたりしてた火が大きくなって、激しくやり合うようになった。セーンのやつは、そのころに離婚を切り出したんだよ」

タオフーはそれを口に出さずに計算して、うっかり、小さく叫んでしまう。

「もう二十年も?」

「うん?」

向かいに座るセーンおじさんだけには聞こえたようだ。口に豚皮揚げ《ケープ・ムー》が入ったままで、タオフーに聞いた。眉根が寄って、おでこがしわになっている。

タオフーは落ち着かない表情になる。遠くの壁に貼りつけられた、店の歴史を示す大きなボードに視線がちょうど止まる。それで、急いでうなずいた。

「こ……このお店、もう二十年もやってるんですね」

セーンおじさんとナットくんがそちらを向く。チャンさんひとりが我関せずといった態度で、周囲のできごとは気にも留《と》めず、琥珀《こはく》色の飲み物を口に入れ続けている。

「目がいいんだな。あそこまで遠いと、ぼくには見えないよ」

セーンおじさんはそう言うと、別の豚皮揚げを唐辛子ペースト《ナーム・プリック・ヌム》につけた。

腕時計さんがおかしそうに笑って、うなずく。

「そうだ。セーンは二十年前から離婚を求めてた。だけどチャンディーは認めなかった。結局、夫のほうがわざわざ遠くチェンマイまで逃げてきて、仕事をしてたんだ。妻のほうは、わざわざ夫の弟の家の隣に家を買った。そこで夫が帰ってくるのを待ち構えようと思ったんだな。どうやっても別れない、逃がさないっていうつもりで」

(ほんとはそういうことだったのか)

以前チャンさんが、別の説明をしていたのを思い出す。

(投資用に買っておいたって言ってたな)

「それから何年か経って、セーンもほとんど彼女に会いに戻ってこなくなった。それでチャンディーも諦《あきら》めて離婚してやったんだよ。ただ、知り合いにはだれにも言うんじゃない、恥をかきたくないからって条件をつけた。なにを考えたんだか、セーンもそれを受け入れた。べつにほかのだれかと新しく付き合おうなんて思ってないと思うけどな。だけど妻のほうは、どうもずいぶん未練があるらしい」

タオフーは、近い距離に座る元・夫婦に、こっそりと視線をやった。ひとりは生き生きとしているが、相手と距離を置こうとしているのがはっきりわかる。もうひとりは、痛そうな、不機嫌そうな顔でいるが、愛する男のほうをときどき盗み見ている。そして、ときどき飲み物を注いでいる。

「チャンディーはあの家で待つしかできないんだな。呪われた家みたいなもんなんだよ、そう思わないか？　叶うことのない願いを持ち続けて、待つ人間。その心は、結局だんだんと死んでいく。どんなにあたたかそうに見えて美しい家だって、醜《みにく》くなるし、どんな『物』ともつながりが持てなくなる。だってもう、そこには心がないんだから——違うか。たぶんはじめから、あの場所に心はなかったんだな。ほんとは彼女も、セーンを追って無理やりチェンマイに来ようとしてたんだよ。だけどそれをあっさり拒絶されたんだ」

ナットくんの家の隣に建つ家の姿が、脳裏に浮かぶ。巨大な家具がいっぱいで、実際よりも狭く見える家。どれもシンプルでセンスはいいが、空間と合っておらず、緊張感を与える。本物の剝製《はくせい》と、レプリカの剝製がいっぱいに飾られている。鹿の頭がこちらを見ていて、翼をバッと広げた鷲《わし》は外に逃げようとしているみたいだった。それからあの蝶たち。さながら、命の存在しない墓場だ。「物」たちにすら、命が宿っている様子がないのだから。

（眠っているのとまったく同じように……）

そこで思考が止まる。キラキラとした光が目に刺さる気がして、タオフーは目を細めた。一度避けてから探してみても、なにも見当たらない。

（光が頭の中でまたたいたみたいだ……）

今見たのはなんだったのか、タオフーが思い至る前に、ナットくんの声がこちらの興味を引く。

「母さん、ずいぶん長く行ってるけど帰ってこないな」

「たしかに」

元夫がそう答えただけでチャンさんはため息をつき、手に持ったグラスを、テーブルに強く置いた。

ナットくんは椅子を動かして、主におじさんに向かって言う。

「ちょっと見てきますね」

「ぼくも行くよ」

タオフーもあわてて立ち上がる。

ナットくんがささやく。

「ひとりで大丈夫だ」

「ぼくもおばさんが心配なんだよ」

ナットくんがなにか言い返そうとするが、タオフーのほうが先に小声で言った。

「あと、ひとりきりで、このふたりと一緒に座ってたくないんだ」

それでナットくんも理解したようで、ふたりは連れ立ってトイレのほうを見に行った。

だが、マタナーさんの影はどこにもない。

「母さん！　母さん！」

ナットくんが呼んでみる。しばらくすると人影が現れたが、声を聞いて気にした掃除のおばさんだった。ナットくんが説明する。

「すいません、中年の女性を見てませんか。ちょっと大きめで、黒い服を着た。中にいますか？」

現れたひとがトイレのほうを向いて確認して、それからこちらに向き直った。

「だれもおられないようで」

ナットくんは眉をひそめたが、相手に礼を言った。

「どこ行ったんだ、母さん」

ナットくんがタオフーを先導して、店の前に向かう。センおじさんとチャンさんのいるテーブルのほうをのぞいてみたが、ふたりはまったく口をきいていない。おばさんが戻ってきている様子もない。

「席がどこかわからなくなったかな」

焦《あせ》り出したナットくんは、タオフーに言う。

「ちょっと歩いて、店の左側のほうを見てきてくれ。おれはこっちをまっすぐ行って、裏を見てみる」

クマさんはその指示をすぐに受け入れた。店内にはそれなりに客がいるが、混んでいるというほどではない。店自体も大きくないので、探すのも難しくはない。だがそれでも、おばさんは見つけられない。

「どうだった」

同じタイミングで、ナットくんがもとのところに走って戻ってくる。タオフーは首を横に振った。

ナットくんは、なにも言わずに、店の前へ飛び出していく。外の塀のところで、タオフーよりも小さな身体がピクリと止まる。走ってついていったタオフーは、その背中にぶつかった。ナットくんが叫ぶ。

「母さん！」

狭い道路の真ん中に立つ、フワフワしたシフォン地の服に包まれた大きな身体の影が振り返る。このあたりの光がおぼろげなせいなのか、ナットくんの声が大きすぎたせいなのか、おばさんはとても驚いたような、怖がっているような、青白い顔をしていた。

「母さん、なんでこんなところに出てきたんだよ。中でみんな待ってるよ！」

ナットくんはイライラとぼやきながら、急いで母に近づく。

「わたし……」

「クンチャーイは大丈夫だよ。店のひとが見てくれてる！」

「あ……ええ」

まだ混乱して見えるが、ようやく我に返ったみたいに、目を大きくしてうなずく。

「ちょっと心配で」

息子が母を連れて、タオフーと一緒にテーブルに戻ったあとの食事の空気は、ちっとも楽しげじゃなくなった。チャンさんはなにも言わずにただ飲んでいて、その元夫は相手の姿が見えていないみたいに、むやみに話し続けていた。ナットくんと、タオフーと、マタナーさんは、その会話にしかたなく参加して、笑っていた。

この気詰まりのせいだろう、マタナーさんが最後に言った。

「もし甘いものを頼まないようなら、そろそろ帰ろうかね。なんだか疲れちゃって」

疲れていたのは、マタナーさんだけではない。ホテルに戻ったあと、ナットくんはいつもみたいにタオフーを誘うことなく、ひとりでシャワーを浴びに行ってしまった。タオフーはマタナーさんの荷物の整理を手伝った。マタナーさんがいちいちかがんだり立ったりして、背中が痛くならないようにするためだ。おばさんがシャワーを浴びて、身だしなみを整えて出てきてようやく、タオフーも部屋に戻ることにする。

「明日、起こしに来るね。ここは朝ごはんはないから、ナットくんが、どこか食べに出ようって。それでそのまま、遊びに行けるから」

まだ顔色は悪かったが、マタナーさんはうなずいてほほ笑む。

「おやすみね」

部屋に戻ると、ナットくんもちょうど着替えを終えたところだったようだ。鏡の前に立って、顔にクリームを塗っている。濡れそぼった髪がいくつかの束になって、いろんな方向に向いていた。そのせいで、すごく子どもっぽく見える。

クリームを塗りながらあごやほっぺたを引っぱっているせいで、あまりはっきりしない声になったナットくんが言う。

「おまえの歯ブラシ、置いておいたからな」

「ありがとう」

タオフーは家から持ってきた自分の歯ブラシと歯磨き粉で歯を磨いた。髪と身体は、ホテルのシャンプーとボディソープで洗った。小さいプラスチックのボトルに入っていて、垂らすとほのかにいい香りがする。

ただ、ナットくんが家で使っているやつほどの香りはない。シャワーの温水を浴びて自分の身体をもみしだいていたクマさんは、想像をふくらませずにはいられなかった。この匂いとナットくんの体臭が合わさったら、いつもと違う、やさしいいい匂いになるだろうか。

思考がだんだんハチャメチャになっていって、身体の一部が硬く立ち上がってしまう。クマさんはあわてて身体じゅうの泡を流して、水を拭《ふ》き取ると、タオルを腰に巻いてシャワールームを出た。

ナットくんはもうベッドに上がっている。今日は、太ももの真ん中くらいまでの短いズボンを穿《は》いている。白く輝くそのももと、見えないくらいに薄いすねの毛に覆われた細長い脚が見えた。ナットくんがふくらはぎと足の裏に痛み止めのクリームを塗っているせいで、タオフーお目当ての香りは、鼻をつく鋭い臭いに変わってしまっている。

「塗ろうか？」

タオフーはナットくんの足先のところに座り込んで、相手の足首を軽くもむ。

「ありがと。一日運転して、すげー疲れた」

ナットくんがぼやいて、クリームのチューブを渡してくれる。タオフーは片方の手でナットくんの足首をつかみ、脚をしっかり伸ばした。それからクリームのついた手で、リズミカルにもんでいく。

「ちょうどいい強さだ」

褒められたタオフーは笑う。指先で、少しずつ足の裏をなぞっていく。ある部分を押すと、ナットくんが身体を硬くしてピクッと動き、小さなうめき声を出す。タオフーが視線をやってみると、ナットくんは目をつむって上を向いていた。

マッサージ師・タオフーの指先が、ナットくんの脚を少しずつ上っていく。たまにナットくんがうめいて、身体をピクッと揺らす。表情は歪《ゆが》み、眉が寄せられ、まぶたがギュッと閉じられ、あごが震える。けれども唇は固く閉じられていて、どんな声も出さないようにしている。

ナットくんがかわいそうに見える一方、その反応のせいで、タオフーはどうしても昂《たかぶ》っていってしまう。

タオフーはナットくんの足先を強く引いて、その全身がベッドに横たわるようにする。目はしっかり閉じられたままだったが、驚いたみたいに、ハッと息が吐かれる。

かがんだタオフーは、半ズボンの下でだんだんと姿を現すナットくんの身体の芯に、キスをする。それから、ズボンのすそにゆっくり手を差し入れて、円形波みたいに熱を放射するその中心に、這《は》いのぼっていく。

しかし、タオフーの指が目標に到達する前に、ナットくんがその手をつかんで押さえてしまう。さながら、そこで止めようと抵抗しているみたいだ。

しかし、ナットくんの表情に表れた感情とその呼吸は、まったく逆だ。タオフーは動かせなくなった手を裏返すと、相手のズボンを膝の下まで下げた。ナットくんの手がそれを追って動く。相手が油断したチャンスに、タオフーはその手をベッドに押さえつけた。これで、顔を下げれば、目の前に現れたものに触れることができる。

「やめろ！」

だがナットくんはそう叫んだ。それだけではなく、身体を硬くして震わせて、後ろに下がって、座り直してしまう。その顔には感情が染み出していて、おでこの生え際は汗ですっかり濡れている。しっかりと開いた目で、こちらを見る。求めながらも、押しやるような感情。相手に狂いながらも、距離を保とうとする努力。

タオフーは驚いた。ナットくんを不快にさせるつもりはなかった。

タオル一枚に包まれたタオフーの身体が、ナットくんを抱きしめようと近づいていく。だが両の手に阻《はば》まれて、動きを止めざるをえない。

「今日はダメだ！」

打ち震えているが、混乱しながら逆らう声。ナットくんはなんとか理性を保ち、呼吸を整えようとしている。それから、命令と懇願が混じったような目つきでタオフーを見つめる。

「今日はやめてくれ……な」

ナットくんにそう言われてしまえばタオフーは、ただ引き下がることしかできない。全身に針を刺されたような、痛みと混乱が流れている。

「ごめんな。今日は……疲れてるんだ」

そう言いながらなお、ナットくんは眉根を押さえている。だがその姿勢は、むしろ瞳を見せまいと隠しているようでもあった。

「大丈夫だよ」

タオフーのほうが、震えをなんとか抑えないとならない。今にも自分が壊れてしまいそうだ。

「ぜんぜん、大丈夫……」


その晩は、どちらも眠れなかったようだ。違いといえば、ナットくんは一晩じゅう寝返りを打っていて、タオフーはできるだけ動くまいと身体を硬くしていたところだろう。さながら硬く、重くなって、ベッドに沈み込んでいこうとするみたいに。

その結果、朝方にはすっかり身体が痛くなって、つってしまう部分すらあった。

五月の暁《あかつき》。チェンマイの街の空は曇り気味だ。だが空よりもさらに暗いのがマタナーさんだった。お堀の近くでお粥《チョーク》を食べているとき、彼女は疲れ切った様子で、頬杖をついていた。タオフーが心配して聞くと、彼女が答えた。

「場所が変わって落ち着かなかったみたい。ほとんど一晩じゅう眠れなかったのよ」

食べ終わったあと、ナットくんが運転して、マタナーさんをホテルに連れて帰ることにした。マタナーさんはホテルで休むことにして、その息子ともうひとりの子どもみたいなクマさんは、好きに観光することにした。寄り道してマタナーさんの昼食とおやつを買い、夕方にはみんなで食事に出る約束をする。

「残念だね。せっかく珍しく、おばさんも外に出かけられたのに」

陽射しも強くないのに、ナットくんは黒いサングラスをかけている。どうやら本当は、寝不足でできた目のくまを隠そうとしているみたいだ。

タオフーを連れたナットくんはまず、ラーンナー伝統家屋博物館を訪れた。ここには、さまざまな形式の、北部の伝統家屋が集められている。それに〈ローン・カーオ〉と呼ばれる、ラーンナーの米倉も展示されていた。実際のものを移設してきて、博物館の中に保存してあるということだった。

ナットくんとタオフーが到着したとき、入口近くの草地に建つ家屋を、学生グループが写生していた。こんな平日だと、観光客はまばらだ。広大な敷地のおかげで、かなり広々というか、荒れ果てているようにすら感じられる。それぞれの伝統家屋は、距離をとって建てられている。枝を広げた木々が木陰を作っていて、涼しげだ。鳥の群れやリスの立てる、チュッチュッという音が聞こえる。

ナットくんは、歩きながら写真を撮って、メモをとっている。集中しているみたいだ。その口でタオフーに、物書きの仕事とはこういうものだ、なんでもとりあえず頭に入れておけば、いずれ使うこともあるかもしれないと説明してくれる。

タオフーは、ナットくんが仕事に集中しているのを見るのが好きだ。仕事というのは、だれでも疲れて顔を背《そむ》けたくなるもののはずなのだが、仕事に向き合うナットくんからは、ほとんど触れそうなくらいはっきりとした、平穏と幸福のオーラが出ている。ナットくんにとっての仕事とは、人生をかけた奮闘と、その価値を示してくれるものなのだろう。タオフーにもそれはわかっていた。

それぞれのひとの人生と同じように、それぞれの家屋にも、歴史と物語が隠されている。ナットくんから目を離したタオフーは、家屋の中に置かれている「物」に興味を持った。タオフーは、この広い場所に人がいないことではなく、この広い場所に、命を持ったりしゃべったりする「物」がほとんどないことにわびしさを感じた。

（チャンさんの家の雰囲気とそっくりだ）

ふたりは、目の前の看板に示された順路どおりに歩いていく。この中で西洋建築の影響を受けた唯一の建物である、ケリペル氏のコロニアル様式の屋敷。それと入れ替わりで現れるのは、さまざまな米倉だ。さらに足を進めると、パットさんの飾り屋根《ルアン・カーレー》の家屋。寝室の扉枠の上部には、危険から守ってくれる彫刻《ハム・ヨン》が施されている。

トゥットさんのタイ・ルー族風の家や、〈チェンマイ城都民の家〉ことパヤー・ポン・ランカー氏の家は、〈ホン・リン〉と呼ばれる雨樋でつなげられた、切妻屋根《ランカー・チュア》の家屋だ。ルアン・アヌサーン・スントーン氏の、方形造《パン・ヤー》の家屋は、現代的に見える。ほかにも、いろいろ展示されている。

それぞれの家屋の細かい部分がどれも興味深く、すべて見終わるころには午後になりかけていた。ナットくんはタオフーを連れて、ステープ通りの反対側で、ベトナム風の鍋焼き卵《カイ・クラタ・ベーブ・ユアン》を食べた。それからトン・パヨーム市場でおみやげを買って、車で観光を続ける。

食事でおなかいっぱいになっていたが、タオフーはナットくんの買ったお菓子やおみやげに興味《きょうみ》津々《しんしん》だった。それに気がついたナットくんが、先に食べてもいいと言ってくれる。

あるものをつまみ食いしたタオフーが、目をギュッと閉じる。

「このお菓子、すごくすっぱいや」

「ドライイチゴだからな」

ナットくんが笑いながら説明してくれる。

「すっぱいもんなんだよ」

ナットくんの笑い声が聞けて、昨夜から乾き切っていたタオフーの心が少し潤う。身体をねじって、イチゴを食べようと伸ばされた手を避けると、自分の手でナットくんの口にそれを入れた。

ふたりは車を降りて、ター・ペー門まで歩く。それから、あたりのいろいろな寺院を歩いて回った。本物の北部の寺院を見たことがなかったタオフーは、目を丸くした。見たことがあるバンコクの寺院よりも、とても繊細で、優美だ。威厳を漂わせていながらも、平穏と静寂《せいじゃく》を与えてくれもする。

「昔はもっと静かだったんだろうね」

タオフーはナットくんに声をかけた。今日、疲れている様子のナットくんは、あまりしゃべらない。

「ドラマみたいなかっこうのひとたちが歩いたり、牛車を引いたりして、いろんなお寺に行ってるのを想像してるの」

「おまえが見てるドラマのあれは、アユッタヤー時代の伝統衣装だな。北部のはまた違うんだよ」

「どんなふうなの？」

ナットくんが携帯で画像を見せてくれる。タオフーは感嘆の声を上げる。

「北部ってすごく寒いんじゃないの？　なんで女のひとは服を着てないの？」

「おまえ、今、寒いか？」

(ちっとも寒くないや)

「だけど昔のほうが寒かったんでしょ」

ナットくんは肩をすくめて、なにも答えない。

ワット・チェーディー・ルアン・ウォーラ・ウィハーン寺院、あるいはワット・チョーティ・カーラーム寺院に近づく。ナットくんがインタキンの祠《ほこら》を指差して、タオフーにそこで止まるように言う。写真を撮るためだ。タオフーは子どもみたいに明るく笑った。

それからまた、ナットくんは立ち止まって、案内板に書かれたその場所の由来を読む。

この場所には、市柱《サオ・ラック・ムアン》とも呼ばれる〈インタキンの柱〉が立っている。

インタキンの伝説、あるいはスワン・カムデーンの伝説と呼ばれる物語がある。

むかしむかし、このあたりの地域にはルワの人々が住んでいた。人々は悪霊に嫌がらせを受けていたので、インドラ神が、銀の泉、金の泉、そして水晶の泉を授けてくれた。そして、ルワの九人の富豪でそれを分け合い、守らせようとした。人々が戒律を守り、誠実であれば、また幸福が訪れるとされていた。この話を伝え聞いたほかの国々は、兵を揃えて、その泉を分け与えるよう迫った。

それを知ったインドラ神は、二体の鳩槃荼《くばんだ》を城都ノッパブリーに遣わせて、自らが街の中心に埋めた〈インタキン〉と呼ばれる基柱を掘り起こさせた。この柱の魔力によって、敵を商人に変えてしまった。

ルワの人々は、商人たちにも戒律を守り、誠実であり、望みを叶えようと貪欲にならないよう勧めた。しかし商人の何人かがそれに背いたことで鳩槃荼は怒り、インタキンを天界に持ち帰ってしまった。銀の泉、金の泉、水晶の泉も涸《か》れてしまった。

そのあと、ひとりの高僧が現れて、こののち、国に厄災《やくさい》が起こると予言した。人々はみなそれを恐れた。すると高僧が人々に伝えた。鉄の桶か、巨大な鍋を鋳造《ちゅうぞう》した上で、百と一の言語を話す男女の像を作り、その鍋に入れて、埋めるように。その上にインタキン柱を作り、礼拝の儀式を執りおこなうように、と。

この儀式は現在まで続けられている。

「聞いたことあるよ。こういう市柱って、本物の人間を下に埋めたりしてたんだよね」

ナットくんと一緒に読み終えたタオフーが言う。

ナットくんもうなずいた。

「アユッタヤー時代のイン、チャン、マン、コンの伝説もそうだな。街の門の四つのところに生贄《いけにえ》を埋めないといけないことになって、生きた人間を使った。その名前がそれぞれイン、チャン、マン、コン。穴の中で、城壁の門番をしているんだって話だ」

「ナットくん、ほんとに百一の言葉のひとの像を使ったと思う？　それとも生きてるひとを使ったのかな」

　聞かれたナットくんはしばらく黙っていた。

「わかんねえよ。どの場所だってその場所なりの民話とか伝承が残ってる。だけど確実なのはな、イン、チャン、マン、コンって名前の四人が、無辜《むこ》の民だったってことだよ。あるおはなしを信じたやつらをただ安心させるためだけに、とばっちりを受けたんだ。だれも証明なんかできないのにな――というか、そういうおはなしが本当かどうか証明しようなんて、だれも思ったことはないのかもしれない」

「どうしてひどいほうを信じようとするんだろうね。もっとひどくないほうを信じることだってできるのに」

　ナットくんはため息をついて、祠の裏に足を進めた。ここには本堂が建っている。入口のところには、ナーガをあしらった美しい階段があり、その先に、建立から六百年以上の大仏塔《チェーディー・ルアン》がある。これこそ、このワット・チェーディー・ルアン寺院の名前の由来となったものだ。

「人間はさ、自分の好きなものとか、自分のもともとの感覚に合ったものを信じたがるんだよ」

　タオフーは美麗な紅土で作られた、目の前の巨大な仏塔を見つめる。高さは八十メートル以上、大きな基壇も一辺がおよそ六十メートルある。基壇のまわりには白象の彫刻がほどこされていて、階段にはナーガ。時の流れに侵食されてはいるが、全体の美しさは損なわれていない。

　しかしそれが美しく見えてくればくるほど、タオフーの眉根が寄せられていく。

「こういうものを信じて、作り上げるひとたちの好みとか感覚ってこと？　それがあんなことをしちゃうの？」

　ナットくんがうなずく。

「こういうものを信じる人間が、その好みとか感覚ゆえに、自らを善人《コン・ディー》だと規定するんだ」

　ナットくんは足をゆっくりと進めながら、説明を続ける。

「疑問を持たれたり、精査されたりしない〈善〉は、真っ黒な盲信となにが違うんだろうな。信心が自分自身に利益をもたらしてくれるとなると、ますます、その根拠や情報を確認しなくなる。だから、あらゆる時代の権力者は、信仰や信心を武器に使ったんだよ。事実を覆い隠せる、最強の道具だからな。その上から新しい物語を被せて、もとからあった信仰と混ぜ合わせて、事実はますます遠くに行ってしまう。そういうやつらが、エメラルド仏《プラ・ケーオ・モーラコット》を奪い合ってたんだろうな。そうじゃなきゃ今ごろはチェンマイか、ラムパーンか、さもなきゃラオス《ラーン・チャーン》に安置されてたはずだ」

「だから、ナットくんは自分でおはなしを作ろうと思うようになったの？」

〝おはなしを作るひと〟がほほ笑む。タオフーのほうは見ていないが、その笑みには少しも、幸せさが感じられない。

　ナットくんは仏塔の後ろから射し込む太陽の光を見上げた。まばゆくて、目を細めてしまう。

「そうかもしれない。子どものときから、嘘を信じるように、ずっと騙《だま》され続けてきたって感じたことがあったのはそうだ。だれだかも知らないやつのための、嘘を。そいつのせいで、おれは自分が嫌いになった。鏡に映る自分をまっすぐ、はっきり見つめる勇気がなくなった。自分自身であろうとすると、その自分が罪であるみたいに感じたからな」

言葉がそこで止まる。こみ上げるものがあるみたいに、ナットくんはため息をついた。それから目を閉じて下を向き、もう一度目を開く。

タオフーは思う。ナットくんは、さっきの光でくらんだ目がもとに戻るのを待っているのだろう。そして、また話し出す。

「それが、別の物語を知った。この世界のだれもが平等で、同じ人間なんだって話を。でも実際にまったく同じものなんてない。それでもやっぱりひとはみんな平等だ。だれも間違っていなくて、だれも正しくない。それでますます、物語と、書くことが好きになった。それが、もとの物語の語り手と戦うための武器になったからな。それに、おれみたいに騙されてた人間が、もう一度自分を愛せるようにもなる。自分にも価値があるんだって考えられるようにもなった」

タオフーはナットくんの手に触れようと手を伸ばした。しかし向こうは手を引いて、先に進んでしまう。

「言ったっけな。今やってる新しいテレビドラマのプロジェクト、最初は関わりたくなかったんだよ。チームリーダーが、世界はぼくらのものだ、みたいなゆるいBLをおれに書かせようとしてて。雲すらパステルピンクの綿あめに見えてくる世界。あらゆる男が男と付き合うくせに、〈ゲイ〉って言葉は使わない。だれもが、相手の男ひとりだけを愛してて、そいつひとりとしか寝ないからな。女のほうはみんな悪者だ。それで、物語の登場人物が、主人公がゲイだって聞くと――違うな。〈あの男が好き〉って言葉を使うんだろうな――それがまるで一般的でふつうのことみたいに、あっさり受け入れる。ミツバチは甘いものに集まるじゃないか、星々は空に浮かんでるじゃないか、っていうふうに。主人公のことを異常だとか罪深いとか考えて、勝手に死にそうになるやつなんてのはどこにもいない。わかるか？　おれがこのプロジェクトを受けたのは、たぶんそれが、そんなユートピアをぶち壊せる唯一の方法だからだよ。おれが書いて、見てるやつらに認めさせてやるんだ。この世界には、そいつらが考えてるみたいな百パーセントのゲイも、百パーセントの男も存在しないってな。だれにだって〈男らしさ《マン》〉があって、だれだってゲイで、それが自分の中で混在してる。その多少の差があって、最後はそれが、だれを愛して、だれと寝るかっていう選択として表出されるだけだ」

　ナットくんが続ける。

「そいつらが大量に男と男のラブストーリーを作って、この国は次のレベルまでセクシュアリティの受容が進んでるって主張する。そのくせ、自分が好きなキャラクターに対して、〈ゲイ〉って言葉を使おうとすらしやがらねえ。それは、新しい物語を生み出して、別のおかしな信仰を育て上げてるのとなにも変わらない。そんな不寛容、もとからあった抑圧の方法論となにが違うんだよ。おれと、ほかの何人もの〈おれたち〉に、自分は罪深いんだって思い込ませたやりかたとさ！」

　そのとき、昨晩のレストランでの光景がよみがえってくる。チャンさんが、ナットくんとタオフーの関係を夫に教えようとして、そしてセーンおじさんが〝くだらない！〟と言って話を終わらせようとしたあのとき。

　セーンおじさんの言葉は善意のものだったはずだが、むしろチャンさんの言葉よりも、ナットくんを怒らせた。タオフーにもようやくわかった。あんなふうに会話を終わらせようとするのは、抑圧となんら変わらない。だからナットくんは気に食わなかったのだ。

あれで終わってしまえば、それは単なる服従で、もともとの信仰に、新しい物語をつけ加えてしまうだけなのだ。

将来の理解と承認のための、互いの認識を生むこともなく、罪深いとみなされた人が、さらに罪深いとレッテルを貼られてしまうだけ。セーンおじさんのやったことは、相手の口を封じた上で、この国は今平穏だ、だからとても静かなんだと言おうとしているのと同じだった。

「おれは、自分の作品を、もうひとつの抑圧なんかにしたくない。金になるっていう理由だけで公共の場所で取り上げられている、みたいなものにはさせない。観光促進のためだけに、同性婚の法律を作る、みたいなものには。おれは、登場人物に、主人公を簡単に認めてほしくない」

(それが、事実を隠蔽《いんぺい》する、新しい物語になってしまうから！)

大仏塔のまわりはとても広く、歩いているひともあまりいない。けれども話しているナットくんの感情はまるで、ありとあらゆる方向から集結してきたものが、透明の塊《かたまり》を作り上げているみたいだった。そしてそれが爆散して、横たわる残骸《ざんがい》が道を塞ぐ。タオフーは息ができなくなる。

(そうなんだ。特に、あのことは――)

「ナットくんを真実と出会わせてくれたひとは、ターターンさんなんだよね？」

先に進もうとしていた相手の足が、急に止まる。

ナットくんは、こちらを見ずに答える。

「それを聞いて、おまえになんか得があるのかよ」

答えの代わりに、タオフーはさらに聞く。

「ターターンさんはずっと、ナットくんに影響を与えてきた。だからターターンさんを忘れられない……んでしょ?」

24　プレーの国、シャン族の乱

その日の夕方は、雨が銀色のカーテンを作り、チェンマイの街を包み込んでしまった。もともとかなり混んでいた街中の道路が、さらに混んでいる。

車の中で、タオフーとナットくんはほとんど口をきかなかった。ワット・チェーディー・ルアンでの問いかけから、ナットくんはなにも答えてくれなくなってしまったのだ。

不思議だ。会話のない空間なのに、むしろ空気が重く、息苦しい。会話を充填しておくはずの空気中の穴が、イリジウムよりも密な物質で埋められてしまっているみたいだ。

ラジオからすごく小さな音量で歌が流れている。その物質を分解すべく、タオフーは曲を口ずさむしかない。

「すごくいい歌詞の曲だね」

タオフーが、脇の窓の外を見たまま、口を開く。雨が見せる茫漠《ぼうばく》以外には、なにも見えない。

「ナットくん、こういう曲をぼくに作ってくれたりしないかな」

たぶん声が小さすぎたのだろう。ナットくんには聞こえなかったようで、やはりなんの答えもない。

タオフーの次の言葉は、さらに小さくなる。

「曲じゃなくてもいいかな。詩を書いてくれるだけでもいいな……」

それから一時間ほど経って、車がホテルの駐車場に到着する。午後五時になったところだが、夜深いみたいに冷たい暗さだ。空気が水分を含んで、湿気が重い。建物の中でエアコンの風に当たると、余計に寒くなった。

身体はすっかり乾いているはずなのに、まるで長雨に打たれたようになっていたのは、マタナーさんのほうだった。

タオフーとナットくんがドアを開けて部屋に入ると、ひらひらの服に身を包んだ太った身体が、曇った窓ガラスの脇で、ソファーに座っていた。膝の上では、クンチャーイがゆったりと眠っている。はじめタオフーとナットくんは、彼女が眠っているのだと思っていた。けれど、ドアの音で、マタナーさんがゆっくりと振り返る。

「母さん、どうかしたの」

ナットくんが尋ねる。タオフーも気になっていた。普段、マタナーさんがなにを感じていても、その表情にはやさしい教師のほほ笑みが浮かんでいるのに、今はそうじゃない。

近づいてみると、マタナーさんはまるで重病人みたいな様子で、たった一日でものすごく老け込んでいることがわかる。分厚いレンズのべっ甲柄の眼鏡の奥、その丸い瞳は、命が宿っていないみたいに乾き切っている。そこに見えているのは、驚きと悲しみの嵐の痕跡《こんせき》だけだ。マタナーさんはきっと、そんな嵐の中をずっと歩いて、戦っていたのだろう。それで、次の嵐を静かに待つべく、心を無にするすべを学んだ。

マタナーさんの唇が少しずつ動く。とても乾いていて、下と上の肉が、やっとのことで離れる。しかし彼女の小さな声は、もっと乾いていた。

「あの男のひとに会いたいの」

「なに？」

ナットくんにはよく聞き取れず、戸惑《とまど》っているみたいだ。

タオフーのほうはしっかり聞こえていた。

「おばさん、だれに会いたいの？」

「タ……ターターン。そういう名前よね？」

午後からその名前の持ち主の存在を消し去ろうとしていたように見えるナットくんは、歯を噛みしめて、大きなため息をついた。その言葉はとても鋭く、短い。

「会ってどうするんだよ！」

「はっ……はっきり見たいの」

ナットくんが次の言葉とともに感情を爆発させる前に、タオフーがナットくんの腕を押さえる。そして、自分が引き取るというふうにうなずいた。

「おばさん、どうしてターターンさんに会いたいの」

「その……知りたいの……」

マタナーさんの途切れ途切れの話し方。まるで、重い石を投げ込まれたあとの水面が、ひとなみ、ひとなみと、だんだん揺れていくみたいだ。
「彼が……おんなじ……ひとなのか……どうか」
「だれと同じなんだよ！」
ナットくんの声はいまだに鋭い。
おばさんは黙ってしまう。これ以上はなにも話さないという宣言の代わりに。視線だけは、懇願するみたいに、息子のほうに投げかけられている。

三人は、心やさしきホテルのマネージャーにクンチャーイを預けた。それから雨の中を移動して、午後の七時ごろに病院に到着した。最終面会時間にはなんとか間に合った。

とても明るいが、あまりにわびしい病室に、ナットくんが先に入る。ベッドの上に、静かに横たわる身体があるだけだ。タータームさんよりも、医療機器のほうが、命を持っているみたいな音を立てている。

ナットくんはベッドの横で足を止めると、こちらを振り返った。さながら、かつての恋人の姿をこれ以上見ていられないというみたいに。ナットくんの目は真っ赤になっていて、天井を見上げて、息を吸い込んで、なんとか感情を抑えている。

その光景を見たタオフーは、心臓に鋭いナイフを突き立てられたみたいに感じた。タオフーはその痛みから目をそらして、自分の手を見る。おばさんの腕を支えながら、病室に入っていく。目線を下ろして、マタナーさんの腕が冷え切っていることに気づいた。びっくりしたタオフーが顔を上げると、厚い眼鏡の奥で、ターターンさんの状態をはっきり見たマタナーさんの目が、驚きに大きく開かれていた。

「ほら、おばさん」

タオフーが言う。説明するというより、むしろこの重い静寂《せいじゃく》を吹き飛ばそうとするように。

マタナーさんがうなずく。タオフーの立っているところで止まらずに、ターターンさんのベッドの横まで進んでいく。なにも言えないナットくんがこちらを向いている、その場所まで。

「ター……ターン……」

マタナーさんが、言葉を練習中の子どもみたいに発声する。大きくふくらみながら、しおれた甲の手が伸びて、ベッドの上のひとに触れようとする。そこで急にナットくんが、厳しい目つきで声を荒らげる。

「ダメだよ、母さん！」

短い命令のような言葉。

マタナーさんは困惑《こんわく》している。

タオフーもどうしたのかわからず困惑したが、ナットくんは「病人は感染症になりやすいんだ」と言った。

それでマタナーさんは手を引いて、ベッドの手すりをつかんだ。ベッド上のターターンさんを眺めているうちに、突然一滴の涙がこぼれて、ほっぺたのしわに沿ってゆっくり流れ落ちていく。

「本当に、同じひとだわ」

震《ふる》える声でひとりごちる。

ナットくんは母のほうを振り返る。でも同時に、ターターンさんのほうを見ないように、ベッドからは目を背《そむ》けている。

マタナーさんの唇はまだピクピクと震えている。

「こ……この子、わたしに会いに来たのよ……」

すぐに、ナットくんが顔をしかめる。納得できないような、訝《いぶか》しむような目つき。

マタナーさんにも、ナットくんの感情が伝わったようだ。彼女は視線を上げて息子を見て、答える。

「うちに来たのよ」

「ありえない！」

「たぶん……」

マタナーさんは、考え込むようにひと呼吸置いてから告げる。

「ナットがわたしを病院に連れてってくれてたころかしら」

深くにごっていたナットくんの瞳が、動揺して震える。

「二年前？」

「ナットは仕事に行ってたわ。わたしは、薬のせいでその……」

つばを飲み込んで、声が消える。

「セーンさんを……見つけられなかったのよ」

ナットくんは、少し戸惑っていた。しかしマタナーさんのもっと近くにいるタオフーのほうは――そのころはまだ目覚めていなかったにせよ――冷静に理解することができた。

「つまり、宙にいる……セーンおじさんってこと?」

彼女がうなずいて、ナットくんの疑問の塊《かたまり》を少しずつ溶かしていく。

「あのとき、家の掃除をしてたのよ。きつい作業でしょ。しかもあのときは一緒にやってくれるひともいなかったから、もっときつかった。それで……掃除を終わらせられないくらいに、悲しくなっちゃったの。そのとき、門扉《もんぴ》のベルの音がして――」

家の前に立っていたのは、痩《や》せ気味の、背の高い男性だった。その顔も、服装も整っていた。高級や派手ということではないが、ほのかに清潔感が漂う、きっちりとした雰囲気だ。そこから、本人の性格や趣味嗜好《しこう》もうかがえるようだった。

マタナーさんは自分のクラスにいた少年を思い出した。もちろん、教師たるもの、すべての生徒に公平でなければいけない。だけど実際、こういう見目の生徒を褒めることのほうが多い。目をこすったおばさんは、見知らぬ青年に向けて、心やさしい教師の笑みを作った。

〝だれに御用かしら?〟

その青年はマタナーさんの後ろのほうをのぞき込むようにした。まるで、家にほかにだれかいないか、確認するみたいに。

長方形のナットくんの家は、長辺が奥に向かうように建っている。しかも、家の前側は、ガラスドアの引き戸になっている。カーテンを開ければ、外のひとでも、家の中のすみずみまで見ることができた。

見知らぬ客人がそんなそぶりを見せたので、マタナーさんも後ろを振り返る。そしてつい、セーンおじさんが隣にいるみたいに、宙に向かってささやいてしまった。

〝お父さん、この子知ってる？〟

門扉の外にいるひとの目に、疑念が浮かぶ。マタナーさんがそんな目つきに気がついたのも、はっきり見えていただろう。マタナーさん自身も驚いてしまって、自分の横を見て、そこの虚空《こくう》に気づき、余計にとても悲しくなってしまった。

マタナーさんの悲しみを吹き飛ばそうと、ターターンさんが興味を自分のほうに向けようとする。

〝こんにちは。ぼく、ナットの昔の友人なんです。日本から帰ってきたばっかりで、偶然、ナットがこの辺に引っ越してきたって聞いて。それでおみやげを——〟

「あの絵本……？」

ナットくんが、なにかを思い出したように声を出す。

（あれか……）

タオフー自身も思い出した。あの絵本。説明の言葉は一切ないのに、心を強く揺さぶって、涙があふれてしまう。男の子と女の子の物語。違う街に離れ離れになった古い友人が、それぞれ、自分の人生を歩んでいく。ひとりは、両親に忘れ去られてしまうが、なんとか自分自身を見つけ出そうとする。お互いに連絡もとらなかったが、忘れたこともない。そしてついに再会のとき、ふたりの身体はかつての子どもに縮んでしまう。身体にはたくさんの傷やあざがあるが、抱き合うときには、笑みが輝く。

〝すてきね……〟

見知らぬ客人をおやつに誘い、家に招き入れたあと、その絵本を最後のページまでめくったマタナーさんが声を上げる。

〝だれかがそばにいてくれたら、いいわよね〟

〝わあ……ほんとにおいしいです〟

客人が、マタナーさんの孤独感を取り払うみたいに大きな声で言う。口を歪《ゆが》めながら、舌で唇のまわりを舐《な》めている。

〝向こうで豚肉トースト《カノム・パン・ナー・ムー》なんてぜんぜん食べてなかったんですよ。今日はほんと〈口運〉です〟

〝ナットに作っておいたのよ。あの子も好きでね〟

〝ところで……〟

ゆったりした姿勢でベルノキ《マトゥーム》のジュースをすすっていた相手が、ゆったりと聞いた。

〝さっきおばさんが声をかけていたのは、だれですか?〟

そのとき問いかけられていたマタナーさんは、今、涙を流している。

「あの子は、わたしが病気だとか、それがおかしなことだっていうふうに聞いてたんじゃないと思うの。そのせいでわたしも安心できて、会ったばっかりなのに、長々といろいろ話しちゃって」

「ターン先輩はそういうひとだから……」

ナットくんが小さくつぶやく。

マタナーさんも、それで我に返る。

「わたし……」

かなり詰まりながら、言葉を発する。

「あの子がこんなふうになってるなんて、思いもしなかった」

「どうしてそのとき、だれか家に来たって教えてくれなかったんだよ！」

ナットくんの声が、違う方向に強まる。

詰め寄られたマタナーさんは、動揺してしまう。

「わたし……薬で眠くなってて、ナットも遅かったし、それで……」

「母さんはいつも忘れっぽいんだ！」

軽蔑《けいべつ》するような息子の声色に打たれて、マタナーさんはそれ以上話せなくなってしまう。涙はまだ流れていて、震える唇が、言葉にならない答えを発している。

「わたしだって……べつに――」

言葉がそこで止まる。まるで、だれかが無理やりスイッチを切ったテレビみたいだ。開いたままの口に、口蓋《こうがい》と舌のあいだに伸びるよだれが見える。下まぶたに水分が湛《たた》えられている。目は大きく開かれているが、その瞳は落ち着かずに震えている。恐れているようでも、驚いているようでも、息子に急に呪いをかけられて、反論するための言葉すら思いつかなくなってしまったようでもある。

「おばさん」

後ろを向いて出ていこうとするマタナーさんに、タオフーが呼びかける。マタナーさんはそれを止めるみたいに片手を上げた。

「ちょ……ちょっとトイレに――」

それからなにも言わず、指でわたわたとあれこれを指している。おそらくトイレを意味してるんだろうと理解できたタオフーは、そこで足を止めて、ドアの向こうに消えていく太った身体を見送った。

それから、タオフーはナットくんのほうに向き直る。ナットくんはまるで根を張ったみたいに動かない。ターターンさんのベッドの手すりをつかんでいるけれども、それは自分の身体を支えるためのものだと、はっきりわかる。

「おばさん、すごく傷ついてるよ」

タオフーはつい口にしてしまった。これは事実だ。ただその心の中にあるものは、そうではない。タオフーはナットくんに怒っていた。ターターンさんの話題になるたびに、ナットくんがいっきに我を忘れてしまうのが不満だった。

ナットくんの振る舞いが、金属のかけらみたいになって、ターターンという強大な力を持った磁石の支配下に落ちていってしまうみたいだからだ。

はるか昔の、あまりに昔のできごとなのに。しっかりと話し合おうとしても、ナットくんはそれを拒絶して、逃げ去ってしまう。つまり、ターターンさんとナットくんの話はまだ終わっていないということだ。ナットくんはその大きな磁石を、ずっと心に抱えたままなのだ。

ナットくんがターターンさんについてなにも言わないとわかっていたタオフーは、ついおばさんを引き合いに出して、ナットくんの心を傷つけてしまった。それで自分もイライラとする。

こんなにおかしな、複雑なのは好きじゃない。自分のこともちっとも好きになれない！

我に返ったクマさんは、その焦《あせ》りをなんとか抑えて、場を取り繕おうとする。

「つまりその――」

「おれが傷ついてないと思うか？」

ナットくんは、怒鳴らなかった。重みも中身も入っていないみたいに、小さな声だ。しかしその凍《い》てつく声は、タオフーの心の傷をえぐり、血がにじみ出てきてしまう。

「――それに、おまえが傷ついてることもわかってる！」

呼吸が落ち着かなくなったタオフーは、ナットくんの目を見つめた。まず、なにもわからないという感情。それから、その言葉が本心なんだと理解できる。それこそがナットくん自身も傷つけたものなのだ。

その瞬間、タオフーの心の血が止まって、あっさりとかさぶたになる。

タオフーはほほ笑んだ。ただ、目は涙でかすんでいる。

「ナットくんの気持ち、わかるよ」

ナットくんは少しずつ息を吸い込んで、その肩が持ち上がっていく。

「ありがとう」

病室から出るとき、ナットくんはターターンさんのほうを振り返ろうともしなかった。タオフーも、声をかけたとしても意味はないだろうとわかっていた。

人生には、時間が癒やしてくれるのを待つしかない、大きなできごとがたくさん起こる。だけど、ベッドの上のターターンさんと横にいるナットくん、どちらが先に癒えるのか、タオフーにはわからなかった。

病室のドアが後ろで閉まるとすぐ、ナットくんは、抱いてほしいというように腕を広げる。タオフーは、あたたかさと慰めをナットくんに与える。

ナットくんの悪いところばかり見ていた、自分の心の黒さをはっきり認識できた。ここに来ることで、ナットくん自身がどれだけの悲しみや、そのほかの感情と戦っていて、それにエネルギーを使っているか、考えられていなかったと気づいた。

その戦いは特に、かつて一度別れた恋人たちがふたたび出会わんとしていたのに、マタナーさんがそれを伝えるのを忘れてしまっていたと知ったときに、もっと激しいものになった。

忘れっぽかったからなんて、簡単に許せるわけはないはずだ。

ふたりとも言葉はなく、感触と感情だけが互いに伝わる。だれも通りかからなくてラッキーだった。公共の場所で抱き合うふたりの男を、奇妙なものとして見るひとだっているはずだ——そう、タオフーですら、この社会で奇妙なものだとレッテルを貼られることの意味を、少しずつ理解していた。

どれくらい抱き合っていただろうか。気分がよくなったナットくんは、タオフーの腕の中からゆっくり離れていく。それからささやいた。

「母さん、長いな」

「ちょっとぼくが見に行ってみるよ」

タオフーも焦る。ナットくんがうなずくと、急いでトイレに向かっていった。

しかし、女性トイレをのぞいてみても、中にはだれもいなそうだ。

「おばさん！　おばさん！」

タオフーの呼ぶ声が聞こえたらしく、近くにいた看護師が近づいてくる。

「どうかされましたか？」

「おばさんがずいぶん長くトイレに入ってるんですが、出てこないんです」

続いて漏れ出そうになる不安は、舌先を嚙んで止めた。

（なにかあったのかもしれない……）

看護師はわかったというふうにうなずく。白衣に身を包んだ身体が、スッとトイレの中に消えていった。ナットくんも異常に気がついて、タオフーのところまでやってくる。

「どうした――」

タオフーが答える前に、さっきの看護師がトイレから出てきた。

「中にはだれもいませんよ。本当にこのトイレに入られたんですよね？」

タオフーとナットくんは顔を見合わせる。ふたりとも、マタナーさんがこのトイレに入ったとはっきり言えなかった。マタナーさんが病室から去っていくとき、ふたりとも、気持ちを鎮めるために深呼吸をしに行くのだろうとしか考えていなかったのだ。

「おばさまは、なにか病気でいらっしゃいますか？」

看護師がさらに聞く。

「いや……違います。特に病気は」

ナットくんが答える。顔色はあまりよくない。

「それなら、あまり遠くには行かれてないと思います。あっちに自動販売機と、売店があります。もしかしたらそのあたりかも」

ナットくんは看護師にお礼を言ってから、タオフーのほうを向いた。

「ターン先輩の部屋の前で待っててくれ。母さんが戻るかもしれないから。おれはあっちに行って、母さんに電話してみる」

タオフーはそれにうなずく。

「なにかあったら電話してね」

タオフーは、六階の長い廊下を駆けていく、ナットくんの背の高い身体を見送った。自分は、スタスタと六一〇号室の前に戻る。

おばさんの影はどこにもない。

今立っているところから、のぞき窓で室内が見える。ナットくんのかつての恋人が、意識のないまま、眠っている。

なにも感じず、目覚めることもない眠りというのも、神からの贈り物みたいなものかもしれない。

タオフーは初めてそんなことを考えた。

左のスリッパさんが姿を消してしまったあとに、長い眠りに落ちていった右のスリッパさんのことを思い出す。しばらくのあいだ思い出していなかったのを、久しぶりに……。

スリッパさんの眠りがふつうのできごとじゃないと気がついてからだったろうか、タオフーは彼をキャビネットの中にしまっておくことにした。ナットくんやマタナーさんが見つけて、使えないと思って、捨ててしまわないようにするためだ。

いつか、右のスリッパさんは目覚めるかもしれないし、左のスリッパさんは帰ってくるかもしれない。

（ターターンさんがナットくんに買ってあげた、絵本みたいに……）

今はそんなことを思い返している場合ではないとわかっていたが、タオフーはまた自問せずにはいられなかった。

（もしあの日おばさんがナットくんに、ターターンさんが会いに来たと伝えていたら、どうなってたかな……）

もちろん、ナットくんは喜んだはずだ。しかしその喜びの中にも、過去からの罪悪感は残っていただろう。そのあとナットくんがターターンさんと連絡をとろうとしたかどうか、タオフーには想像がつかなかった。

二年前であれば、もうシップムーンおじさんもいない。ふたりのあいだを隔てる大きな障害は存在しない。それでもなお、当時ナットくんを受け入れられなかったマタナーさんは、生きてそこにいる。

今でこそナットくんは、自分のセクシュアリティを告白できるし、タオフーとの関係についても言うことができる。しかしそうなったのは、くじ引きみたいなものの結果とも言えた。

ナットくんがああ言えたのは、その怒りと鬱憤《うっぷん》が、マタナーさんを怒らせて、同時に痛めつけようともする出口を探していたからだ。

おばさんがあんなにあっさりと受け入れるなんて、だれが思っただろうか。それが二年前だったら、ナットくんはどんな決断をしただろうか。

それとも……ナットくんがまたターターンさんと恋人になることを決めたとして、その二年後に、タオフーはやっぱり人間になっていただろうか。

どの仮定も、結局は行き詰まってしまう。どうして自分が人間になったのか、タオフーにはその答えを見つけられないままなのだから。

着信音が鳴って、タオフーは急いで電話を取る。

「ナットくん、おばさん、見つかった?」

「いない!」

慌《あわ》てているような答え。

「だけど、エレベーターに乗るのを見たってひとがいる。一体どこに行ったってんだ。電話も出やしない!」

(おばさんが電話に出ない?)

その言葉を心の中で繰り返して、タオフーは目をグルグルと回して考え込む。

たしか、おばさんは着信音をかなり大きく設定していた。聞こえないという可能性は低い。おばさんはべつに耳も悪くない。電話に出ないとなると、怒っていて息子と話したくないというのじゃなければ、これは……。

タオフーが反応する前に、ナットくんがさらに焦った声を出す。

「母さん、なんともないよな」

「看護師さんにアナウンスしてもらったほうがいいんじゃないかな」

そうして、大騒ぎになって、病院のひとたちが一緒にマタナーさんを探してくれる。

監視カメラの映像を見せてもらったタオフーとナットくんは、彼女にはなにが起こったわけでもなく、ただ病院の外に出ていっただけだということが確認できた。

「チェックしてもらって、ありがとうございます」

タオフーは助けてくれたひとたちにワイをしたが、ナットくんのほうは頭を下げるだけだ。耳に携帯電話を当てている。

「センおじさんですか。母さんから、連絡ありました？」

ナットくんの顔色から、向こうの返答も予測がつく。タオフーは病院のスタッフさんたちから離れて、ナットくんを落ち着かせようと肩に触れた。

ナットくんの顔はまだ引きつっていて、青白い。言葉は震えている。

「は……はい。ターン先輩の見舞いに病院に来たんです。そしたら母さんがいきなり……いなくなって、どこに行ったのか。それでもしかしてと思って……」

会話のあいだに、ふたりは病院の建物を出た。雨はもう止んでいる。外は、すっかり夜の闇に包まれていた。降り止んだばかりの雨の匂いが空気に漂い、濡れた道路の黒色が、街灯をキラキラと反射させている。

ナットくんは駐車場の建物には向かわない。監視カメラの確認から、マタナーさんがそっちには向かっていないとわかっているからだ。彼女は道を曲がって、ブン・ルアン・リット通り沿いの歩道に出ていっていた。

「はい」

ナットくんはまだ、セーンおじさんと話している。

「今病院を出て、探しに行こうとするところで……」

セーンおじさんのその次の言葉が恐ろしげに響いたらしく、ナットくんは目を見開いた。

「警察ですか。だけど……」

セーンおじさんの説明を聞きながら、その目はキョロキョロとあたりを見回している。そして急に、その足先が止まる。

ナットくんが答えた。

「わかりました」

「セーンおじさん、なんだって？」

ナットくんが電話を耳から離した瞬間に、タオフーが聞く。

「先に母さんを探しておけって。それでもし、途中に警察があったら、そこで届け出も出せる。すぐおじさんも来てくれるって。タオフー……」

ナットくんの呼び声は、かなり震えて、嗄《か》れている。

「か……母さん、おれに怒ったんじゃなかったのか？　おれ、母さんを怒らせただけなんだよな……？」

心の中にありながら、ナットくんが口にしていない言葉も、タオフーにはわかる。

（怒らせただけなんだ。今まで何度も何度もやってきたのと、同じように……）

ナットくんは火山みたいなものだ。外側はおとなしく見えるが、その中は、両親に育てられる中で生まれた、ひどい傷でいっぱいだ。いつでも爆発できて、自分が味わったのと同じくらいに両親を痛めつけられる、傷が。

だからナットくんは、自分がやりすぎていると感じたことがなかったのだろう。しかも今、彼は家の大黒柱だ。母親だって自分に頼らないと生きていけない。それでナットくんの自我はもっとふくらんだ。怒ったときなら、なにをしてもいい、なにを言ってもいいと考えてしまっていた。母がどれだけ怒ろうが傷つこうが、最後はいつも、向こうが態度を弱めて、和解を申し出てきていた。

ただ、マタナーさん自身も火山なんだと考えているひとはいなかった。それに、その中にはナットくんと同じくらいの圧力がかかっていて、同じようにいつでも噴火できる傷があるということも。

（もし、噴火のときが来たら……）

「おばさんは見つかるよ」

タオフーはナットくんの手をもんで、強調するように言った。心の中では、違うことを考えていたけれど。

だれかを、いつものように怒らせてもいい。だけどぼくたちには、知りようもない。その怒りの先になにがあるのか、どんな終わりが待っているのか、どれだけの喪失が待ち構えているのか！


チェンマイ地方警察署は、ラーチャダムヌーン通りと、チャー・バーン通りが交わるところにある。むかしむかし、ぼくは乗り合い赤トラック《ロット・デーン》の運転手と口論になって、ここに来たことがある。あのときは、友人が成田《なりた》からチェンマイに遊びに来ていた。彼らは、ぼくにずっと運転手役をさせるのではなく、もっとローカルな気分で観光をしたがっていた。その結果、地元の運転手がえらく高い値段をふっかけてきたのだ。交渉しても話は通じないし、向こうはどうせぼくにはわからないと思って、北タイ《カム・ムアン》の言葉で罵《ののし》ってくる。

そのうちに結局取っ組み合いになってしまい、警察の世話になった。庁舎で顔を見た警官は、呆《あき》れるのではなく、おもしろがって聞いてきた。

〝また、きみか。今度はどうしたんだよ〟

それでなんとなく想像できるだろうか。三十歳になろうとする、よそ者の男。しかしこの土地に拠点を移そうとしている。そんな男が、どんな性格か。

だれもが、ぼくはアーティストとしては気が短すぎるけど、アーティストらしく過激な考えを持っていると言う。そう言われるのは光栄だ。大体、もっとおとなしかったら、自分のことをどうやって誇りに思えばいいっていうんだ。

もちろん、庁舎のおまわりさんは、ぼくのことを誇りになんか思っていなかった。けれど、彼は、ぼくの話がおもしろいから気に入ってくれていた。特になにもないのに、ぼくのところに何度も遊びに寄るくらいに、思いやりも持ち合わせている。

けれども、セーンおじさんとナットは、ぼくみたいな性格じゃない。それに、ここに来なければいけなくなったのも、もっと心配すべき理由があってのことだった。

庁舎の人々が、しかめっ面をしている高齢男性がだれなのか知ると、すべてがすばやく動き出した。そのさまを見たナットくんは、それなりに息苦しさを感じたようだ。これまで、庶民の暮らしを送り、庶民としての役割を果たしていれば、政府の人間からの助けを得る権利も手に入るというのが、ふつうのことだと思っていた。

だけど実際は違う。〈庶民〉であることは、どんな権利も持たないのとほとんど変わりがない。ほんのりとした耳鳴りと目のくらみが、ナットくんを襲う。もし自分が伯父と一緒ではなくて、伯父が有力者と知り合いじゃなければ、自分と母の運命はどうなっていただろうかと。

「ぼくの上司は顔が広いからね。ただこちらが助けを求めたら、向こうもこちらに助けを求めてくる。それがとても苦しいこともある」

セーンおじさんはそう話をまとめると、マールボロ・ブラック・メンソールの煙を肺いっぱいに吸い込んだ。今、おじさんはタオフーを誘って、庁舎の塀のところにタバコを吸いに出てきていた。この時間だと、乗り合い赤トラックも、ほかの乗り物も、たくさん行き来している。

「おじさんが言ってるのは……ケーオチンドゥアンさん？」

隣に立つタオフーが口を開いて尋ねる。

おじさんがうなずく。吸い殻を捨てると、つま先でそれをすりつぶした。赤いかけらが、雨に湿った地面に燃え消える。腕には、いつもの古い腕時計のおじさんではない時計がはめられていて、どうやらこちらは話すことができないみたいだった。

セーンおじさんが言う。

「ほんとはずいぶん前にやめたんだよ。だけどこういう気分になると、いつも吸いたくなる」

「わかります」

タオフーが後ろを振り返って、塀の向こうの建物を見てばかりいるのに気づいたのだろう、セーンおじさんが言った。

「しばらく放っておきなさい」

「え？」

クマさんはおじさんのほうを向いて、困惑したように眉をひそめる。

「母子だけで話し合わせたほうがいい。自分が言ったんだろ、ナットと母親が口論になったんだって」

　自分のやっていたことに打ちのめされたようになったナットくんは、なにも話せそうになかった。それで、センおじさんが到着したときに、タオフーが状況を一から説明する役を買って出た。おじさんが車でふたりを警察へ運び、行方不明者の届けを出した。それからおよそ一時間経って、マタナーさんが見つかった。

　彼女は、インタワローロット通り、チェンマイ市歴史館のあたりをのろのろと歩いていたそうだ。付近の警官がマタナーさんを署まで搬送してくれた。関係各所に礼を伝えたあと、センおじさんはタバコを吸うと言って外に出た。タオフーも一緒に来るよう促しながら。

　しばらくおじさんの意図が読めずにそわそわしていたタオフーだが、はっきりわかってきて、落ち着いた。

「そうですね」

　庁舎に入ってきたときの、マタナーさんの青白い顔を思い出す。彼女は下を向き、こちらと目を合わせてもくれなかった。タオフーは、マタナーさんはきっと、息子の言葉に悲しんで、怒ったままなんだと思っていた。ナットくんのほうも、こんなことになってしまって、どう振る舞ったらいいかわからなくなっていた。タオフーは心配でしかたなかった。今、ナットくんは、おばさんに本当の気持ちを伝えられているんだろうか。

（愛と、大きな思いやりを……）

「ナットの繊細さは母親似だけど、傲慢《ごうまん》さは父親似だな」

突然、セーンおじさんが言った。

タオフーは、横を向いて、隣にいるひとの真意を探ろうとすることしかできない。けれどもおじさんは、こちらを向かず、目も合わせてくれない。

おじさんは、足元の吸い殻を見つめたまま、話し続ける。

「あいつはかわいそうな子だよ。あの家で暮らすのは楽じゃなかったはずだ」

「それは、ナットくんが——?」

「それもある」

タオフーがすべて言うまでもなく、おじさんは意味を汲《く》み取ってくれた。

「初めて知ったんだけどね。もともと大変だったのが、もっと大変になったはずだよ」

タオフーはなんと言えばいいのかわからない。自分とナットくんのあいだの愛は、大多数のひとには理解されないものなのだという のが、わかり始めてきていた。ただ、セーンおじさんとは知り合ったばかりで、彼がそのことをどう考えているのか、読み取るのは難しい。

セーンおじさんは、タオフーの考えていることに気がついたみたいで、申し開きをするみたいに言った。

「ナットがなんであろうと、自分自身であることを選んだあの子が正しいよ。それに自分の、愛も。ぼくたち人間が愛をずっと守って、長続きさせるのもね、簡単なことじゃない」

「おじさん、それは……?」

初めて、セーンおじさんがこちらの目を見る。

「タオフーも、おじさんとナットの母親とのことは知ってるだろ?」

タオフーはうなずく。

「それだよ。ぼくたちが〈違う〉ひとを信じてしまったことの、〈違う〉ひとを選ぶ決断をしてしまったことの、教訓だね……」

25　クーデター後を統治する、国家平和秩序評議会

むかしむかしの、とってもむかし。だけどどれだけむかしのことでも、セーンははっきり記憶している。

マタナーの手が冷え切って、その顔を涙で濡らした日。祖母の病状のためにあとどれだけの金が必要なのか、でも同時に、ソイ・ピー・スアの奥の家を請け戻すために貯金もしておかないといけないと、彼女が知ったあとのこと。

そのころ、セーンは愛する女性を救うべく、足がもげそうなくらいに走り回っていた。しかし、同じ女性を狙っているらしい双子の弟のほうは、むしろ粛然《しゅくぜん》としていた。そしてあるとき、ついに、彼に言い放った。

〝うまくいきっこない。ぼくたちが引き止めたって、おばあさんは苦しむだけだろう。しかもそのあとは、ナーさんもおまえも一緒に苦しむことになるぞ〟

セーンは、それも事実だと認めた。だけど、どうすることができようか。祖母は、ナーがもっとも愛するひとだ。そしてナーは、自分がもっとも愛するひとだ。愛《いと》しい女性が苦しむのを、見ていることなんてできない。

それにセーンは――ほんの少しだけは――この状況はチャンスだとも考えていた。シップムーンが、自分と同じようにナーを助けられるはずがない。それでセーンは、ありったけの金をつぎ込むことにした。自分の働いていたドレッシング工場の工場長に借金を申し入れて、その金を、ナーの祖母の治療費に充《あ》てた。

〝自分のためにおまえがこんなことをしたと知ったら、ナーさんは悲しむぞ〟

〝おまえが言いさえしなければ、彼女は知りっこないよ〟

セーンはほほ笑んで、自分のほうが格上だという態度で、双子の弟に答えた。

そう。このときセーンは、勝利をその手につかめると思っていた。本当はそれが、罠《わな》だったなんて思いもよらなかった！

セーンははじめから疑ってかかるべきだった。どうしてウマーさんとその父が、大金を貸すことをあっさりと認めてくれたのか。彼は、自分が会社にとって必要な人間だからと思い上がってすらいた――もちろんそれも事実だった。ただ彼は、必要とされすぎるのはいいことではないというところまで、考えを広げられなかった！

その金はセーンの手足を縛る網《あみ》へと変わり、彼はウマーさんから逃げられなくなったのだ。

彼女にいろいろな仕事を教えてほしいと頼まれたセーンは、断れるわけがなかった。週末ですら――仕事の相談、のために――ずっと近くにいて、食事も一緒に行かないといけなかった。マタナーとの約束を続けて破ることになり、シップムーンがそこに入り込んでくるすきを作ることになってしまった。セーン自身は、その状況をどうすることもできないまま。

〝ナーのおばあさん、容態があまりよくないみたいだ。このあいだ彼女に電話した。病院に行かなきゃいけなかったみたいで、車で連れていったぞ〟

きっとセーンがいい気持ちにはならないだろうとわかっていたから、ナーはシップムーンとのことを言わずにいたのだろう。でも、自分の弟が、これは全部ナーの祖母についてのやりとりなんだとごまかしていたって、その本当の目的がなにかはわかっていた。

〝ナーさんの面倒を見てくれるひとがいるなら、それがいいよ。ぼくの心配も減るしね。最近、仕事がすごく多いんだ――〟

ここまで言って、セーンは舌先を噛み、次の言葉が漏れ出るのを抑えた。

(――最近、仕事が多いんだ。工場長が、先に金を渡してくれたし。あれだけの額だ。仕事を断ることもできなくて)

その事実が、ナーに気をもませることになるかもしれない、というだけではない。事実を伝えれば、自分がナーにプレッシャーをかけることにもなると、セーンは感じていた。

(恩を売って、愛を手に入れるべきではない!)

電話の向こうから聞こえる愛しい声が、苛立《いらだ》ちを和らげてくれる。

〝会社のひとをがっかりさせないようにがんばってね、セーン。あなたは優秀なんだから〟

〝うれしいな〟

〝ねえセーン、聞いてもいいかしら〟

〝なんだい?〟

〝そんなに仕事が多いのって……わたしのことも関係しているのかしら〟

〝なに言ってるんだよ〟

胸のあらゆるところから響き出すような大声で、彼は笑う。

〝考えすぎだよ。言ってくれたとおりだよ、ぼくは会社に必要な人間なんだ。最近はウマーさんがぼくにべったりで。工場のことを教えられるのが、ぼくしかいないから〟

〝ウマーさんがあなたによくしてくれるといいんだけど〟

〝うん！　とてもよくしてくれてるよ！〟

セーンは自分の考えに夢中になっていた。それで、以前の話を覚えていたナーが誤解しないように、強い声を出した。そのせいで、彼女が別の方向に誤解してしまうかもしれないとは思いもしなかった。

だが今このとき、彼女は耳元でささやく呼び声を聞いていた！

いや。シップムーンの声じゃない。

たしかにセーンは、弟が自分より何倍も狡猾《こうかつ》だということを、あとから知った。

セーンがいないうちにマタナーに近づいたシップムーンは、彼女のまわりの人間関係をよく知るようになって、学んだ。彼女が、祖母以外にだれと親しいのか、彼女に影響を与えているのはだれなのか、どうやったらその人物よりも上に立って、マタナーに影響を与えることができるのか！

シップムーンは、病院にナーの祖母の見舞いに来たパリット先生と知り合った。ナーの職場の社会科教員の先輩で、彼女がもっとも尊敬し、親しくしていた。

パリット先生はミシュランマンみたいにまるまるとした体型で、髪は細く、目も細かった。腕時計でもダイヤの指輪でも、派手なアクセサリーをつけるのが好きなひとだ。

パリット先生は、マタナーがセーンと〝よく話して〟いることを知っていたが、彼を見たことはなかった。ただ、セーンとほとんど見分けがつかない、もうひとりの男のことはあとから知ったらしい。どうして彼女がシップムーンを認識したかといえば、その男が、自分の息子をタイ国軍に入れるだけの力を持っていたからだった。

セーンが点数争いに参加できずにいるあいだに、シップムーンは順位を上げて、マタナーに近づいていった。パリット先生こそマタナーの誤解を生んだ根源だということを、セーンはあとから知った。彼女がマタナーに伝えていたのだ。

セーンは二匹の魚を同時に追っていて、今、片方をしっかりとつかもうとしている。そちらの魚のほうが大きいからだ、と！

明確な終わりは、年の暮れも近い朝に訪れた。セーンは、マタナーからの電話を受けた。彼女は、彼の銀行口座の番号を教えてほしいと言った。最初セーンは、なにに使うんだと戸惑《とまど》っていた。ボーナスが出たので、借りていた祖母の治療費の一部を返すという彼女の答えに、セーンは笑う。なんの悪い予感もなく。

〝ナー！　返さなくていいよ、ぼくたちは――〟

〝セーン〟

彼女が彼を呼ぶ声は冷え切っていて、静かだ。さながら、相手にきちんと聞いてほしいと求めるみたいに。

〝わたしたちふたりは、なんでもないでしょ〟

〝うん？　ど……どういう……意味だい？〟

〝セーンが工場からお金を借りて、わたしに渡してくれてたって聞いたの〟

セーンはなぜか落ち着き払っていた。自分のためにセーンが無理をしたと知ったナーが怒っていると考えたからかもしれないし、それが愛と思いやりの表れだと思ったからかもしれない……。

そんな感情は、次の言葉で打ち消された。

〝あのお金のせいでセーンが大変だったのを謝るべきなのかどうか、わからないの。だってその大変さは、セーンにとっては耐えられるものだったんでしょ！〟

〝ナ……ナー、なにを言ってるんだよ。よくわからないよ〟

彼は、言葉どおりの意味で言う。

〝ウマーさんは、ぜんぶが、わたしより上よ。こんなこと言いたくなかったの。でもセーンが彼女に〈近づこうとする〉のだって、不思議じゃなかった〟

〝近づく？〟

セーンは相手の言葉を繰り返した。ナーがなにを思っているのか、だんだんとわかってくる。

（ナーのおばあさんを餌《えさ》にして、ウマーさんからお金を借りる。それで彼女と父親が、ぼくをもっと使ってくれる。それでぼくとウマーさんの関係も深まる？　ぼくがそんなことを考えるだって？）

（なんてくだらない！）

〝考えすぎだよ、ナー！〟

自分で考えながら、あまりのくだらなさに、思考を断ち切って言う。

〝セーン……〟

電話の向こうの声が、かすれ始める。

〝急いで返すわね。それでわたしも安心できるし、これからも友だちでいられるから〟

〝ナー、おかしなことを言わないでくれよ。こうしよう。土曜日に行くから。会って話そう〟

〝土曜日は空《あ》いてないの〟

〝だけどもう新年の休みだろ。まだ家庭教師が必要な子がいるのか？〟

〝シップさんと約束してるの〟

その名前に動揺して、自分の指先まで震《ふる》えてしまう。

〝シップだと！　あいつのせいで、ナーはそんな誤解をしてるのか！〟

〝違うわ。あのひとはそんなこと言ってない〟

〝なんにしても、話そう。勝手にいろいろ決めないでほしい……いいかな〟

〝もう遅いのよ、セーン〟

〝お……遅い？〟

足元が崩れていくように感じる。

〝どういうことさ〟

〝おばあちゃん、二日くらい前からかなり悪くなってるの。シップさんが一緒にいてくれて、わたしの面倒を見るっておばあちゃんに言ってくれてる。それでわたしも……そうするのがいいだろうって〟

（どうするのがいいって⁉）

〝わたしたちが結婚すれば、おばあちゃんも安心する！〟

その一言を聞いた瞬間、セーンはすっかり力が抜けて、崩れ落ちそうになった。

セーンには理解できなかった。ひととひとが愛し合って、新しい人生を作っていくのに、それがどうして、まさに人生を終えようとしているひとに支配されないといけないんだ！

彼はナーの祖母に怒りを覚えた。息が長いだけじゃない。その言葉まで長くこちらに伸びてきている。どうして、こんな無理やりにじゃまをしてくるんだ。そうして、未来たる自分、将来の希望たる自分を、終わりのない困難に突き落としてしまうなんて。

ナーの祖母は気づいているのだろうか。自分の吐いた息が、あの迷彩服のためにじゅうたんを敷いてやることになって、やつが堂々とゴールラインにたどり着いてしまったってことを！

〝なにか方法があるはずだ、なにかあるはずだ！〟

彼はまごつきながら言った。そんなものないということはわかっているのに。受話器の向こうから、彼女が電話を切ったと示す音が聞こえていた。

その日、セーンは電話で仕事を休むと伝えた。この問題を解決するために、バンコクに急いで戻ろうと思っていた。

しかし、シャワーを浴びて身だしなみを整え、車に飛び乗ろうとしたところで、グシャン！　という音が宿舎の前に響いた。マタナーのもとに連れていってくれるはずのオレンジ色のフォード・コルティナの様子を見て、彼は目を丸くした。

自分の車は、雇用主が所有する八三年型のランドローバー・ディフェンダーに押しつぶされていた。

〝ごめんなさいね、セーン〟

運転席から降りてきたのはウマーさんの父親ではなく、娘のほうだった。車のスタイルとはかけ離れた装いで、あい変わらず細部まで美しい。歩き方も、しっかりと自信にあふれている。目に痛い色で爪を塗った指先が、今風の形のサングラスを顔から外す。そしてまだ呆然《ぼうぜん》としている彼のそばに立って、続けた。

〝距離を見誤っちゃったわね。ひとを呼んで、修理に運ばせるわ。そのほうが――〟

彼の車の残骸《ざんがい》に目をやって、言い直す。

〝新しい車に変えるいい機会ね。こっちの車は大丈夫よ。どこもへこんだりしてないし、心配しないで〟

なぜそう言ったのかはわからないが、まず耳に入った自分の言葉は〝普段きみは、この車には乗ってないよな？〟だった。

〝お父さんの車だもん〟

彼女は肩をすくめる。

〝だからうまく運転できないのよ〟

頭の中でセーンはさらに訝《いぶか》しむ。

（どうして急に、父親の車に乗り出したんだ）

彼女がいつもの車を使っていたら、彼の硬いフォードに大きなダメージはなく、なんとかバンコクまで帰れたかもしれない。

〝新しい胡椒のサプライヤーの監査に行くところで。それで迎えに来たのよ〟

相手が〝迎えに〟という言葉を使ったことで、彼の回答はほとんど強制されていると言っていい——もちろん、いつもウマーさんが使うのと同じやり方だ。

いつもだったら、仕事の将来と、父に借金を認めるよう言ってくれた恩とを合わせて、彼女に従っていた。しかし今は、状況が違う。

〝今朝、お父さんに休みの電話を入れたんだ。今日、バンコクで本当に急用があって〟

〝バンコク？〟

彼女は、おかしな冗談を聞いたみたいな笑いの混ざった、高い声を出した。

〝ここの仕事より大切なんですか！〟

その手を出されてしまうと、セーンも困ってしまい、つばも飲み込めない。しかし今は、一番大切なのはなんなのか、自分に言い聞かせている。本当に大切なものを、取り戻しに行くときなのだ。

セーンはただ、うなずいた。

〝ぼくの人生にとって、とてもとても大切なことなんだ。もう行くよ。友だちに車を借りないと〟

挑戦するような相手の笑みが、即座に固まる。しかしセーンは気に留《と》めない。

〝ごめんなさい〟

そう言って彼女を避けて、宿舎の外に出ていこうとした。

〝車は直せる。だけど関係はきっと直せないわ〟

謎の言葉が、彼の足を止める。重なったまま停車する二台の車が目に入って、なにかの認識が、少しずつかたちを成していく。

〝今、あなたとナーさんの関係は、このフォード・コルティナよりもめちゃめちゃよ。あなたは、理解できるくらいに賢いと思ってたんだけど。〈ぜんぶ〉ね〟

強調された最後の言葉は、そのときの彼とマタナーの関係の帰結以上のことを意図的に示すものだった。そして、最後には、〝賢い〟センは、この結果を引き起こした原因を理解した。

原因のすべてを！

彼は目を見開く。そのすべてが事実だなんて信じたくないというように、瞳が震えている。だが一方で、ウマーさんがあの話をどうやって知ったのか、もはや疑う必要もなくなっていた。ナーとの電話を終えてから三十分も経っておらず、ひとりで住んでいる家から出てもおらず、それを大声でだれかに伝えてもいないのだから！

ナーは一度、センについてバンコクにやってきたウマーさんに会っている。だがその一度きりだ。ウマーさんのナーへの態度にいい気持ちがしなかったセンは、ふたりを会わせないようにしていた。

〝マタナーさんは幸運なひとね。一生懸命になって助けてくれるひとがいて。でもその幸運があり

がたいわ。おかげでわたしも、幸運なひとになれるから——〃

そんなわけで、ふたりは顔こそ見知っていたが、知り合いとすらほとんど言えなかった。ナーの決断が、もうこんな遠いところまで届いているというのも考えにくい。

たったひとりを除いて——。

ナーの決断を絶対に知っているはずのひとり。その上で……あの金の出どころをナーが知るに至った理由であるはずの人間。

〃ウマーさん……シップのやつと……連絡を——？〃

考えていくほど、つながっていくほどに、ありとあらゆることが理解できてくる。

セーンはゆっくり振り返る。目がしみるように痛むけれども、まばたきもせずにギョロリとウマーさんをにらんだ。

〃——いつからだ！〃

ウマーさんは顔色を変えることもなく、首をかしげてほほ笑んですらいる。そして、ようやく安心できるところまで来たというふうに、ため息をつく。

〃ほんとにあなたは、わたしの期待どおりのひとだわ、セーン〃

もし彼女が金の貸主でなければ、セーンは今すぐ相手のところまで走り、身体を揺さぶり、地面に引き倒していただろう。だが彼が実際にできたのは、息を吸って、心を押さえつけ、手のわななきを抑えることだけだった。

〃あなたの双子の弟と知り合いなのは本当よ。ビジネスのときと同じね。パートナーの調査はしないといけない。それに、まさかわかってないとは言わせないけどね、わたしの目には、あなたはパートナー以上の存在として映っているのよ！〟

〝いつからだ！〟

〝いつからでも、終わりは同じよ〟

〝答えろ！〟

〝自分の上司と債権者に、そんな口をきくんじゃないわよ！〟

セーンの背の高い身体が、力が抜けたみたいに後ずさる。今度は相手に答えさせるまでもなく、鳥肌が立って、彼も理解する。

（債権者？　そうだ、あれがすべての始まりだった！）

その瞬間、かつての光景がよみがえる。シップがこちらを見つめて、言っていた。

〝うまくいきっこない。ぼくたちが引き止めたって、おばあさんは苦しむだけだろう。しかもそのあとは、ナーさんもおまえも一緒に苦しむことになるぞ〟

シップは、自分がどんな計画を立てているかわかっていた。やつは特殊部隊の人間だ。狡猾《こうかつ》に出し抜くような計画も立てられる！

聞いたことはあった。戦地のただ中と愛のただ中に変わりはない。そこに正義は存在しない！　それでもセーンは、不屈であるということの力を感じていた。しかし不屈の彼であっても、そんな精神だけではなにも生み出してくれないと自覚したときの苛立ちは、爆発しそうなくらいだった。

シップは自分に、選択のチャンスを与えた。そして自分も、やつにチャンスを与えていた！

その日、セーンはバンコクに行かなかった。それに、仕事にも行かなかった。怒りが燃え上がって、すぐに辞表を出しに行こうと思っていた。それでも、賃貸借の契約書の細かい部分が、その首をつないでしまった。相手はこちらにチャンスを与えてくれていたのに、自分で名前を書いてしまっていたのだ。

〝あなたの未来を考えたら公正とは言えないかもね。でもいいの、こちらは本当に、あなたをここに引き止めておきたいんだから〟

すべてが自分を縛りつけて、なにもできなくなる。セーンは、自分を傷つけてしまいたかった。けれど、これまでの一歩一歩を力の限り進んできたじゃないかと、思い直した。そして最後に、いろんな希望が消えていく。

瓶の一本一本に入った酒と、一緒に……。

「――ベロベロに酔っ払ったのは一晩だけだった。次の朝には、目覚めて、白々しく、いつもどおり仕事に行った。そのときになって、ぼくは完敗したんだってわかったよ。自分の身体すら、金を貸してくれてたやつらのための歯車になってたんだから。笑えるよな。そう考えたら、なんとか逆らおうとするんじゃなくて、まるでなにも起こらなかったみたいに目を覚まして、顔を洗って、歯を磨いて、仕事に行くことができた」

センーンおじさんは、口に入れた新しいタバコを少しずつ吸っていく。それからゆっくり口を開くと、その煙が舞い踊る。だんだん短くなっていくタバコ。

「思い返してみると、あれはぼくらの身体の自動的な反応なのかもしれないね。自分の人生をむちゃくちゃにしない自衛方法を、探してくれたのかもしれない。変に聞こえるかもしれないけどね。実際は、この人生が自分のものだなんて、ちっとも思えていなかったんだから」

おじさんの吐いた煙が、タオフーの身体のまわりに漂う。

煙が幻《まぼろし》を生み出していくみたいに、タオフーは、さまざまなできごとの光景を、順番に追っていく。もし自分がセーンおじさんだったら、どう感じただろう。

マタナーさんに対して。シップムーンさんに対して。そしてウマーさん、のちにチャン――サッチャーリーさんになるひとに対して。出口のちっとも見えそうにない、なんてつらい、感情の迷路なのだろう。

おじさんが出口を見いだせたのは、彼がタオフーみたいなクマのぬいぐるみよりも、複雑で深い、人間だからかもしれない。

「おじさんはそれからも工場で働いた。ウマーと父親に仕えてね。それから時間が経って、自分が落ち着けたとちゃんと思えてから、ナーのところに戻って、話をすることができた」

そのときは、おじさんが一番愛した女性を、祝福してあげる以上のことはできなかった。セーンおじさんは、マタナーさんに、真実がどうだったのか一言たりとも話さなかった。すべてがもはや変えようもないのだから、その道をもっとも美しく彩るべく戦い続けるほうがよかった。

勝者となったシップムーンさんは、おじさんの選択を奇妙に思った。マタナーさんに、ほほ笑みながら、純粋に、その幸せを心から願っているように祝福を送る兄を、凝視していた。

そして今度はシップムーンさん自身が、猜疑心《さいぎしん》に苛《さいな》まれ、暗く、憂鬱《ゆううつ》になっていった。マタナーさんが自分に向けるほがらかな笑みは、その心中のすべてをすっかり清算した、純粋なものだったのに。

「結婚式の日、ふたりにチョコレートモルト色の毛布をプレゼントしたんだ。変なんだけどな。ナーにあげるときに、それがぼくたちの小さな娘みたいに思えたんだよ」

「娘、ですか」

おじさんは首をすくめる。

「昔ね、ナーと一緒に将来を夢見てたんだよ。いつか娘がほしいねって」

タオフーの目がキラリと光る。話をなんとかつなぎ合わせると、チョコレートモルト色の毛布さんのもともとの持ち主が、本当はだれだったのかが見えてくる。

セーンおじさんは吸い殻を地面に捨てて、つま先でつぶす。

「これはあとから知ったんだけどね、結婚したあとも、シップのやつはぼくとナーのあいだのことを疑ってたらしい。ぼくたちふたりは、ほとんど顔も合わせなくなってたのに。それであいつが自分で、真実をぜんぶ白状したんだよ。それでナーも、すべてを知った」

「おばさん、すごく傷ついたんじゃ?」

「ナーの心はわからないよ。それに、知りたくもなかった。ぼくはもう、行けるところまで行ってしまってたし。どうしたってシップは弟だ。同じ家に生まれて、血を分けた兄弟だ。あれだけひどくやりあったら、もう十分だ。ただね――」

おじさんは無理やりな笑みを見せて、タオフーのほうに、探るような目を向けた。

「あいつは、自分が死ぬ日もね、ぼくとナーのことをまだ疑ってた。あの毛布も、ナーには使わせようとしなかった」

「シップムーンおじさんが亡くなった日、ですか」

おじさんがうなずく。

「仕事の用事でバンコクに来てたんだよ。それで休みの日に、ナーとあいつの家に寄った――」

そのとき、シップムーンさんは二階の寝室で休んでいた。気候の変化と、しばらくきちんと休めていなかったせいで、熱が出て、ひどい咳《せき》をしていた。それでも意地を張って、医者には行こうとしなかった。自分は健康で、闘士の如き強靭さを持つんだとおごっていたのだ。そんなとき、家でセーンおじさんの声がして、シップムーンさんはなんとか立ち上がろうとした。

「――ナーもずいぶんひどい様子だった。しばらく話してわかったんだけど……シップの……やつは……ナーに暴力を振るってたんだ！」

「お……おばさんに暴力を？」

「そう！　あいつはぼくとナーのことを疑って、ずっと彼女に暴力を加えてた。だけどナーは、だれにも言おうとしなかった」

（シップムーンおじさんが、おばさんに暴力を！）

新たな事実は、タオフーの胸の真ん中に突き刺さるナイフと、なんら変わりはなかった。大きな声が頭に響く。すべてが、何度も何度も、ひっくり返る。平穏の中に秘密が隠れていて、その秘密の中に、なお複雑で秘密めいた密室がある。そうやって続いていく。

これまで理解してきた人間の思い、明るく輝く愛は、どこへ行った？

〝愛っていうのはね、なにかをしてあげることだけじゃない。でもだれかを愛していたら、わたしたちがなにかをしてあげるそのときに、思いやりがいっぱいになるの〟

〝たとえ今日見つからなくても、それはべつに、見つかる可能性がないってことじゃない〟

〝抱き枕も抱けるけどな。でもぬいぐるみとまったく同じってわけじゃないんだよ〟

そんな言葉たちが、子ども騙《だま》しのおはなしと同じように、耳をあざむいている。

愛にとって、想望はあまりに長すぎて、重すぎるのかもしれない。距離と時の流れの洗礼を受けて、愛はいとも簡単に壊れてしまう。

しかも、代わりなんてないと思えていたものが、ある日あっさりと、ほかのものに取って代わることもある！

（どうしてなんだろう）

セーンおじさんとシップムーンさんの顔が似ていたからなのだろうか。双子というのは、同じ受精卵から生まれると聞いたことがある。それはもしかして、ふたりはかつて同じひとりの人間だったということなのかもしれない。同じ起点を持つふたりの人間は、あっさり取って代わることができるのか？

じゃあ、思いやりとともに、なにかをしてあげるのはどうなる？　でも人間は結局、不満を覚えれば、相手に残酷な暴力を振るいもする。その相手は、やさしくて穏やかで、あまりにいいひとで、立ち上がって自らを守ろうとすらしていないのに？

無常だ。花のように美しく輝いていた世界が、ひとひらずつ燃え尽きて灰になっていく。そしてその裏側の、虫食いだらけで悪臭漂う、混沌《こんとん》とした花弁《かべん》が見えてくる。ちっとも楽しげじゃない。そんな世界でタオフーは生きていたくなんかない！

セーンおじさんは話を続ける。

「シップは、ぼくが知るのを恐れたんだな。ナーにひどいことをしていたってことを。やつは必死になって起き上がって、ぼくに会おうとした。それであたふたと、ありったけの薬を飲んだんだろう――」

シップムーンさんは子どものころ、ＮＳＡＩＤｓにひどいアナフィラキシー反応を示していた。不運なことに、マタナーさんはそれを知らなかった。夫が不調を訴えながら病院にも行こうとしなかったので、薬局でふつうに薬を買ってきた。新しく発売された薬だったが、シップムーンさんは特に気にもしなかった。薬を飲むと調子がおかしくなったが、下にいるひとを呼ぶ気力もない。自分の身体を支えながら降りていく階段の一段ごとに、体調が悪化していく。

弟の様子を見たセーンおじさんは、瞬時に状況を理解した。子どものころは、ずっと一緒にいたのだから。しかし、急いで弟を病院に連れていったが、なにもかも、取り返しがつかなくなっていた。

「ナーはすごく悲しんだ。シップを殺したのはわたしだって、自分を責めてた。ぼくはなんとか、そうじゃないと伝えようとした。彼女はただ薬を買ってきただけだ。それまでのことと合わせてしっかり考えれば、あいつに薬を飲ませたのは、むしろぼくだ。そう思わないか？」

「おじさん……」

セーンおじさんはタオフーにほほ笑む。心を揺さぶる悲しいほほ笑みだ。目にしたそのときに、タオフーもむせび泣いてしまいそうになった。

考えすぎないでと言いたいけれど、考えずにいることも難しいのだろう。たとえどれだけの時間が過ぎていたとしても。

この瞬間、タオフーははっきり理解した。こんな、似かよった感情たちのせいだったのだ。夫への、かつての想い人への、自分への、罪悪感。それに苛まれたマタナーさんは、事実を受け入れることができなくなって、正気を失ってしまった。そして、もっとも美しい幻を作り上げて、自分の人生を包んだ。

それは、揺らぐことのない愛に満ち満ちた、もうひとつの歴史になった。彼女とセーンおじさんが離れることはなかった。想望も、距離も、時の流れも、どんなひとの策略も、ふたりを断ち切ることはできなかった。

そうやって幻を選ぼうとする決断がもっとも正しくて、もっとも適切だった。同じ姿形のひとたち。でも、たとえ同じひとつの場所から生まれていたふたりでも、入れ替えることなんてできなかった。

幻影との日々の暮らしは、理解と思いやりに満ちていた。

そうだったに違いない。宙に向かって話すおばさんの顔には、とても大きな笑みが広がっていた。薬を飲んで、本当の歴史とはどんなものだったのか理解したおばさんとは、比べものにならないくらい。

あのとき、おばさんの、愛と美に満ちた完璧な世界は、侵犯された森みたいに削り取られていったのだろう。おばさん自身も、呪われたバラの花と変わらなくなってしまった！

「あれ」

セーンおじさんの声が、思考をさえぎる。その目は後ろのほうに向けられている。

「ナーさんとナットくんじゃないか、タオフー」

それでクマさんも感情を抑え込んで、身体を後ろに向ける。

「ですね。出てきたんだ」

ふたりは急いで、塀の中に戻っていく。明るく光る警察署の建物に背を向けていて、マタナーさんとナットくんの身体は奇妙に暗く沈んで見える。タオフーがふたりのところに着いたときには、ふたりの顔色ははっきり見えなかった。けれど、濃い無感情は感じられる。

（もしかして、おばさんはまだナットくんに怒ってるのかな）

「終わったかな」

セーンおじさんが、そうまとめようとする。けれどもその次の言葉には、きっとおじさん自身にもわかるくらいに、懐疑の色が見えている。タオフーにはそれがわかった。

「それで結局、なんだったんだ。ナーはなにをそんなに思い悩んで、考え込んで、ひとりであんな遠くまで風に当たりに行ったんだい」

ナットくんが母を見つめる。マタナーさんは下を向いている。ナットくんがマタナーさんの手をしっかりと握るのが、タオフーには見えた。

「母さんは、なにも考えてなかったんです。まったくなにも考えてなかった……」

「どういうことだ」

セーンおじさんだけではなく、近くにいるタオフーですら、どういうことかわからなかった。

「母さんは……」

ナットくんの声は、喉にも鼻にも水の塊《かたまり》かなにかが引っかかっているみたいに、震えている。

「母さんはトイレに行こうと病室を出た。だけど道を間違えた。それで、忘れた……母さんは、トイレに行こうとしてたことも忘れたし、ターン先輩の病室がどこかも忘れたし、そこでなにをしてたのかも忘れた。それで急いで病院の出口を探した。だけど今度は、そのあとどこに行けばいいかも覚えてなかった……」

「ナー。それは……？」

おじさんの声に困惑《こんわく》がにじむ。

だんだんと明白になってきたみたいに、冷え込んでいく声。それでも、タオフーにはまだわからない。

ナットくんはそんなタオフーに気がついたようで、説明を続けてくれた。

「母さんがおまえに頼んで、病院に行っただろ。そのときの医者の検査で、別の異常が見つかってた」

　ナットくんは、なにかを飲み込むみたいに、一度止まる。それから、まもなく力尽きそうなくらいに、小さな声で続ける。

「母さんの脳の細胞が、だんだん働きを止めてる。だんだんすべてを忘れ始めてるんだ。言葉も、日付も時間も、場所も、知り合いの名前も。計算もできなくなってきてて、なにを読んでもあんまりわからなくなってる……」

　セーンおじさんは目を見開いたままだ。おじさんの瞳にせり上がる雫《しずく》に、キラリと反射する光が見えた。パクパクと動く唇は、ほとんど言葉にならない音を出している。

「い……いつから？」

　タオフーは、自分の目からも涙が落ちていることに気がついていない。

「わたしもわからないの……」

　ようやく、マタナーさんが声を発した。言葉が、嗚咽《おえつ》とともに漏れ出してくる。

「変なことが続くなと思ってたの。あんまりにも忘れっぽくて。簡単な言葉も忘れちゃってて。それで、星の王子さまに病院に連れていってもらったのよ……王子さま、ナット、ごめんね……」

　ナットくんが母の手を強く握りしめる。おばさんは自分にもわからないと言っていた。だけどタオフーには、思い当たることがあった……。

　そういえば最近、おばさんは言葉に詰まることがあるなとタオフーは感じていた。言葉を発するみたいに口を開けるのだけど、驚いた様子で、そのまま止めてしまう。タオフーがなにかあるか聞いても、なにもなかったみたいに、たびたびごまかされていた。

それに……百十二ページ！

いつからだったろうか。おばさんが本のあのページしか開かなくなっていたのは。タオフーは、マタナーさんがそのページに載っている言葉が好きなんだろうくらいに思っていた。だけど、本当は違ったのだ。

真実が、また別の花弁を燃やしていく。そして、内側の腐った花弁が、吐き気をもよおす臭いを放つ。

いろいろな光景がよみがえってくる。百十二ページ。タオフーは百十二ページばかり目にしていた――ただ何度も目にしていただけじゃない。自分の無意識はそれをわかっていて、なにかを伝えようとしていた。そこになにかあると、しばらくのあいだ、感じていた。皮膚の下のチクチクする痛み。サイン。予感。なんと呼んだっていい。今、百十二ページは、さながら最後の扉になっている。

タオフーは少しずつ、次のページをめくっていく。流れ込む真実とともに。

真実の最後のひとひらが、世界のすべてを終わらせる！

26　カオ・プラ・ウィハーン／プレア・ヴィヒア

百十二ページの後ろにタオフーが見たものは、家の中の「物」たちの激しい口論だ。タオフーが左のスリッパさんを行方不明にしてしまったあと、マタナーさんは財布がなくなったと言っていた。本当は自分で捨てていたのに。

〝みんな、話があるんだ〟

〝なにがあったの〟

〝おばさんの財布を見つけたんだ。ゴミ箱の中に落ちてた〟

〝ヒーのしわざね――〟

〝右のスリッパさんじゃないよ！――み……右のスリッパさんは財布を持ち出してないんだ。ぼくたちはみんな彼を悪者にしようとしてる。でも彼は……大切なひとを……〟

右のスリッパさんは、なにも言わなかった。タオフーは、彼がとても怒り、悲しんでいて、自分やほかの「物」と顔を合わせたくないから目を覚まさないのだと思っていた。

だけど本当は違った。あの日から、ソファーさんも一緒に眠ってしまった。ほかのいろいろな「物」も。そして最後に、掃除機さんも。そのすべては、本のページが百十二ページに留《とど》まったままなのと、マタナーさんの記憶がだんだん失われていくのと、一緒に起こっていた……。

もしマタナーさんの症状を先に知っていたら、タイミングのいい偶然でしかないと思ったかもしれない。だけど、今日のタオフーにはわかる。偶然なんかじゃないってわかる！

皮膚の下のチクチクは消えた。今、それは大きくふくらんで、全身の震《ふる》えと鳥肌に変わっている。知識と理解をつかさどる物質が固まって、バタバタと、肌を突き破って外に出ようとしているみたいだ。

痛みと呆然《ぼうぜん》。けれども逆らうのも難しい。信じずにいるのも、難しい。

クマさんは覚えている。少し前、ターターンさんの投稿を見た日、なにかがわかりそうな兆候を感じていた。自分の言葉や考えと、驚くほどに重なった投稿たち。

〝既読がついたのに、返事はないんだね〟

〝ふつう、雨滴は下に落ちる。でもときどき、上に昇ることもある〟

〝たとえ今日見つからなくても、それはべつに、見つかる可能性がないってことじゃない〟

〝腕の中を埋めたいから抱くものもある。だけど、心を埋めたいときに抱くものもある〟

〝みんなの唇が、ゼリーみたいに柔らかくて、甘いわけじゃない〟

など、など。

さながら、タオフーが、ターターンさんの記憶の一部として、深く埋められた檻《おり》に囚《とら》われているようなものだ。だから、勝手に、ターターンさんの昔の思考や言葉を繰り返してしまう。

どれだけ脱出を試みても、相手の影からは逃れられない。それがなんなのか、自分にはわからなくて……怖かった。

(今は、もう違う)

もはや疑いはない。「物」が〈目覚める〉のは、持ち主の記憶が託されたときなのだ！　愛情の絆《きずな》が、近くで、しっかりと結ばれると、その「物」はだんだんと自分の魂を持つようになる。動き出して、生きているみたいに言葉を話す。

その反対に、持ち主であるひとの心が冷たければ、「物」はただの「物」のままだ。家中がどんなに美しく飾られていたって、ただの死骸《しがい》だらけの、墓場になってしまう。チャンさんが引きこもっているあの場所みたいに。

〝チャンディーはあの家で待つしかできないんだな。呪われた家みたいなもんなんだよ、そう思わないか？　叶うことのない願いを持ち続けて、待つ人間。その心は、結局だんだんと死んでいく。どんなにあたたかそうに見えて美しい家だって、醜《みにく》くなるし、どんな「物」ともつながりが持てなくなる。だってもう、そこには心がないんだから——違うか。たぶんはじめから、あの場所に心はなかったんだな。ほんとは彼女も、セーンを追って無理やりチェンマイに来ようとしてたんだよ。だけどそれをあっさり拒絶されたんだ〟

タオフーが命を持ったのは、ターターンさんの記憶のおかげだった。それが、ナットくんとのつながりの中で、目覚めることになった。

家の中のほかの「物」も、同じように目を覚ました。右と左のスリッパさん、ソファーさん、マタナーさんの携帯電話さん、それに掃除機さん。みんなに、マタナーさんの記憶が集まっていた。それが、マタナーさんのあたたかさと思いやりで、目覚めた。

だから、マタナーさんの記憶がだんだんと消えていくようになって、いろんな「物」たちも、だんだんと眠っていった……。

これぞ、おばさんの苦悩と苦痛の写し鏡だ。

眠り続けるターターンさんですら、ほかの死んでいったひとですら、その記憶はいろいろな「物」の中に埋め込まれている。命を持たないところに命を与えている。だけど、息絶えたひとよりも、マタナーさんはきれいに失っていってしまう。

記憶だけじゃない。彼女の魂も、人生の軌跡も、少しずつ消えていっている。それは、どんなことよりも恐ろしいんじゃないのか！

これまでずっと、マタナーさんはひとりで苦しみに耐えて、恐怖に凍《こご》えてきた。

ただ、タオフーとナットくんを不安にさせないように。自分の恐怖に巻き込まないよう、ふたりを守るためだけに。

ナットくんがひんぱんに声を荒らげるほど、マタナーさんは余計につらい思いをしてたんじゃないだろうか。息子に事実を伝えるべきかどうか。マタナーさんはきっとそう考えていたはずだ……。だって……おばさん自身が、息子の父親として、間違ったひとを選んでしまったから。

その選択が、ナットくんが自分を押し殺して、肩に巨大な重荷を背負う発端になった。

彼女は罪の意識を覚えていたはずだ。それまでのものより、もっと大きな罪の意識を。

それと同時に、ターターンさんは眠ったままで動かない。でもその記憶は、まだ、動き回っている。だからタオフーは命を持った。そして、命を持った「物」以上の存在になることができた！

昨晩のチェンマイ料理の店からずっと引っかかっていたものにも、今のタオフーなら答えることができる。

〝ターン先輩は、どのくらいのあいだそんな状態なんですか！〟

これは、ナットくんがセーンおじさんに尋ねる声だ。

〝だいたい、二ヶ月だ。――警察は、ぼくが向こうの家を出てからすぐに襲われたんだと考えている。まだ……覚えてるよ。三月二十三日の朝十時くらいだ〟

――三月二十三日の、朝十時くらい。

どこかで見た気がするこの日付と時間。クンチャーイがナットくんの部屋にこっそり入ってきて、タオフーを痛めつけようとした。そのあとあわててベランダに逃げたときに、目に入っていた。そしてタオフーはそこから落ちて、マタナーさんと出会った。

クマのぬいぐるみだったタオフーが、人間になった日付と、時間！

〝このぬいぐるみを持っておいてくれ。ナットが怖くなって、どうすればいいかわからなくなった日には、こいつを抱きしめてほしい。おれたちが抱き合ってたみたいにさ――〟

〝ナットが幸せなら、おれも一緒に幸せになれる〟

どれだけ時間が経っても、ターターンさんの愛と思いやりが薄れたことはなかった。眠ってしまう前だって、彼はずっと、ナットくんの様子をこっそり探っていた。

マタナーさんにおかしな症状が表れていることに気づいても、あえて近づいた――もちろん、彼女の症状がどれくらい重いのか、はっきりと確認するためだったのだろう。ナットくんの手に負えるのかどうか、そして彼自身に、なにか助ける方法はないのかどうか。

眠りに落ちることになっても、タータータンさんの愛と思いやりは、ナットくんとマタナーさんの仲立ちに、最後の贈り物を残していった。

奇跡を起こして、タオフーを人間に変えたのだ。

ナットくんが初めて恋に落ちたひとと、そっくりな顔の人間にして——。

ナットくんのそばにいて、彼の面倒を見て、暗い悲しみから救ってあげるために。タータンさんがずっと願ってきたとおりに。


今のタオフーの感情が、どれだけ混乱したものになっているか、ここですべてを書き表すことはできないだろう。

クマさんは喜んでいるだろうか？

自らを造り上げたのは、甚大《じんだい》な愛だった。どんなものにも打ち勝って、自我を持つくらいに、偉大な愛。これほどの大きな愛の力があれば、もう心配はない。自分が昔みたいなぬいぐるみに戻ることも、ほかの「物」みたいに眠ってしまうこともないと、喜ぶべきなのだろうか。すがすがしい顔で、最初の持ち主が託した役目を受け入れるべきなのだろうか。タオフー自身も、それこそが一番の望みだと感じていた役目。

すなわち、命をかけてナットくんを愛し、守ること。

でも、正直に書かないといけなそうだ（きっとみんな、嫌な気持ちになるんだと思うけれども）。

すべては、まったく正反対だった！


これまでずっと、ナットくんはターターンさんを忘れたことはなかった。古い傷が、乾いて、癒えたことはなかった。できたことといえば、それが膿《う》んでしまわないようにすることだけだ。

おばさんとセーンおじさんの経験が教えてくれているはずだ。たとえ同じひとつの場所から生まれていても、入れ替えることなんてできないって！

だからタオフーは、余計に気が塞いでしまった。自分は、ターターンさんから生まれた。これから生き続けるにしても、つねにターターンさんの影がつきまとう。だれかに絶対に勝てないとわかったままで生きることが、こんなにも痛いなんて。

シップムーンさんが、マタナーさんとの夫婦生活で少しずつ、はっきりと理解していったのも、こういう気持ちなのだろう。だから彼は傷ついて、それを押し殺して、そして疑って、暴力を振るうまでになった。

ただマタナーさんにかつての想い人を忘れてほしい、すぐ近くで自分を見てほしい。それだけの理由で。どこまで行っても自分はだれかの代わりでしかなくて、本物に並ぶ日なんて来ないとわかっていながら。

その晩、ナットくんはマタナーさんの部屋で眠った。同じようなことがまた起こるのを心配しただけじゃない。最近のマタナーさんが、どうして、息子との楽しい時間をできるだけ引き延ばそうとするみたいに近づいてきて甘えていたのか、ナットくんももう深いところでは気づいているはずだ。

マタナーさんに残された時間は、だんだん少なくなっている。息子との記憶が、だんだんと消えている。

そのうちに、ナットくんのことすら忘れてしまう。

まだチャンスがあるのなら、ふたりはこの最後の瞬間を、最高に美しく、価値あるものとして守っておくべきだった。

だって――そうだろう――忘れてしまうのも、忘れられてしまうのも、ほかのだれかや、たくさんのだれかの世界から、本当に死んで消えてしまうのと、なにも変わりはない。

タオフーはひとりきりで休むことにした。寝転がったけれど、明け方まで眠ることはできなかった。

思いを巡らせて、なんとか答えを見つけたかった……。


ナットくんとセーンおじさんの意見は、おばさんをバンコクに連れて帰って、治療を受けさせるべきだということで一致した。

それで翌朝、みんなで朝早くに起きて、出発することにした。

ナットくんが、ホテルの脇のレストランで朝食をとってから出ると決め、セーンおじさんがあとから合流して、一緒の車でバンコクに行くことになった。

レストランに着いたときには、客もある程度入っていた。おそらく、店内にいるほとんどが県外からの観光客だ。

ナットくんはタオフーに、マタナーさんを連れて先に中に入っているよう言った。自分は、クンチャーイを店の前につないでいる。

「わたしはお粥《チョーク》にするわ。ぜんぜんおなか空《す》いてないのよ」

マタナーさんは、隣に座る息子にメニューを渡す。タオフーは二人の向かいに座っている。

今朝のマタナーさんの顔には、悪いことをすっかり忘れさったみたいな、きれいな笑みが浮かんでいる。けれども、ひとの一生とは、忘れるべきことほど、忘れられないものだ。

ナットくんの顔は青白い。タオフーと同じように目が落ち窪んでいて、考えが混乱して一晩じゅう眠れなかったのだろうというのがわかる。彼は母親からメニューを受け取ったが、それを見ずに、注文をとろうと待っている店員に伝えた。

「お粥をふたつください」

注文をとっていた店員はペンをサッサッと動かすと、タオフーのほうを向いた。

普段、クマさんはナットくんに合わせてしまうことが多い。それは遠慮しがちで、話をややこしくしたくない性格のせいだ（関係ないときもあるけれど）。

しかし今回は、ラミネートされたメニューのページをめくって、じっくりと視線を巡らせていた。

メニューの写真をひとつずつ見ているうちに、深く考え込んでいるように、眉頭がきつく寄っていく。

「星の王子さま、ごはんの注文よ、テストを受けるんじゃないのよ」

マタナーさんがからかってくる。ただ口の端がピクッと上がっただけではあるが、ナットくんもおかしそうにしている。

タオフーは気まずそうに笑って、メニューを指差す。

「このステーキをください」

タオフーは、さらになにか言いたそうに落ち着かない。店員が後ろを向いて戻っていこうとするときに、ようやく決意して、手を上げて制止する。

「ナイフもください」

わざわざナイフを頼んだことにナットくんが怪訝《けげん》そうに眉をひそめたので、タオフーも答える。

「お肉を切るんだよ」

料理を待っているあいだ、マタナーさんは顔を上げて、店内の奥に設置されたテレビのニュースを見ていた。そして、同じテーブルにつくふたりを会話に誘うみたいに、その感想をボソッと言った。気まずい空気を紛らわせようとしているようだ。

ナットくんのニュースの分析を聞きながら、タオフーはその様子をただ見ていた。

タオフーは、ナットくんと一緒にいろんなことを考察していくのが好きだ。

ナットくんは思想家のようでもあるけど、どんなニュースにも簡単に〝入って〟しまうくらいには繊細だ。だけどそれは、ナットくんにとってはいいことでもある。結果的にいつも、仕事に使えるいろいろな素材を手に入れられるからだ。

だからこそ、ひとはナットくんの筆から生まれる作品を〈批評的《クリティカル》〉だと称賛する。批評的であるのと同時に、さまざまなできごとを、目的を見失わず、論理的にきっちりと並べて、受け手に伝えている。楽しげにぼんやりしているうちに、海に漕《こ》ぎ出してしまい、論点が横道にそれてしまうようなことはない。そういうものは、視聴者の人生の時間を奪うことへの敬意が足りない行為だと、ナットくんが考えているからだろう。

マタナーさんとナットくんの茶碗が先に運ばれてくる。

タオフーの頭の中は、まだ心配事にかかずらっていた。しかしナットくんが油条《パー・トン・コー》をちぎってマタナーさんに分けてあげているのを見て、気持ちがあたたかくなって、感動が走り、ようやくほほ笑むことができる。

「母さん、醤油《シー・イウ》はまだいる？」

「年寄りがしょっぱいものをそんなに食べるのはよくないのよ。胡椒だけでいいわ」

ナットくんは、粉胡椒の瓶を母親に渡す。そのとき、タオフーのステーキも運ばれてきた。

「ありがとうございます」

「うまそうだ」

ナットくんが興味深そうにのぞき込む。それからタオフーのナイフとフォークを奪うと肉を切って、先に味見をした。

「味もいいな！」

「ナットくんがちゃんとメニュー見なかったんじゃん」

「交換しようぜ」

「ダメだよ！」

タオフーは、今までなかったくらいに大きな声を出した。

「最近は大声も出すようになったのか」

「ぼくはこれが食べたいの。ナットくん、食べたいなら頼みなよ」

「セコいやつ！」

マタナーさんが、息子ともうひとりの子どものやりとりに、声を上げて笑う。ナットくんはナイフとフォークを返してくれて、自分のお粥に興味を移した。タオフーがこっそりため息をついたことには気がついていないようだ。

「どうしてセーンはまだ来ないのかしら。寝坊かしらね」

心配し始めたマタナーさんが、店の入口のほうを向く。ナットくんもそちらを向いた。

「食べ終わっても来なかったら、電話してみよう、母さん――」

その言葉が、カラン！　という音にさえぎられて止まる。ナットくんとおばさんは、テーブルの反対側に座るひとのほうを見た。

ナイフを落としたタオフーがしゃがんでいるのを見て、ナットくんが首を横に振る。

「そそっかしいやつだな――」とだけ言葉を重ねることができた。というのも、先にタオフーが大きな声を出したからだ。

「イタッ！」

「どうしたの！」

マタナーさんが驚く。ナットくんもかがんで、テーブルの下のタオフーをのぞく。

タオフーがゆっくりと、握っていた手を開いていく。

ナイフの刃が肉に深く食い込んで、真っ赤な血が手のひらに広がっていた。


「おまえ、ほんとに子どもみたいなことをしやがって。ボヤボヤしてわたわたして、ナイフをそのまんまつかむってなんだよ。腱に傷がついて、障がいが残ったりしなくて、どれだけよかったか……」

ナットくんが長々とぼやいている。あのあとすぐに、もとの病院——ターターンさんが入院しているあの病院——で、タオフーの傷の治療をした。レストランからもホテルからも比較的近かったのだ。

看護師が傷を縫いに急いでタオフーを処置室に連れていき、今、タオフーの左手にはミイラみたいに白い包帯が巻かれている。

セーンおじさんには予定を変えてもらって、病院で待ち合わせすることになった。

今日は腕時計おじさんがその腕に巻かれている。腕時計おじさんは、ナットくんのぼやきを聞いて、そちらをギョロリとにらんだ。

「口うるさいガキだな！」

腕時計おじさんの動きが見えているひとも、声が聞こえているひともいないとはわかっていたが、タオフーはあわてて話をそらさずにはいられない。

「せっかく病院まで来たんだし、ターターンさんに挨拶《あいさつ》していかない？」

ナットくんとマタナーさんがこちらを向く。ナットくんだけは、タオフーの隠された意図を探るみたいに、眉をひそめてこちらを見つめてきた。

タオフーは無垢《むく》な視線を返し、深い意味はないかのように答える。

「昨日インターネットで調べたんだけど、意識がない状態の病人でも、認知のあるひとがいるんだって。しかも、意識が戻ったあとに、だれが見舞いに来てたかも覚えてたりするんだよ。おばさんとナットくんがターターンさんのお見舞いをしたら、だれかが心配してくれてて、しかも、まだ……愛してくれてるってわかるってことだよ。もしかして、ターターンさんもよくなって、すぐ目覚めたりするかもしれないよ」

「ありえない」

ナットくんが顔をしかめる。

けれど、マタナーさんの意見は違った。

「いいんじゃないかしら。わたしの調子が悪いときだって、ターターンはわざわざ家まで様子を見に来てくれたんだし」

マタナーさんの言葉で、セーンおじさんは不思議そうな顔をする。おじさんは、ターターンさんが彼女に会いに来たことがあるのを知らないのだろう。

昨晩、みんなが病院に来たことで事件が起こったわけだが、そもそもその訪問がおばさんの望みによるものだったとは、だれもおじさんに説明していなかった。

「そう、うちに来たのよ。聞き違いじゃないわ」

おばさんは強調するみたいに答えを返す。眼鏡の奥の大きな瞳には、なにかの意図が込められている。

「話すと長くなるわ。わたしが説明してあげるから、タオフーとナットでターターンの病室に行ってらっしゃい」

結果的に、ナットくんもターターンさんのお見舞いに行くはめになってしまった。

ナットくんは機嫌が悪くなっているみたいだ。

なんでターターンさんに会うことで機嫌が悪くなるのか、タオフーは聞いてみたかった。だが、エレベーターにほかのひとも乗ってきたせいで聞けなかった。

エレベーターから降りたあとも、ナットくんは足をダンダンと踏み鳴らして、タオフーを待たずに六一〇号室に突き進んでいってしまう。さながらタオフーに当てこするみたいだ。

そしてようやく病室のドアまでたどり着いたときには、中の声が漏れ聞こえてきて、やはりなにも聞けなかった。

医師と看護師がターターンさんのベッドの横に立っている。その表情と態度には、喜びと焦《あせ》りが混じるようなものが見える。ドアののぞき窓からそれを見たナットくんは不思議がって、なにも考えずドアを押して中に入る。

「なにかあったんですか？　その……ターンさんの親戚です」

看護師が答えてくれるところで、タオフーも入っていって、ナットくんの後ろに立ち止まる。

「さっきアラームが鳴ったので、先生と一緒に見に来たら、患者さんと人工呼吸器がファイティングしてて、ほら！　ターターンさんの自発呼吸が戻ってるんです。それに、左手も動いてる。本当によかった。意識を失ってからの二ヶ月で、初めての兆候ですよ！」

タオフーは、ベッドの上のひとに興味を示すのではなく、思わずナットくんの反応をうかがってしまう。

思ったとおり、ナットくんは身体を硬くして、驚きおののくような様子で、ベッドの上のひとに視線をやっている。

その目は見開かれて、光をたたえていた。きらめく希望をまとった、喜びの光。

その希望がどういう希望なのか、タオフーには考えつかない。けれどもナットくんの様子に、どうしようもなく心がチクチクと痛んでしまう。そして、そんなふうに感じてしまう自分は、どれだけひどいやつなのだろうと思う。

次の瞬間、ナットくんは身を翻《ひるがえ》し、部屋の外に出ていってしまった。困惑《こんわく》したタオフーは急いでドアから出て、廊下にいたナットくんの手首をつかむ。

「ナットくん！」

引き止められたナットくんはその場に立ち止まる。そしてこちらを見ずに、短く尋ねてきた。

「どうして、こんなことをするんだよ！」

「ぼくが――？」

ナットくんがすばやく振り返る。涙でいっぱいの目が真っ赤になっている。

「べつにいいんだよ。おまえがだれだ、とか、おまえがなにを思い出したとか、ほんとはなにを考えてるんだ、とか。だけどな、なんでおれをこんなに何回もターン先輩に会わせようとするんだよ。おれを試してんのか？　おれみたいな人間じゃ、おまえをちっとも安心させられないってことかよ、タオフー！」

「ぼ……ぼくが――？」

「どう言ったらおまえは信じてくれるんだよ。どう言ったらやめてくれるんだよ」

激しかった声が、痛ましく、懇願するものに変わる。その顔すら、心臓を握りつぶされているみたいに歪《ゆが》んでいる。

「おれがターン先輩をどう思ってたかはどうでもいいんだ。おれとあのひととの関係はもう終わってる。また始まるなんてことはない！　先輩が目覚めようが目覚めまいが、ありえない。納得したかよ。おれがおまえを選んだって、安心できたかよ！」

「ナットくん……」

「お……おれはもう……あの部屋には行きたくない……」

「わかったよ。わざとじゃないんだ」

タオフーはナットくんを抱きしめた。

ナットくんは次第に態度を和らげて、その手をタオフーの背中に回してきた。

まるで、どこにも行かせないと引き止めるみたいに。

今このとき――この場所で――タオフーは安心することができる。

ナットくんに、タオフーの目は見えていないはずだ。

タオフーのついている嘘が映ってしまっている、その目は……。


車内の空気が妙に重苦しい。

ターターンさんの症状は好転したが、セーンおじさんもマタナーさんも、喜びもしないし、明るくもならなかった。

むしろ、長い会話を終えたふたりが、ターターンさんの病室の前でタオフーとナットくんに会ったときには、さっきよりも暗くなっているんじゃないかとすら思えた。

一番おかしいのが、腕時計おじさんすら黙り込んでしまっていることだ。ただ声を出さないだけでなく、戸惑《とまど》っているみたいに、その目すら隠している。

腕時計おじさんの様子もあって、タオフーですらその状況を訝《いぶか》しんでいた。

しかしセーンおじさんは後部座席にマタナーさんと並んで座っているので、腕時計さんにこっそり尋ねることもできない。結局、探りを入れる相手をセーンおじさんとマタナーさんに変えることにした。

「さっき、おじさんとおばさん、すごく長くしゃべってたね。なにかあったの？」

マタナーさんはいつもと変わらず自然な様子で笑う。しかし、その会話の終わらせ方は、ちっともおばさんらしくなかった。

「老人同士の会話よ、タオフー」

車内をふたたび静寂《せいじゃく》が包む。出発してしばらく経ってようやく、窓の外に視線をやっていたセーンおじさんが、ひとりごとみたいに言う。

「ターターンがよくなってるというのなら、もしかするともうすぐ目を覚ますかもしれないな。ケーオチンドゥアンさんがバンコクの医者と連絡をとってるという話もある。きっとすぐ、バンコクに移送されるんだろう」

ターターンさんの完治に助力したとなれば、ＴＲＤグループも評価されるだろう。なにより、ターターンさん襲撃の裏に自分たちがいたという疑いも、晴らすことができる。

タオフーはこっそりと、隣でハンドルを握るナットくんに視線をやる。彼はどんな反応も示さない。まるで、どんな音も聞こえていないみたいだ。

それから、夜になってバンコクの家に着くまで、車の中ではほとんどずっと、音楽しか聞こえていなかった。

自宅に到着して、全員で荷物を車から降ろす。そしてセーンおじさんは、隣の家に休みに戻った。チャンさんがきっと待っているんだろう。

マタナーさんの症状について医者と話すべく、明日またおじさんも一緒に病院に行く約束をした。

今夜、ナットくんは自分の寝室で、またタオフーと眠る。

シャワーを浴びたナットくんは、タオル一枚を腰の下に巻いて出てきた。触りたくなるくらいになめらかなクリーム色の肌は、水分をすっかり拭《ふ》き取られている。濡れそぼっているのは、かなり短く切ってある髪の毛だけだ。

石けん、シャンプー、コンディショナーの匂いがナットくんの特徴的な体臭と混じって、柔《やわ》らかに香り立つ。気詰まりで疲弊した気分を、とても軽いものに感じさせてくれる。

「一日運転して、肩こってない？　マッサージしようか？」

スーツケースから日用品の一部を取り出して並べながら、タオフーが聞く。

「だけど、まだ、手、痛いだろ？」

タオフーは、心配してくれたナットくんにほほ笑む。

「片手だけだし」

タオフーの返事を聞いてナットくんがうなずく。

「じゃあ、頼む」

ナットくんは、執筆以外のこととなると、なんでも面倒くさがりだ。こちらにやってきて、着がえようともせず、ベッドの上にボフ！　とうつ伏せになる。身体に巻かれていたタオルのすそが、ふくらはぎまでめくれている。脚の脇の折り目もほどけて、ハラリと中が見えた。

いつもなら、こんな様子を見た抱き枕さんが下卑《げび》た話を始めるところだ。けれども今回は、部屋のほかの「物」たちと一緒に、チェンマイでの話をタオフーから聞いていたせいで、軽口は聞こえなかった。

ただ、ボソリと言う。

「かわいそうなナット」

ナットくんは、目を閉じる。かなり長いまつげがまっすぐ伸ばされて、ふくよかなほっぺたに影が生まれる。鼻と唇はもともとかわいらしい。だから、こんなふうにリラックスしているとき、彼はますます少年のように見える。

ナットくんは、守りたくなるような存在なのだ。こんなに何度も何度も、悲惨なできごとを体験するべきひとじゃない。

タオフーは右手をナットくんの背中に置いた。最近、ナットくんの身体は痩《や》せてきている。しかし部分的には、触り心地の柔らかな肉がある。

もしかしてこの触り心地のおかげで……それとももしかしてこれがナットくんだから、いつまでも飽きずにマッサージできるのかもしれないとタオフーは思う。ナットくんも、タオフーの手の重みを気に入ってくれていた。

「マッサージが終わったら、おれは母さんの様子を見に行く」とつぶやいていたけれど、マッサージを続けられているうちに、ナットくんはあっさりと眠ってしまった。

スッスッと、一定の呼吸が続く。背中も、リズミカルにふくらんでは縮んでいる。

タオフーは、代わりにマタナーさんの様子を見に行くことにした。

軽くノックするとすぐ、マタナーさんが部屋のドアを開けてくれる。

彼女は、お気に入りのひらひらのパジャマを着ていた。年齢を重ねてはいるが、おばさんは自分の服装に気をつかっている。それはたとえ夜でも変わらない。

彼女は、いつもと同じあたたかいほほ笑みをタオフーに向けた。

「おばさん、荷物はぜんぶ片付いた？　手伝おうか？」

「終わったわよ」

そう言いながら、マタナーさんはタオフーの背後をうかがっている。

タオフーはマタナーさんがなにを気にしているのか気がついた。

「ナットくんは寝ちゃったよ。すごく疲れたんだと思う。マッサージしてあげたら、そのまま寝ちゃった」

「よかったわ」

マタナーさんはうなずきながらドアをさらに広く開けて、タオフーを部屋に招き入れてくれた。

マタナーさんの寝室は、ナットくんの寝室よりも広い。女性らしい内装で、細々《こまごま》としたものがたくさんあるが、全体にはきれいに整頓されている。

タオフーが入った瞬間、部屋の中のたくさんの「物」が視線を送ってきた。タオフーはそれに半分ホッとして、半分は悲しかった。

これは、マタナーさんの記憶は、まだすぐには消え去らないということの表れなのだろうか。とはいっても、道の先にはあまりに悲しい終着点が待っていることは変わらない。

そのときこの家はどうなるんだろう。この部屋は？　どれくらい静かで、寂しげになってしまうのか。

タオフーはおばさんの寝室の掃除にもよく来ていた。この部屋の中の「物」とすごく親しいわけじゃないが、みんなを知っている……。

寝る前に飲む薬の袋が、お湯の入ったボトルと並んでベッドサイドテーブルに置かれている。それを見て、タオフーが聞いた。

「今日はドラマ見ないんだね」

「わたしも疲れちゃったのよ。あの子より何十歳も年をとってるんだから」

おかしそうに笑いながら、彼女が言う。その手でタオフーの腕をなでて、ベッドの隣に座るように引き寄せた。

マタナーさんは、すごくあたたかい手でタオフーの手の甲を軽く叩き、真剣な声音で語りかけてくる。

「星の王子さま、本当にありがとうね。わたしとナットを助けてくれて。あなたが一緒にいてくれて、ふたりとも本当にラッキーだったわ」

「お礼なんて言わないでよ。おばさんとナットくんだって、ぼくのことを助けてくれたでしょ」

「違うわよ。わたしも忘れっぽくなっちゃってるけどね、でもこの家がどんな状況だかはわかってる。わたしね……」

次の言葉を口にするのが難しかったのか、そこで止まってしまう。

タオフーは落ち着いてマタナーさんを待っていた。少し間を置いたのちに、マタナーさんは息を吸って、自分からまた話し出す。

「ナットの相手は、だれでも簡単にできるわけじゃないでしょ。特に、機嫌が悪いときには。あの子がああなっちゃったのは、お父さんとわたしのせいでもある。そんなときに、星の王子さまがナットを受け入れてくれた。愛想を尽かさずに、あの子を捨てずに受け入れてくれた。それだけでどんなにすばらしいことか。ただ愛し合っているってことよりも、どれだけすばらしいか。ナットと王子さまの性別がどうだって、関係ないくらいに」

そのすべてを吐き出すことができて、マタナーさんは安心したみたいだ。

「星の王子さま。あの子はね、これからもっと、かわいくないことをするわ。わたしはこれから、もっとあの子にしちゃいけないことをするし、もっといろんなことを間違える。自分にそんなつもりがなくても」

「おばさん……」

「できるなら、自分を止めたいし、なんならいっそ死んでしまいたい。そうすればあの子の負担にもならない。だけどそれじゃ、ナットはもっと悲しむ――」

「直接言わないかもしれないけど、ナットくんはおばさんのこと、すごく愛してるよ。本当に、すごく、すごくだよ！」

タオフーはあわてて言い添える。

会話相手は顔に笑みをたたえて、頭を縦に振る。

「わたしもあの子のことはわかってる。だから、これから自分がどうなるかと思ったら悲しいの。できればこれからも、わたしたちの家族に怒らずに、よくしてくれないかしら。ナットを捨てないであげてほしいの。ナットがまた、あの子を愛してくれて、あの子自身もすごく愛しているひとを失うことになって、罪悪感を持ちたくないの……」

タオフーにはその言葉の意味がわからない。けれど、マタナーさんもそれ以上は説明しない。彼女の手が、さらに強くタオフーの手を握る。

「最近、わたしはめちゃくちゃだった。おかしなことばかりをしていた。今がたぶん、一番いい時期なの。わたしがいろんなことをはっきりわかっていて、まだ忘れていない時期だから。みんなで一緒に、できるだけ幸せになっていきましょう」

「うん」

タオフーはそう答えて、マタナーさんの手を握り返した。

「それで、わたしがすべてを忘れて、なにもわからなくなってしまう前にね。タオフーにお願いがあるんだけど、いいかしら」

「いいよ、もちろんだよ」

タオフーはすぐに、しっかりとうなずいた。

「わかってるよ、ナットくんを、守ってあげればいいんでしょ？　もちろんだよ！　ぼくはナットくんと一緒に、おばさんと一緒にいるよ。どこにも行ったりしない。ナットくんのためになんでもするよ。それが自分の役割ってだけじゃなくてね。ぼくは……そのために生まれてきたんだから！」

マタナーさんはほほ笑みながら、涙をこぼした。きっと感極まって、声が出せなくなってしまったのだろう。

ただ、タオフーの肩に手を置いて、やさしくさすることしかできない。

唇は動こうとしているが声は出ない。それでも、なんと言おうとしているかはわかった。

――ありがとうね、タオフー。本当にありがとう。

27　ブンサノーン博士の暗殺

マタナーさんの寝室から戻って、タオフーはベッドにうつ伏せのまま動かないナットくんのほうを見た。

タオフーはかすかに笑っているが、それは哀《あわ》れみと悲しみの混じる笑いだ。

普段、ナットくんは結構寝相が悪い。それがこんなに落ち着いているのは、今日はよほど疲れたということなのだろう。

タオフーはナットくんの睡眠をじゃましないように、その身体を少しずつひっくり返して、それから静かに身体を持ち上げた。それからその頭を、しっかり枕の上に載せてあげる。

ナットくんの身体を包んでいたタオルが、床に落ちる。タオフーはすぐにはそれを拾わず、クローゼットからパジャマを選んで、少しずつ着せてあげた。

ナットくんの身体は柔《やわ》らかい。肌はどこもむにむにしている。

そんな様子を目にして、実際に触れると、さっきのマタナーさんの言葉を思い出さずにはいられない。

これが本当に、簡単には相手のできないひとなのか？

そうだよ。ナットくんの相手は、だれにでも簡単にできるわけじゃないんだ。

だけどぼくは疲れも知らずに、ナットくんを愛し続けている。

ナットくん、安心していいよ。ぼくはこのためだけに生まれてきた、専門家なんだから。

〈ピーラナット学〉の提唱者だよ。

ぼくの愛がどこから生まれていようが、気にしない。

ナットくんがぼくを愛していようが、いまいが、ぼくには……。

ぼくには関係ないよ。

ぼくにはわかってる。もうわかってるんだ。

ぼくはただのクマのぬいぐるみだ。

たとえ人間になったって、奇跡を起こすほどのとてつもない愛を、ナットくんに与えることはできないんだろう。

ターターンさんみたいには。あのひとはほんとに……ほんとにウザいよ。

完璧なひとなんだ。優秀で、ナットくんに釣り合うくらいに有名で。しかもナットくんを助けられるくらいに収入もいい。しかもその愛まで完璧ときた。

脚本の……ナットくんの物語の中に登場する主人公にしては、できすぎてる。そうでしょ？

ナットくんは、自分の手で触れられるような、具体的な物語のほうがお気に入りだもんね。ターターンさんじゃ、ナットくんの触れられる主人公になりようがない。

ぼくとは違うさ。ほら。ぼくはナットくんの手を握ってる。ナットくん、感じる？

ぼくが奇跡だとしても、ぼくは今ここで、ナットくんのそばで、手を握ってる。絶対に離さないよ。絶対に離さな――。


ここまで考えて、タオフーの手が跳ねて、ナットくんの手から離れる。

違う。左手――心臓に近い手――でナットくんの手を強く握っていたせいで、包帯に真紅の血がにじみ出してきてしまっているせいじゃない。ナットくんの手をつい強く握りすぎてしまったせいで、痛がった向こうが違和感を覚えて、目を覚ますみたいに手を震《ふる》わせたからだ。

「タオフー……」

目を開けたばかりのナットくんは、眠気に顔をしかめている。手で目をこすろうとしたが、そこでぬめりに気がついたらしい。ぼやけていた意識が、即座に濃くなって、はっきりしていくようだ。

「うわ！」

ナットくんが覚醒するのに合わせてタオフーの聴覚も戻ってきて、寝室の「物」の友人たちが、自分を止めようと叫び、大騒ぎする声が聞こえてきた。

今、あらゆる驚きの視線が、こちらに集まっている。その半分くらいは、タオフーがなにをしているのか、どうしてしまったのか、わからない様子でもある。

みんなが、できるものなら飛び出してきて、タオフーの手をナットくんから引き剝《は》がしたがっていた。しかし目を覚ましたナットくんに見られるのを恐れたせいか、だれも配置から動き出せずにいるようだ。

同時に——即座に——ナットくんが飛び起きて座り直し、タオフーの手に目をやる。そこが血の出どころだと気づくと、彼の目が見開かれて、大きな声が出る。

「なにやってんだよ！」

驚きと悲しみ。いつから蓄積されていたかわからない、悲しみ。そのせいでタオフーの声は震え、泣き始めてしまった。

「ご……ごめ——」

「なんで気をつけておかないんだ！」

叱《しか》るような声とともに、ナットくんは、タオフーの手を大切そうにつかみ取る。その勢いに混乱して、泣き声すら止まってしまう。

「おまえはほんとに、もう。すぐ下で手当てだ！」

ナットくんはそう言いながらタオフーの手首を引っぱり、立ち上がって部屋から出ようとする。けれど、出ることができない。先にタオフーが、ナットくんにバッと抱きついたからだ。そして、大声で泣き始めた。

「タオフー……」

ナットくんの声はまだ叱るみたいだ。けれどもそのあと、だんだんと手を上げて、クマさんの背中に触れてくれる。次の言葉は、やさしく、小さくなる。

「なにか、怖かったのか？」

タオフーは、答えなかった。ただナットくんの身体に回した腕を、きつく締めることしかできない。絶対に放すことはない、というように。

まるで、強く抱けば、頭の中に浮かぶものが消えていってくれるみたいに。

真っ赤な自分の手。

そして、なめらかに動いているだろう、ターターンさんの手……。


ナットくんを守ると強い口調でおばさんに言い切ってからほんの一時間後、タオフーはベッドの上で、ナットくんの腕の中に収まっていた。

泣きすぎて目が腫《は》れていて、おまけにナットくんにずっとなでてもらっているありさまだ。

いつもなら、夜遅くにかけて自分の腕を少しずつ離して、ナットくんが眠りやすい姿勢にしてあげている。だけど今夜は違った。

恐怖……自分でもなにに対して感じているのかわからない恐怖のせいで、ナットくんにしがみついたままだった。

考え直してみる。もしかすると、タオフーはまたターターンさんに負けたような気持ちになったのかもしれない。

まったくかっこ悪い。ナットくんの眠りをじゃましていることもそうだし、ナットくんに守ってもらっているのもそうだ。

ターターンさんと自分を延々と比べ続けてしまうのが、まったくかっこ悪い。

向こうがこちらのことを知っているわけはなく、そもそもまだ遠いところで眠りの中にいる。タオフーのほうに攻め込んできて、なにかを奪うことなんてできやしないのに。

そして今晩もまた、タオフーは眠れなかった。そして、ほかの「物」たちとも言葉を交わさなかった。

夜も更けて、ナットくんの小さないびきだけが聞こえ始めたころに、タオフーを心配したチョコレートモルト色の毛布さんと掛け布団おばさんが、どうかしたのタオフー、なにか嫌なことがあったの、とささやきかけてくれていたというのに。

タオフーにとって、実に長い夜だった。出口の光の見えない夜。

家の向かいの建物の上空に太陽が現れても、その暗さは変わらなかった。

朝八時ごろ、家の前のベルが鳴らされた。セーンおじさんとチャンさんが並んで立っている――離れてもいないが、近くもない距離をとって。

ナットくんはクンチャーイをケージに追いやって、タオフーのほうは急いでドアを開けに行き、客人を迎えた。

元夫が家で一晩を過ごしてくれたとはいえ、チャンさんの顔色はちっとも明るくなっていない。年齢不相応にハリのある肌が、これからしなびていく果物みたいな印象をこちらに与える。

タオフーには、相手の思っていることが、わかり始めていた。だから、チャンさんがマタナーさんに手を添えながら口にしている言葉が、本当に相手を心配する気持ちから生まれているものではないということは、かなり自信を持って言えた。

「――身近なひとに起こるなんて、思ってもみなかったわ。ほんとに怖い病気よね。ガンよりも怖い――」

セーンおじさんは彼女が余計なことを言っていると感じたらしく、急いで会話に割り込んできた。

「ナット、医者との予約は十時だよな。急いだほうがいい気がする」

「ですね」

ナットくんはナットくんで、チャンさんへの不満と倦《う》みの混じったような顔色を、隠しもしない。そしてタオフーのほうを向いて、しっかり言い含める。

「おまえ、ひとりで留守番するんだからな、気をつけろよ。怪我してるほうの手、ぶつけたりするんじゃないぞ」

タオフーはうなずく。本当は〝うん〟と言ったのだが、声が嗄《か》れていて、自分にすら聞こえないくらい小さな音しか出なかった。

タオフーだってナットくんが心配だ。本心では自分も一緒に行って、おばさんの状況を見聞きし、助けになってあげたかった。けれどもナットくんが、セーンおじさんもいるし、これ以上大人数でガヤガヤと行かないほうがいいと言った。

それでしかたなく、留守番することにしたのだ。

タオフーは、家の前から離れていく水色のセダンを見送りながら、清潔な白い包帯を巻いたほうの手を振った。

　家に戻ろうとしたとき、チャンさんに呼びかけられて、タオフーは足を止める。

「いろんなことがあったわね。ナットは、北《サイ》の《・》ソ《ウ》ーセ《ア》ージを買う時間はあったのかしらね、タオフー」

　振り返ったタオフーは、疑り深い目つきでチャンさんを見つめる。相手にもそれはわかっているだろう。さまざまなできごとのおかげでタオフーも変わり、いろんなことに気がつくようになったし、機転も利くようになった。

　チャンさんは美しい笑みを見せている。だがその笑みは、彼女の家の中と変わらず、乾き切って見える。そして彼女は、言葉を続けた。

「なんでもないのよ。もし買ってなかったらね、うちのを分けてあげようかと思って。ナットが好きなんでしょ？　わたしもたくさん買ってきたのよ」

　チャンさんが近づいてくると、その身体から香水の匂いが漂ってくる。普段なら、ただ香るだけで、今日みたいに目が回りそうなほどの刺激臭ではない。これでは、まるでなにかの臭いをごまかそうとしているみたいだ。

　タオフーは、鼻からなんとか空気を吐く。

「ありがとうございます。だけどナットくんが、買ってきてくれたから」

「あらやだ。そしたら何日もひとりで食べなきゃいけないわね。あのソーセージ、脂《あぶら》っこいでしょ。太るのが嫌なのよ」

セーンおじさんはどうしたんだと、タオフーは聞きたかった。彼は食べないのか、それともうチャンさんのところに泊まる気はないのか。

しかしそれを聞いたら、爪の先で相手の心の傷をえぐるのと変わらない。それで、今でもそれなりに礼儀正しいタオフーは、違うことを尋ねた。

「ほんとは、おばさんがチャンさんにおみやげを買ってきてるんです。セーンおじさんが、チャンさんはすぐ帰るって言ってたのを聞いたから、なにも買えないんじゃないかって思ったみたいで」

人間というのは、好意ゆえの言葉であっても、聞き手の心しだいでは違う意味に捉えてしまう。タオフーはそこまでは思いつかなかった。タオフーの言葉を聞いた瞬間、チャンさんの笑みがピクリと張り詰めた。それからまた、いつものように〝甘い〟ものに戻る。

「ちょうどいいわ。なにを買ってきてくれたのか、見させてもらうわね」

ここまで言われてしまうと、タオフーも彼女を連れて家に戻らざるをえない。本心ではナットくんやほかの「物」たちの大部分と同じように、おばさんに、この家にいっさい関わらないでほしいと感じ始めていたのだけれど。

クンチャーイがうなり声を上げる。さながらタオフーにケージのドアを開けさせようと、強く呼びかけているみたいだ。タオフーは人差し指を上げて、クンチャーイにしばらく待つよう伝えるようなしぐさをした。クンチャーイはやや声を抑えて、クンクン鳴いている。まるで、ダラダラとぼやくおじいさんみたいだ。その飛び出しそうな目は、ぼやきのおもな原因であるチャンさんをにらみつけている。

パントリーのカウンターには、巨大なビニール袋がたくさん並んでいる。タオフーは袋を開けながら、言った。

「昨日の夜帰ってきたときは、みんなすごく疲れてて。それでおばさんも、チャンさんのおみやげを取り出して、セーンおじさんに渡すこともできなかったんです」

「イチゴ」

客人が言った。その目は、タオフーが袋から出したたくさんの種類のドライフルーツを見つめている。娘ざかりの女性みたいにすらりとした身体は、カウンターの反対側のスツールに座っている。

なにも考えずに、タオフーが聞き返す。

「チャンさん、イチゴ好きですか?」

なぜかさっきと同じくらいのスピードで、チャンさんのほほ笑みが乾いていった。どんな理由からかはわからないが、自分で反応したにもかかわらず彼女は首を横に振った。

「大丈夫。好きじゃないわ」

「豚皮揚げ《ケープ・ムー》と、青い唐辛子のペースト《ナーム・プリック》もありますよ」

チェンマイの唐辛子ペーストを、ナットくんが正確になんと呼んでいたか、タオフーは忘れてしまった。今は、冷蔵庫にしまってある。

チャンさんははっきり答えない。というか実際は、彼女はもはやタオフーの言葉に興味を示していないようだ。次の言葉で、話題が変わる。

「タオフーがどうしてこの家に来たのか、ようやく知ったの」

ビニール袋の中でずっとガサゴソとやっていた手が、それで動きを止める。タオフーはカウンターの反対側に座るチャンさんのほうを向く。眉をひそめてはいないが、目には疑問がたっぷりと浮かんでいる。

「セーンが話してくれたのよ」

彼女はいつものように笑い、いつものように座っている。だが、自分が〈格上〉だと示すようなオーラが、こちらにはわからない方法で放出されているのが感じられる。

彼女が言っているのはつまり、タオフーが記憶を失ってこの家の前に現れ、マタナーさんがもうひとりの子どもとして迎え入れてくれたという話のことだろう。

クマさんにはべつにそれが特段重要な話とは思えず、簡単な答えを返した。

「はじめから言わずにごめんなさい。説明するのが難しくて」

「わかるわよ」

彼女は片手を上げて頬杖をつく。

「それでナットが大わらわになっちゃったのね。病人をふたりも世話しなきゃいけなくて」

自分は病気でないとわかっているし、そもそもチャンさんが理解している事実もべつに真実ではない。それでもなお、自分がナットくんの重荷になったかのように言われるのは、心臓を刺されるような気持ちになってしまう。

タオフーは視線をカウンターの上のおみやげに戻した。その口は、あまり答えたくないというふうに、かすかな声で答える。

「ナットくんに迷惑はかけないようにします」

「違うのよ」

相手はすぐに反応する。

「べつにあなたがナットに迷惑をかけるとも思ってないわ。チェンマイに行った本当の理由は、タオフーがなにかを思い出し始めたからなんでしょ？　ということは、もうすぐ記憶が戻るかもしれないわよね」

「ありがとうございます」

相手は、こちらの言葉が聞こえていないかのように話し続ける。

「だから気になってしょうがないのよ。タオフーは、どんなことを思い出してるのかなって――」

「まだぜんぜんです。ターターンさんの姿と、あとは道路――」

「――それともほんとは、ターターンと関係があるのかしら！」

かなり力の入ったその言葉には、なにか含みがある。それでタオフーは顔を上げて、相手と目を合わせた。

チャンさんはまだゆったりとほほ笑んでいる。

「残念よね。わたしはあの子とそんなに親しくなくて。あの子は頭が固いのよ。バンコクの学校に入ったときから、ひとりで生活するって聞かなくて。両親が死んで、遺産と、公司《かいしゃ》の一部をたんまりもらったら、羽を伸ばしてたの」

チャンさんは少し間を空《あ》けた。さながら、腰元からゆっくりナイフを取り出して、それをカウンターに置くみたいに。そして、それをタオフーに突き刺すタイミングをうかがうみたいに、こちらを凝視する。

次の言葉は、強調するみたいに、ゆっくりと、はっきりとしていた。

「わたしはあなたを知らなかった。でもそれは、そんなに変なことじゃないわよね。ターターンの家の人間が、だれひとりあなたを知らないのに比べたら。そうでしょう?」

タオフーはつばを飲み込む。そこに混じった痰《たん》が引っかかっているようで、うまく息ができなくなる。

今、下の階の「物」の友人たちはほとんど意識が残っていない。もはや自分を助けてくれるひとはいない。以前だったら、みんなが集まって、いい解決策を探してくれたのだろうけれど。

「タオフーは、ターターンひとりの姿が見えたって言った。あの子はね、チェンマイにいて、ほとんどバンコクには下りてこなかったの。それにあなたが見たあの子の家も、チェンマイのだったんでしょ? 不思議よね。それならあなたただって向こうにいるはずなのに。なんで突然、このあたりをうろついていて、マタナーさんの家に入り込むことになったのかしら」

タオフーがまごついているのを見て、チャンさんはわざともっと大きな声を出す。

「え! 考えてみると、一番怪しいのは、あれかもしれないわね」

「な……なんですか」

「あなたよ。ほんとは一体どんな目的があるのかしら。なんでこんなことをしてるのかしら!」

その目にも、言葉の強調のしかたにもはっきり表れている。その言葉には、聞こえている以上に深い意味が重なっている。

「チャンさん、どういう意味ですか。ぼく、わからないよ」

「タオフー、覚えてる？　初めてわたしたちが会ったとき、注意したでしょ——一見心やさしいひとが、そう見せてるとおりに本当にやさしいのか、わたしたちにはわかりようがないでしょ。近くにいるひとが一番信用できないことだってあるかもしれない——って」

チャンさんはタオフーの記憶を呼び戻そうと、わざとらしくしゃべる。

彼女はきっとこういうやり方に慣れていて、結果が出るとわかっているのだろう。タオフーも、彼女の昔の言葉を思い出す。

あのときのタオフーは遠慮していて、チャンさんの用意してくれた飲み物が甘すぎるとすら伝えられなかった。

それで、チャンさんにからかわれた。

〝これであなたのこと、信用できなくなってきたわね〟

チャンさんがその話をわざわざ蒸し返したのは、あの言葉をこちらに伝えるために違いない。

タオフーも複雑なものごとに慣れてきて、だんだんといろんなことの理解が深まっている。とはいえ、そういうものを好きこのんでいるかといえば、そんなことはない。

特に、いつも疑念を与えるチャンさんの口から出た言葉だ。彼女はいつだって、こういうものの言い方をする。

タオフーがいかに礼儀正しく、心が広いといったって、我慢の限界というものもある。

チャンさんがなにも言わないので、タオフーからストレートに尋ねることにする。

「チャンさんは、ぼくが嘘をついてると思ってて、それでぼくのことが信じられないってことですか？」

相手はまだ〝礼儀正しく〟なにも言わずにいる。ただ眉をクイッと上げた。それを、こちらの問いへの応答と捉えてもいいかもしれない。あるいは、そんな容疑をかけられたことへの驚きと懸念だろうか。

はっきりしているのは、彼女の眉毛は高く上がったままで、おでこにしわが寄りそうになっているということくらいだ。

気詰まりと苛立《いらだ》ちが増していく。できるものなら、今すぐこの面倒な客人を追い出してしまいたい。

タオフーは大きく息をついて、わたわたとかがみ込んだ。そして、近くにあったものを取り出す。

「それで、チャンさんはほんとにイチゴは好きじゃないんですね？」

彼女の目つきが、刃物を翻《ひるがえ》したみたいにキラリと光る。冷たいほほ笑み。声も冷たく、また同時にかなり低かった。

「好きじゃないわ！」

「ほかの話のときも、それくらいはっきり言ってくれるといいんですけど！」

タオフーがはっきりと言い返してくるとは予想していなかったようだ。ほほ笑みがサッと消えて、仮面の下の本当の表情が明らかになる。引きつった顔。

「どうなんですか？　チャンさん、なにが言いたいんですか？　ただぼくがはっきり言えるのは、まだなにも思い出してないってことだけです。それに、どんな悪意も——」

「それは〝だれに〟対してのかしら！」

チャンさんの声がタオフーをさえぎる。彼女のものじゃないみたいに、強くなった声。こちらを恨むみたいに真剣な、厳しい目つきでにらまれて、タオフーは急に首筋が寒くなる。

てらてらした甘い色に塗られたチャンさんの口元が、少しだけ上がる。

「そうでしょう？」

タオフーは眉をひそめた。こちらがなにか言おうとする前に、チャンさんが先に話し出してしまう。

「あなたがターターンのことを覚えているかいないかは関係ないの。でも、どうして彼があんなふうになったのかは、まだ覚えてるでしょう！」

（あんなふうに？　襲われて、意識を失ったこと？）

「もしなにか思い出したら、もしなにか〝わかった〟なら、気をつけることね」

小さいながら、重い感情をぶつけるような言葉だ。

「知識も、ものによっては危険に——！」

言い終わる前に、相手は止まってしまう。クンチャーイの吠えかかる声が響いて、タオフーもチャンさんもそちらを振り向く。

太ったワン公は、ギョロギョロとした目を客人に向けていた。まったく歓迎しない様子で、本気で襲いかかろうとしているみたいだ。さっきみたいに、ただケージを開けてくれと訴えてタオフーに吠えているのとは違う。

そんなわけで、何分も経たないうちに、チャンさんはサッサと帰ってしまった。

タオフーはクンチャーイをケージから出して、礼を言う。

しかしやつのほうはすました顔をしたまま離れていき、それからしばらく、タオフーをひとり静《せい》寂《じゃく》の中に沈めることになった。

疑惑と不信でいっぱいの静寂。

どれだけ考えても、タオフーにはチャンさんの意図するところがわからない。だがたしかなのは、それがいい話ではないということだ。

チャンさんはタオフーの出自に疑いを持ち始めている。他人を使って、何百キロも離れたところにいる夫の動向を何年も何年も追うことのできるひとだ。タオフーの思い至らない、いろんなことができるだろう。

「考えられるとしたら、あの頭のおかしいばあさんは、おまえが前のマタナーさんと同じ病気だと思ってるってことだろうかな。ただおまえは『物』と話してる。宙にいるだれかと話すんじゃなくて」

ナットくんの寝室の友人たちに相談すると、抱き枕さんが意見を述べてくれた。

「そうね」

掛け布団おばさんもそれに乗る。

「なんにしたって、人間にはわたしたちの声は聞こえない。そうでしょう?」

ジャンプしてベッドの上にみんなと一緒に集まったノートおじさんが、ひげみたいにも見える表紙のところを、考え込むみたいになでている。

「聞こえないのはたしかにそうだ。だけど忘れるなよ。歩いたり動いたりしたら、人間にだって見えるんだぞ」

「そんとおりだ!」

部屋の入口のデスクさんが反応する。聞き耳を立てていたんだろう。

「ってことは、そのうち彼女はこの家が呪われてるって思い込むか、自分がハリー・ポッターになったって勘違いするかもな!」

抱き枕さんがそう言いながらおかしそうに笑う。だが、ほかの「物」たちはおもしろがってくれず、黙り込むはめになった。

「おい! 冗談だって。まさかそんなふうに本気で思ってないさ」

「ありうるからよ!」

掛け布団おばさんが声をぶつける。

「もしそうなったら、クマ公がどうなるか考えてみろ。SF小説みたいに、連行されて、実験を受けることになるかもしれない!」

ノートおじさんが首を横に振る。

寝室は深刻な空気に包まれて、みんなが黙り込む。しばらくすると、キョロキョロしながら、いろんなひとの話を聞いていたチョコレートモルト色の毛布さんが言い出した。

「SF小説ってなに？」

それを聞いた抱き枕さんは吹き出した。が、咳払《せきばら》いをしてふたたび真剣な顔に戻った。

タオフーはため息をつく。

「ごめんね、みんなを心配させちゃって」

「クマさん、他人行儀な言い方はしないの。友だちっていうのは、一緒に問題の解決策を考えるものよ」

情け深い掛け布団おばさんが慰めてくれて、タオフーの心が余計にチクチク痛む。

クマのぬいぐるみだったころなら、大事なことを秘密にするなんてことはなかった。

ほかの「物」たちと一緒に議論して、激しい口論になることもあった。けれども最後はいつも、互いに厚意を向けて、寛大に終わった。

けれどもひとの姿になってからのタオフーは、人間にはもっと複雑で、言葉にするのも難しいことがあると知り始めていた。仮にひざを突き合わせて話したって、説明は難しい。

タオフーは何度も、大事な話を友人たちに知られないようにしていた。しかしそのどれであっても、自分の生まれを秘密にするほどの罪悪感を覚えることはなかった。

これまで、ナットくんの寝室に戻る方法を探していたときも、一階の「物」たちみたいな眠りを避けようとしていたときも、この部屋の「物」たちは一緒に焦《あせ》って、道を探そうとしてくれた。

それが結果的にいいときも悪いときもあったが、だれもタオフーを見捨てようとはしなかった。馬の合わない抱き枕さんですら。

しかし今は、どの問いへの答えもわかっていながら、タオフーは孤独に口をつぐんでいる。

友人たちを一緒に苦しめたくないという理由で秘密にしているのなら、タオフーもこんなふうに罪悪感は感じないだろう。だけど、自分が今秘密を作っている理由は、もっとアホくさいものだった……。

ターターンさんについてのことをすべて知ったみんなが、自分と同じように思うのが、タオフーには怖いのだ。

つまり、ターターンさんのほうがナットくんにふさわしい、タオフーなんか及ばないくらいに、と、みんなが思ってしまうのが。親しい友だちすら、自分がこっそりつぶやいているのと同じことを言うのではないかと、怖かった。

〝もしターターンさんがここに住んでたら、ナットくんの人生はもっといいものになったはずだ！〟

そんなことを言われてしまったら、きっと耐えられない。

ナットくんの携帯電話さんがなにも言わないのは、すでにそう思っているせいじゃないだろうか。携帯電話さんがそれを言ってしまえば、ほかの「物」たちも同じように考えてしまう。自分たちもそう思っていた、というように。

だがタオフーはその疑問を口にすることもできない。今はナットくんが携帯電話さんを持っていってしまっている。

チョコレートモルト色の毛布さんが口を開いて、妄想に漂っていたタオフーが現実に戻ってくる。

「セーンおじさんもいいひとに見えるんだけどなあ。チャンさんみたいなひとと結婚するなんて考え違い、しなそうなのに」

「おまえ、セーンおじさんを知ってるのか？」

ノートおじさんが聞く。その問いかけに、ほかの「物」たちもそちらを向いた。

タオフーもそちらを見る。チョコレートモルト色の毛布さんの真の生みの親がセーンおじさんだと、自分は知っている。だがふつう、「物」たちは、自分の生みの親がだれかを知らない。

聞かれたほうは、ほほ笑んでうなずいた。

「おじさんがね、おばさんの前の家に会いに来たときに会ったんだよ」

「本当かい。じゃああなたはわたしたちより昔から、マタナーさんと一緒にいたんだね」

掛け布団おばさんがそう理解する。

チョコレートモルト色の毛布さんがうなずく。

「だけどわたしね、寝たり起きたりだったから、あんまりいろいろ知らないの。ナットくんのお父さんもあんまりわたしのことが好きじゃなかったし。ベッドにいられたのはちょっとの期間だけで、お父さんが、おばさんに言って、畳んでクローゼットにしまわれちゃったの」

「それでそのまま眠っちゃったんだね」

「たぶんそう。次に起きたのは、ナットくんのお父さんの調子がすごく悪かった日だよ。立ち上がれないくらいひどい風邪だったのに、フラフラ起きてわたしを取り出して、なんの遠慮もなく床に投げつけたんだよ。体じゅう痛くって。なにに怒ってたか知らないけどさあ」

「ナットの父親が、そんなことするはずないわ」

「あとのほうは、よくカッとなってたみたいだぞ」

うなずいたノートおじさんが、掛け布団おばさんに言う。

黙っているタオフーに関心を払うひとはいない。むしろそれがありがたかった。

セーンおじさんの話を聞いて、シップムーンおじさんがあまり好きでなくなっていたとはいえ、それでも彼はナットくんの父親だ。そのひとを悪く言うとなれば、タオフーもいい気持ちはしない。

セーンおじさんの話をつなぎ合わせてみると、想像できる。あの日シップムーンさんは、下の階に来た双子の兄の声が聞こえたんだろう。それにしばらく耳をすませたあと、熱と、これまで蓄積してきた嫉妬《しっと》や猜疑《さいぎ》が合わさったに違いない。

それで立ち上がって、妻のかつての想い人が贈ってきた心からのプレゼントを、痛めつけることにした……。

「ゴホゴホ咳してるのに、部屋から出ようとしてたんだよ」

チョコレートモルト色の毛布さんが話を続ける。

「ドアにたどり着く前に倒れちゃうんじゃないかって、わたしも死んじゃいそうな気分で見てたの。そのときはなにもなくてよかったけど」

「お……おじ……おじさんは兵隊だったたって聞いた」

チェアさんが無理やりにはっきりした言葉で話そうとして、かえってたどたどしくなっている。

「つ……強い兵隊だって」

チョコレートモルト色の毛布さんが首を縦に振る。

「そうだよ。だから下の階までは行けたんだけど、咳の音は上まで聞こえてたの。しばらくしたらドアがまた開いて、顔のそっくりなひとが入ってきたんだ。そのとき初めて、セーンおじさんを見たの。双子ってほんとに彫刻みたいにそっくりなんだってびっくりしたんだよ。だけどそれがシップムーンおじさんじゃなくてセーンおじさんってわかったのは、ぜんぜん違うかっこうしてたし、身体の大きさも違ったたし、そこから出てる雰囲気も違ったからなんだ。セーンおじさんはね、お父さんみたいに、破壊的なオーラは出てないんだよね」

「妻のチャンとも違うんだろうな」

抱き枕さんが、首を横に振りながらぼやく。

「そのとき奥さんが来てたかはわかんないんだけどね。ただはっきりしてるのは、そのときナットくんのお母さんが下で大変だったから、セーンおじさんがベッドサイドにある弟の薬を取りに来たってこと。やさしいよねえ。弟の薬がぜんぶ飲んであるのに気がついて、自分の薬をあげたんだよ。あんまりあげたくないみたいだったけど。そのままずっと迷ってるおじさんを、そのままずっとわたしは見てたの。それから、決心して、下にいるシップムーンおじさんに薬をあげに行った……」

28　古《いにしえ》のタイ婦人たちの貞節

寝室の明かりが、ベッドサイドのランプの柔《やわ》らかな光だけになった。

黒い金属のランプシェードが、部屋にある、ロフトスタイルのほかの家具と合っている。

寝る前にシャワーを浴びたり歯を磨いたりするタオフーを待ちながら、ナットくんはその光で本を読む。ただ、タオフーが腰にタオルだけ巻いて出てきた日には、ニンマリ笑った持ち主の集中力は途切れて、結局本は置かれてしまう。

それもあって最近タオフーは、着替えをひと揃え持ってシャワールームに入るようにしている。

ベッドに上がると、タオフーの隣で寝ようとナットくんが本を置いた。それを見てタオフーが言う。

「読んでていいよ。ぼくも読むから」

タオフーは、実際のところ自分がどういう本が好きなのか、よくわかっていない。読んでいる本は、ぜんぶナットくんの本棚のもので、たぶん自分はナットくんの読んでいる本が好きなのだろうと結論づけた。

そういう読み方をしていれば、本の持ち主への理解も深まる。

本のページをめくるたびに、思考と感情が漂って流れる海原に深く潜《もぐ》っていくような気がしていた。ナットくんもかつてそこを通り過ぎて、その一部を刈り取って自分に取り込んだ。

今日、タオフーが続きを読もうと手に取ったのは『ハロルド・フライの思いもよらない巡礼の旅』という本だ。しかしベッドの上、ナットくんの隣に座った瞬間に、本を閉じさせようと、彼が表紙を押してくる。

タオフーがそちらを向いて眉をひそめると、ナットくんも自分の本を身体から離して置いた。いつもとは違う。ナットくんはニンマリ笑っていないし、その瞳にはむしろ、いっぱいの思案が見て取れる。

「パーティーをやりたいんだ」

「パーティー？」

タオフーは目を丸くする。パーティーなんて、動画か本の説明でしか知らない。本物に参加したことなんてなかった。

「べつに大きいやつじゃなくていい」

ナットくんが、タオフーを、パーティーへの美しい妄想から引き戻す。

「母さんと母さんの友だちを会わせてやりたいと思って」

今日、仕事を終えたナットくんが自室のある二階から一階に降りるとき、タオフーとマタナーさんが、昔の友人について楽しげに話すのを聞いていたそうだ。

「母さんの病気にもいいだろうし、少なくとも、母さん自身にとっていいことのはずだ」

ナットくんはそう説明した。タオフーもそれには賛成だ。

何日か前に病院を訪れたナットくんとセーンおじさんは、マタナーさんの言っていたとおりに症状が進んでいるのを確認した。彼女がこの病に選ばれてしまったのは不運だ。同じくらいの年齢のひとや、彼女みたいに精神疾患を抱えていたひとには起こりにくいらしいのに。

とはいえ、世界は公平な場所ではない。それに、わずかな例外は自分に降りかからないなどという、最後の条件だって存在しない。

そのつもりでいたとはいえ、タオフーはやはり悲しかった。

マタナーさんの病状や、その原因の詳細なところはよく理解していない。ただ彼女が、少しずつすべてを忘れていってしまうと知っているだけだ。

タオフーを忘れ、彼女自身の息子を忘れ、愛も、憎しみも忘れ、いつかものの食べ方すら忘れてしまう。あとは、死ぬことでそれが終わるのを待つしかない。治療法はないと言っても過言ではなく、治癒もしなければ、改善もしないのだから。

しかし、マタナーさんは悲しみに暮れるのではなく、タオフーと息子の腕を握って、ハキハキと言った。

〝それはそれでいいじゃない。治りようがないなら、治し方を探す必要もないし。これからみんなで、きちんと生きていきましょう〟

（だからこそ、ナットくんはパーティーの開催を決めたんだろう）

まもなくすれば、ナットくんが一番の重荷を背負うことになるというのに。

自我を失っていく母の感情、精神、身体の変化に対応しないといけない。

ただ、タオフーが人間となって現れた最初のころよりは、ナットくんも元気そうだし、あまり塞いでもいない様子だった。

きっと、お互いに心を閉ざしていたことや、相手からの愛や希望に触れたり、それを見たりできていなかったことのほうが、ナットくんにとって重く、過酷なことだったのだろう。

今、心にあったさまざまな劣等感や満たされなさは、ひとつずつほぐれていっている。

ナットくんはほがらかになったし、よく笑うようになった。特に、母親に笑みを見せるようになった。母のつらい病のせいで感じた悲しみは、だんだん薄れていっているようだ。みんなが現実を受け入れ、現実に服従することで、傷の治りが早くなることもあるのかもしれない。

毎晩、ナットくんはタオフーに感謝をささやいてくる。ずっとそばにいてくれた感謝。向こう岸が見えず、しかも波風もどんどん強くなっていく苦境の中でも、自分を捨てずにいてくれた感謝。

タオフーがそばにいてくれたことは――たとえ本人は、大した助けになっていないと思っていても――ナットくんにとって、支えになる木が立っているみたいなものだった。

孤独になりすぎることなく、ふらつきすぎることもなく。だって、たとえ迷ったって、最後にはどこに戻ればいいかわかるし、なにを頼ればいいかわかる。安心させてくれて、疲れをとってくれるものがあるから。ナットくんはそう言っていた。

ナットくんが話を続けようとしたその瞬間、湛《たた》えられていたタオフーの涙がポトリと落ちる。

「ごめんな、こんなバカみたいな騒ぎにおまえを巻き込んで。おまえ自身だって治ってるわけじゃないのに、おれたちは助けてやれもしない。しかも余計な重荷まで背負わせている。もしいつかなにか思い出して、どこかに連れてってほしくなったらな、タオフー、約束しろよ。すぐおれに言うって。おまえがこの家の人間に遠慮してばかりいたら、おれはちっとも安心できない。わかるか」

タオフーはうなずいた。涙が両目から流れていて、唇は震《ふる》え、なにも話すことができない。

こういう会話は、タオフーが腕を伸ばしてナットくんを抱いて終わることが多い。相手をいたわるように抱きながら、相手にも自分を癒やしてもらおうとしていた。

たくさんの言葉と、理由も原因も見つけられない大騒ぎが心の中で絡み合って、巨大な混沌《こんとん》になっている。

どこを引っぱったら最初の言葉に、そして次の言葉に、あるいは第三の言葉になってくれるのか、タオフーにはわからない。

すべてをきちんと語り尽くしたと確信するために、どうやってまとめればいいのかもわからない。

それで結局、なにも話さないことを選んでしまう。

抱き合えれば満足だった。強く、強く、できるだけ強く抱き合えれば。そうすればナットくんも自然とわかるはずだ。タオフーこそ、一番伝えたいのはナットくんへの感謝であり、今までのなにひとつ、問題だと感じたこともないと。

そばにいさせてくれてありがとう、ナットくん。いつもぼくのことを思ってくれてありがとう。ナットくんにも、片付けなきゃいけないことがたくさんあるのに。

ナットくんに感謝されるだけのことが、ぼくにとってどんなに大きな意味を持つのか、ナットくんにはわからないかもね。

その感謝が、ぜんぶをまとめて、伝えてくれるんだ。言葉にするのが難しいことも、ぜんぶ。ナットくんは作家さんだし、言葉を使うのが一番得意なんだろうけど。


互いを思いやる時間があるおかげで、ふたりはちっとも疲れなかった。

それに、家の新たなメンバーとして病と災難を受け入れることが不可避だとしても、諦《あきら》める気にもならなかった。

この機会を利用して、それぞれが心を開いて、愛を示して、もっと近づこうとしたのだ。

そのあいだもナットくんは仕事をしていたが、もっとたくさん、マタナーさんやタオフーと一緒に映画を楽しむようになった。

ときどきはマタナーさんと一緒にキッチンにこもって、ユーチューブ先生に教わった珍しい料理を作ってみたりもしている。たとえおいしくなくても、心には滋味だ。

タオフーは家の模様替えを手伝った。家の中の導線を、安全にしておかないといけない。なにか事故が起こって、マタナーさんが怖がって、幻覚を見たりしないようにするためにも。

マタナーさんが自分の持ち物を忘れないように、ものには名札が貼られ始めている。彼女の手首には、自分がだれで、なんの病気かということと、ナットくんの電話番号が書かれたリングがつけられるようになった。いつかまた道に迷ってしまっても、見つけたひとがすぐ連絡できるようにするために。

ナットくんが仕事をしているときは、タオフーがマタナーさんと一緒に、パソコンや携帯のゲームで遊んでいる。だけどマタナーさんは、話をするほうが好きみたいだった。タオフーも、おばさんがいろんな話を聞かせてくれるのが好きだ。

最近は、言葉が思いつかなくて、話が詰まることがあったりもするけれど、マタナーさんの話は、子どものころの幸せな思い出に戻っていく。最近のラジオではめったに流れない曲、とてもおいしいビエネッタのアイス、〈陣取りけんけんぱ《タンテー》〉という名前の遊び、手がひび割れるくらいに冷たい風が吹き続けたときのバンコク、など、など。

話しながら明るく輝くマタナーさんの瞳に、タオフーは楽しげに駆け回る少女の姿を見た。まもなく彼女も消えていってしまうと思うと、残念だ。

そんなことを考えてしまったら、タオフーは、よくない想像をあわてて頭から打ち消した。マタナーさんには、彼女の喜びを薄めてしまうような、少しの悲しみにすら触れてほしくない。

こちらが聞いても、おばさんが思い出せないこともある。そんなときナットくんは、ひとつのものごとに集中しなくてもいいとささやいた。

普段は身体を伸ばそうともしないのに、母とタオフーを誘って一緒に運動にも出た。大体はムー・バーンのまわりを歩いたり、ゆっくり走ったりする。クンチャーイも一緒に外に連れ出されて、散歩を楽しんでいる。

パーティーも、この家のひと全員が一緒に楽しめるものになるはずだ。

それで翌日から、家の全員が盛り上がり始めた。

マタナーさんに掘り返してもらった昔の記憶は、まだ生き生きとしていて、まったく薄れていなかった。さながら、これからも永遠に残っていくみたいに。

おばさんが口にしたたくさんの名前のひとの電話番号と住所が、古い小さなノートにも残っていた。主催者ふたりで電話をかけて、客を誘った。

ナットくんはこれぞ〝パーティーしたくなった気持ちの誕生日〟パーティーなんだと言っていた。


暗くならないうちから、小さな家のまわりに吊るしたイルミネーションがチカチカとしている。その光は、暗くて陰鬱《いんうつ》な夜を、キラキラときらめく、楽しげなものにしてくれている。BGMは、やってきたお客さんを明るく楽しい気分にさせるようなものを選んだ。

「いらっしゃいませ。おばさんは中でほかのお友だちとおしゃべりしてますから、そのままどうぞ」

門扉《もんぴ》のところで、お客さんを迎える役割を仰《おお》せつかったタオフーは、ナットくんの決めたテーマに沿った、色鮮やかな衣装に身を包んでいる。

訪れたほとんどのひとが、口々に、タオフーは人気ドラマの主人公みたいにかわいいと褒めてくれる。タオフーは、にっこり笑いながら礼を言う。女性のお客さんの二、三人が、すきを見てそのほっぺたをつねろうとしてきたくらいだ。

「ほとんど、おばさんの古い友だちだよ」

さきほどの客が中にいるおばさんたちのほうへ向かっていくと、タオフーが振り返って言った。隣には、ど派手な色の水玉模様の服を着たケーンくんが立っている。おまけに、イカした帽子と眼鏡も身に着けていて、それを見るとだれもが笑ってしまう。

「すげえな。あんな年になってても、ちゃんと連絡先をとっておいたんだな」

「おばさんはぜんぶ記録してたんだよ。ナットくんと分担して電話したんだ。おばさんからの誘いだって伝えると、ほとんどみんな参加するって即答してくれたんだよ」

「懐かしかったんだろうな。もう何年も会えてなかったんだろうし」

(これから先の人生でまた〝会える〟のかもわからないし)

〝会う〟というのは、自分と相手の双方で意思が合致しないといけない言葉だ。

しかしこれから先、マタナーさんの身体がここにあっても、彼女自身はどんどん失われてしまう。だれもが知っている、とてもやさしくてかわいらしいマタナーさんではなくなってしまう。マタナーさん自身も知らないマタナーさんに。だれとの記憶も残せずに。

パーティーでは料理と飲み物が振る舞われている。年配のひと向けにはカラオケ。室内は風船や電飾、虹色のモールで飾りつけてある。

このほとんどすべてを、ナットくんが準備し、それをタオフーと、ケーンくんと、ナットくんの親しい友人の二、三人で飾りつけた。マタナーさんはまったく知らなかった、ケーンくん以外のナットくんの親友たちだ。これまでずっと、ナットくんという塊《かたまり》そのものが受け入れられていなくて、この家に居場所がなかったせいだ。

これも皮肉な話だ。家のひとたちが本当に助けを求めているときには、（おもにシップムーンおじさんに）認められたひとたちは、結局ナットくんの人生と関わってくれないのだから。いたとしても、ソーシャルメディアの中だけだ。でもナットくんは、個人的な投稿を、外からあまり見えない設定にしている。ほぼつながっていないも同然だ。

「ヘロー」

ムー・バーンの入口とつながる道路から、呼びかける声が聞こえた。ケーンくんとタオフーが振り向く。

新しい客人がだれなのかはっきり見えた瞬間、ケーンくんは半分鬼みたいな顔になって驚いた。

「ソーン！」

ソーンさんが、ゆっくりとした歩みでまっすぐ近づいてくる。彼は脚が長いので、距離がすぐに縮まっていく。

ニット帽を挟むヘッドフォンから流れる音楽のリズムに合わせて、細い肩がゆらゆら揺れる。帽子には小さな金色のバッジがついていて、キラキラと光を反射している。

近づいてきたソーンさんが止まる。オーバーサイズのシャツも、ソーンさんの身体をちっとも大きくは見せてくれていない。さらに下に穿《は》いたジャージと合わさると、背の高い子どもにしか見えない。特にケーンくんと比べると、すごく子どもに見える。

「なんで来たんだよ！」

ケーンくんがソーンさんに向かって声を張り上げる。

「は？」

「なんで来た！」

「は？」

子どものほうが首をかしげて、耳をそばだてる。

ケーンくんは犬歯を見せて、相手の耳からヘッドフォンを引き剝《は》がした。家から聞こえる音楽に負けないくらいの音量で、叫ぶ。

「どうして来たっつってんだよ！」

「は？」

「ヘッドフォンは外れてる！」

ソーンさんはおもしろそうに口の端を上げる。ガムを嚙んでいるので、もぐもぐと口を動かしながら話す。

「おじさんのフェイスブックだよ。来てほしくないなら位置情報なんて入れないでしょ」

「ちげえよ！」

ケーンくんはポカンとしている。でも顔じゅうがすっかり赤い。

タオフーはそれを見て、首を横に振りながら笑った。

「ぼくがソーンさんを誘ったんだよ。今はもう他人でも、遠いひとでもないでしょ」

タオフーの思わせぶりな言葉で、ケーンくんの顔の赤色が、耳まで広がっていく。

「こいつになにが手伝えるんだよ」

「手伝わなくていいんだよ。楽しんでもらえばさ。ナットくんとおばさんだって、ソーンさんに会いたいだろうし」

「フフ」

彼もうなずく。

「みんながおれに会いたがる」

ケーンくんが隣にいるソーンさんの頭を小突いた。それからタオフーのほうを向いて言う。

「デカい口きくな！」

「こいつをおばさんに紹介してくる。戻ってきて、また手伝うから」

クマさんは〝オーケー〟の意で手を上げた。

次の客人は、隣家の元夫婦だ。

すでに別れているとはいえ、セーンおじさんは、バンコクにいるあいだは元妻の家に泊まっているようだ。おじさんもマタナーさんを心配しているし、隣の家に泊まっているのもむしろそれが主な理由という態度がはっきり見えるので、最近のチャンさんはますます機嫌が悪そうだ。

今日、セーンおじさんは目にも明るいアロハシャツを着ている。そのほほ笑みも明るい。考え込むみたいに引きつった顔をして隣にいる元妻とは対照的だ。近づいてくると、あのきつい香水をまた感じる。きつすぎて、嗅いだらむせてしまいそうだ。

タオフーはなにも感じないようなそぶりで、ワイをする。

「おじさん、間に合ったんだね」

セーンおじさんがうなずく。

「大切なパーティーだ。来ないわけにはいかないよ」

そう答えたセーンおじさんは、実はチェンマイに戻って仕事を片付けてきていた。そしてバンコクに戻るのに合わせて、タータ―ンさんを一流の病院に移送した。

ケーオチンドゥアンさんとTRDグループが、それを支援してくれたらしい。

最近あまりニュースを追っていないとはいえ、その手助けに、パー・ウォーのデモ参加者から反対の声がたくさん上がっていることくらいは、タオフーも知っている。

ターターンさんの事件の裏にはTRDグループがいると、だれもが考えているからだ。

今回の支援も、単に体裁を取り繕っているだけだとだれもが思っている。とはいえ、タータ―ンさんに残された親族が認めたのだから、だれが逆らえるわけでもない。その結果、セーンおじさんが、あらゆる批判の矢面《やおもて》に立つことになってしまった。

けれどもおじさんの態度は、ターターンさんへの手助けは自分の義務だと言わんばかりにいつもとまったく変わらず、深いところでなにを考えているのか読み取ることもできなかった。

彼は、マタナーさんひとりだけにやさしくあるために、ほかの側面を押し殺しているみたいだ。

いつものチャンさんなら、元夫のそんな言葉にあきれたような顔をするだろうが、今日は、ついさっき中に歩いていった青年の背中を、考え込むみたいに見つめている。

「あれは、警察将校のご子息——?」

チャンさんの言葉が、セーンおじさんの興味を引く。普段なら、元妻の言うことにほとんど興味を示さないのに。

「だれだ？」

「彼よ」

チャンさんがあごをしゃくる。

「間違いないわ」

言い終わった彼女は、確認を求めるみたいにタオフーの目を見た。

タオフーは眉をひそめて、答えもせず、否定もしない。それはかなり苛立《いらだ》たしい態度だったのだろう。チャンさんが、声を荒らげる。

「どうなのよ。わたしが言ったことは、どうなの⁉」

タオフーはわざとらしく、ソーンさんの背中を見た。今はケーンくんに連れられて、マタナーさんとナットくんに挨拶《あいさつ》をしている。そこから楽しそうな、ヒューという声が聞こえる。

タオフーは含み笑いを見せる。

「ぼくがソーンさんを誘ったんです。ああいう階級のひとと知り合いになっておくのも、いいことですもんね？」

振り返ると、チャンさんの顔は青白くなっていた。タオフーはおかしそうに笑う。

「冗談です。あの子は、ケーンくんの親友なんですよ。それで誘ったんです。おばさんも、ひとがたくさんいたほうが楽しくなるかなって。彼がだれの子どもかっていうのは……ぼくは知らないです」

「ただ、あれが本当に将校のご子息なら、いいことだよ」

セーンおじさんが納得する。

「そういうひとたちと知り合いになっておくと、本当に助けになる。ナーがチェンマイで迷ったときみたいにな」

「忘れないようにします」

タオフーはほほ笑んで、話題を変える。

「それで、ターターンさんの様子はどうですか」

「変わらないよ。あの日、自発呼吸が戻って、手が動かせるようになった以来は、好転もしてない」

「だけどバンコクに移ったし、よくなる可能性も高いですよね。そしたら、だれがターターンさんを襲ってあんなふうにしたのか、わかりますよね」

「そうだな」

「ソーンさんをお見舞いに連れていくのは、セーンおじさんはどう思いますか」

チャンさんがすぐに会話をさえぎる。

「あの子になんの関係があるのよ！」

「なにか陰謀があるかもしれないじゃないですか。ソーンさんがいたら、犯人もすぐ見つかるかもしれないし。待ち切れないですよ。すごくドキドキしませんか、チャンさん」

「ふん！」

チャンさんは笑い飛ばそうとしたが、ちっとも笑えていない。

「それでタオフーは、いつ見舞いに連れていこうっていうの」

「準備が整ったら、すぐにでも！」


チャンさんは、パーティーのあいだずっと青ざめていて、ちっとも楽しそうではなかった。元夫がボーイのごとくパーティー会場じゅうを歩き回っていて、彼女と一緒に座っていなかったことで、余計にイライラしたようだ。

セーンおじさんが気を配ってくれないとなると、ほかのだれも、彼女に興味を持たなくなってしまったらしい。

さながら、もうひとつの、話せない、命を持たない家具になってしまったみたいだ。だれも心を開いてくれず、つながりを作ってくれないせいで。

ほとんどの客は、マタナーさんと一緒にカラオケで古い曲を歌っていた。そこから、はるか遠い昔のできごとまで、おしゃべりが広がっていく。

タオフーはその時代を知らないが、マタナーさんとナットくんが幸せそうなのを見るだけで、自分も幸せになれた。

本当に記憶に残る夜になったと、自負できる。

ただもし、一階の家具たちがまた目覚めてくれたら、ぜんぶがもっと華やかに、完璧になったのだけれど……。

ただ、そんな幸福にも終わりは訪れる。

午後九時を過ぎたころ、マイクを持ったマタナーさんが友人たちにスピーチをすることになった。全員が、彼女の言葉に合わせて乾杯《チャイ・ヨー》をしようと、グラスを持っている。しかし、〝乾杯〟の言葉が放たれることはなかった。

マタナーさんが、今日のパーティーを開いた理由をみんなに伝える。

自分には時間があまり残されていないから、もう一度、最後に、全員との記憶と、愛を確かめておきたかったのだと。

パーティーに来ていた客人たちは、突然の発表に驚いて黙り込んでしまった。おばさんのほがらかさの下に、こんな真実が隠されているとは思ってもいなかったのだろう。

客人たちが帰っていこうとするとき、それぞれの目にきれいな涙が浮かんでいた。心には〝かわいそう〟という言葉も浮かんでいたが、だれも口にしなかった。

マタナーさんとナットくんが、人々からの同情を享受する宴を開いているというのとはかけ離れて、あまりに明るかったからだ。

しかもそれは、単なる演技でもなかった。だから、ほとんどの客人は、励ましを口にした。そして、終わりがないかと思えるくらいに、長く、強い抱擁《ほうよう》が続いた。

特に、パリット先生のものは。

マタナーさんがもっとも尊敬し、親しくしていた、かつての職場の社会科教員の先輩。今でも彼女はボヨンと太っていて、髪は頭皮が見えるくらいに薄い。それに、目尻のしわと一本の線になって見えるくらいに、目が細い。

彼女は後輩が味わった運命を哀《あわ》れんで、身体を震わせて泣いていた。

お客さんへの水を運んでいたタオフーに、彼女の話す声が聞こえる。

「――あの男があなたにとってよくないって、きちんと理解しておくべきだった。あの男が、あなたの人生をこんなふうにしちゃったのね。応援なんかするべきじゃなかった――」

「リットさん」

マタナーさんは、パリット先生を慰めるような声色で語りかける。

「なにが起こるか、あらかじめわかってるひとなんていないから。わたしたちのそれぞれが、精いっぱいやったって思うようにしましょうよ」

「なにか手伝えることがあったら――」

マタナーさんは首を横に振る。

「来てくれただけで、すごくうれしいの」

最後に別れを告げに来た客は、セーンおじさんとチャンさんだ。

セーンおじさんが、マタナーさんに輝く笑みを向ける。家のまわりを飾る電飾の光を顔に浴びているせいで、恋に落ちた少年みたいにキラキラして見える。

「今日はとても幸せそうだったね」

「準備をしてくれた息子に感謝しないとね」

おばさんは、息子の腕を、愛《いと》おしそうに軽く叩いた。

「それで、次はいつ病院に行くんだ」

あれこれ興味がないふりをして見つめていたチャンさんだが、タオフーには、彼女がしっかり会話を聞いているのがわかる。

「次の火曜日です、おじさん」

ナットくんが答えた。

「また朝からだよな。ぼくも行こう」

確約の首肯ののち、ふたりは歩いて去っていった。残されたこの家の三人の住人は、疲労でその場に崩れ落ちそうなくらいだ。

マタナーさんが、感謝を込めて息子とタオフーを抱きしめる。

家じゅうの片付けや洗い物は、翌日に回された。今日はみんな、もう体力が残っていないからだ。

二階に上がったタオフーは、ナットくんに先にシャワーを浴びさせようとした。しかし時間がもったいないからと、ナットくんがタオフーを引き入れて、一緒に浴びることになった。

鏡の前でふたり並んで歯を磨いているとき、タオフーは甘くほほ笑んでいた。隣にいるナットくんが、眉をひそめて、訝《いぶか》しげな視線をよこしてくる。

「初めて会った日を思い出してたんだ」

タオフーが泡で口をいっぱいにしたまま言う。

「ナットくんがぼくを隣の部屋に連れてって、一緒にシャワーを浴びて、歯を磨いたんだよね。ぼくのことを泥棒だと思ってさ」

「ずいぶん昔のことみたいだな」

言い終わったナットくんは、また歯ブラシを強く動かす。この調子では、ナットくんの歯ブラシも、歯のほうも、すぐに削れてしまうんじゃないだろうか。

「三ヶ月くらいだよ」

「たった三ヶ月か？」

ナットくんは、信じがたいというふうに首をかしげる。

「たぶん、これまでずっと、いろんなことがあったからだよ。だから長い気がするけど、でも本当は三ヶ月だけなんだ」

「数えなくていいさ」

「うん？」

「おまえはこれからもずっと、こうやっておれと一緒にいるんだろ。たったそれだけの時間、微々たるもんだ」

ニッカリとしたナットくんの笑みは、タオフーの満足げなほほ笑みを引き出してくれるはずだった。口元の白い泡が、赤色に変わりさえしなければ。

「ナットくん、もっとやさしく磨きなよ。また血が出てるよ」

タオフーがナットくんの腕をつかんで、力を弱めさせようと揺らす。

「やさしいだけじゃ、楽しくないだろ」

ナットくんはわざとくさくウィンクする。

タオフーが首を横に振る。

「ナットくん、もっとしっかりしてよね。歯磨きくらいちゃんとしてね」

「わかってるって。母さんみたいなぼやきだな」

ナットくんはうがいをして、それから続ける。

「終わったか？」

「ぼくはとっくに磨き終わって、シャワー待ちだよ」

「だれがシャワー浴びるなんて言った？」


さまざまなできごとのせいで心に傷ができて、なにか大きな決断をしないといけないと感じる。そんなことが、人生に一度は起こる。一生そんな状況に気がつかずに、決断をしないままなんてことはありえない。

これは、われらがクマさんの思考の中だけの話じゃない。酒瓶に埋もれている、隣家の女性にも当てはまることだった。

夫が、だれに対しても――特にかつての想い人に対して――自分と元妻はもはや関係がないと周囲に伝えるようになった日から、彼女はずっとそのままだった。

酒以上に、チャンさんを慰めてくれるものはなかった。

むかしむかしにも、彼女は酒に依存したことがあった。さまざまな問題に、人生が苛《さいな》まれたからだ。

家の事業では、何百万バーツという金額の夢が、またたく間に崩れ去った。遺産も財産も、ほかの親戚、特にターターンの両親の手に渡った。

彼女の愛する男すら去っていった。彼は自分の支配下にいて、その生殺与奪も意のままだと思っていた。でも実際は違った。

そのころは、すべてが闇に覆われてしまっていた。当時はまだウマーという名前だったチャンさんは、だれを頼ればいいかもわからなかった。

彼女は、傷跡や涙をだれかに見せるには、面の皮が厚すぎた。それで彼女は酒におぼれた。恥じることも、敗北を感じることもなく心に溜まったものを吐き出せる、唯一の親友が酒だった。

それもまた、セーンさんが彼女のもとから急いで去ろうとした、もうひとつの秘密の理由だった。夫は、もし酒をやめなければはるか遠い場所に行き、二度と戻ってこないと彼女に忠告した。

はじめチャンさんは、彼が冗談を言っていると思っていた。だが、冗談ではなかった。セーンさんは荷物を抱えて家を出て、本当に地平のかなたに行ってしまった。

そのとき初めて彼女は、今まで立っていた場所が、人生でもっとも卑《いや》しく、息苦しい場所というわけではなかったことに気がついた。彼女は、自分が真の友だと感じるもののせいで、今まさにその場所に向かっているところだった。

それ以降、彼女は酒を断ち、絶対に触れないようにした。代わりにほかの飲み物を飲むことにした。

ハーブティー、オレンジジャ、赤や、緑のジュース。べつに、おいしくもない。親友みたいに、舌と感覚を麻痺《まひ》させてくれることもない。

だけど続けていけばきっと、セーンさんは帰ってくる。

彼女はほかの飲み物に頼って、酒をやめることができた。

僧侶にも会いに行った。どんな方法でもいいから、愛しいヒヨコちゃんが手の中に帰ってくることを望んだ。そうして彼女はウマーから、チャンというあだ名の、サッチャーリーになった。

けれどもセーンさんは戻ってこなかった。

チャンさんは大枚をはたいて探偵を雇い、そんな遠い場所で彼がなにをしているのか探った。毎日、毎月、それが続いて年単位になった。

彼が孤独に、かつての想い人をほとんど振り返りもせず過ごしていたおかげで、彼女はじゅうぶん幸せを感じられた。

けれど、それから何年も経って、最後に、すべてがもとのさやに収まるなんて考えもしなかった。しかも彼が、自分と彼女はもう関係ないなんてあいつらに言ってしまうなんて。

かつて交わした約束を破る行為だ。これで彼女の優位性もなくなった。

それでまた、突然、酒に頼るようになった。酔いつぶれるほど飲むことはない。ただ人生をなめらかに動かしてくれるくらいの量。それから、今日の大きな決断をするのに必要なだけの量。

マタナーさんを病院に連れていくあいつらと一緒に出ていくとき、セーンさんは彼女を見て、その視線を使って、外に出るなと強く伝えた。

彼女が姿を見せて、あいつらが、その身体から漂う酒の臭いに気がつくのを恐れたのだろう。けれどもチャンさんは気にしなかった。香水が痕跡《こんせき》を消してくれるもの。

それに、少なくとも、まだまっすぐ歩ける。まだふつうに話せる。意識も十分しっかりしていて、車に乗って全員が家から出ていったのを、確認することもできる。それから、大事な標的に向かってゆっくり話しかける。

「タオフー。今日忙しいかしら？　ちょっとものを運んでもらえないかと思ったんだけど」

ナットのやつの彼氏は、彼女の目的を見抜くみたいな目で、こちらを見た。とはいえ本当に気づいていたら、あっさりうなずいてついてくることもないだろう。

「座っててちょうだい。飲み物持ってくるわね」

信じられない。かつて、純朴でうぶだと見下していた子どもが、いつのまにかこちらを攻める急先鋒になっている。だからこそ今日は、いつものようにやつを無視して、放っておいて、パントリーで飲み物を準備することはしない。

チャンさんは何度も振り返って、やつがまだ座っているか確認した。

たぶん一番やりやすいだろうと目星をつけておいた場所に、まだ座っているかどうか。

（いやだ。セーンさんったらおじいさんの時計を外して手を洗って、つけ忘れちゃったのかしら。流し台の上に置いておくなんて……)

そう考えながら、チャンさんは時計を遠くに置き直した。それから、何週間もかけて考え出した特別な飲み物の準備に、真剣な表情で取りかかる……。

そしてついに、頭こそぼんやりしているが、まっすぐ立って、真っ赤な液体の入ったグラスを客人たる青年のところに運ぶ。

タオフーのやつは、太陽の光柱が当たる位置に座っている。明るい肌に光が反射して輝いて、さながら少年神みたいだ。マタナーが言う星の王子さまみたいに。

(けっ！　だけどもうすぐだ。こいつが輝いていられる時間も、あと少しだけ！)

「飲んでみてちょうだい。今日の味はどうかしら」

彼女は向かいのソファーに座って、やつがゆっくりグラスを持ち上げるのを見つめている。彼女とグラスを交互に見ながら、やつが言う。

「今日のジュースは、最初の日にチャンさんが作ってくれたのと同じ色ですね」

「そうよ」

チャンさんはうなずく。

「だけどたぶん味は違うわ。配合を変えてみたの。きっとおいしくなってるわよ」

「ジュースをいっぱい飲まないほうがいいって言いますよね。なんでチャンさん、ぼくにジュースばっかり出してくれるんですか?」

(口の減らないクソガキだね！)

彼女は甘くほほ笑む。

「ジュースが一番うまく作れるのよ。今度は別のを作ってあげるから。急いで飲んでちょうだい。それから、一緒に上に行きましょう」

「わかりました」

言い終わると、タオフーのやつは少しずつグラスを持ち上げて、その唇に触れさせていく。だがその瞬間、なにかが落ちたみたいな音が、パントリーのほうから聞こえる。チャンさんが振り返る。

(センさんの腕時計！　どうして落ちたのかしら。さっき、危なそうなところに置いたわけじゃないのに。まあ、いいわ。こっちを片付けてから拾えばいいわね。時間はある)

会話相手に、どう勧めて飲み物をぜんぶ飲ませるか考えていたチャンさんが、またタオフーのほうを向く。

テーブルの上のグラスは、すっかり空《から》になっていた。

29　象を用いる戦

むかしむかしの、十分前……。

朝早く、タオフーは病院に行くナットくんとマタナーさんを見送りに出た。

セーンおじさんが、以前と同じように、家の前で待っている。チャンさんは少し離れたところに立っていて、まるで、関わることを許されていないみたいだった。

ナットくんの車がムー・バーンの外の道路に出ていってようやく、チャンさんが口を開いた。

〝タオフー。今日忙しいかしら？　ちょっとものを運んでもらえないかと思ったんだけど〟

家に戻ろうとしていたタオフーは、彼女のほうを振り返る。チャンさんの本当の望みを覆い隠すあらゆるものを取り去るみたいな目で、見つめる。チャンさんの真意がわかったわけではないが、タオフーはうなずいて、彼女のほうに近づいた。

最近チャンさんは、以前よりも変に見える。年齢不相応に保たれた美しい容姿のことではない。臭いだ。近づくと、その身体からきつい香水の臭いが漂ってくる。

タオフーは、目の前のひとの歩き方がおかしいことに気がついた。いつもチャンさんは、自分に自信があるひとらしく、スタスタと、足の裏をいっぱいに地面につけて歩く。けれども今日は、つま先で歩くみたいに、いつもと違うリズムで不自然にゆっくり進んでいる。

冷たくて鋭い針先が心臓に刺されるような、嫌な予感がする。

手先と足先がピクリと跳ねる。突然その中身を吸いつくされてしまったみたいに、おなかに重い痛みが走る。だが、こんなことも起こりうるだろうと心の準備もしていたので、タオフーに恐怖心はなかった。むしろ、緊張していたくらいかもしれない。

チャンさんの乾き切った家の応接スペースにたどり着くまでに、深呼吸して、心を落ち着けていく。

それでもなお、ナットくんのことを思い出さずにはいられない。

(ナットくん、手伝ってね。やり遂げられるように、手伝ってね!)

〝座ってちょうだい。飲み物持ってくるわね〟

タオフーは、以前と同じ柔《やわ》らかいソファーに身体を沈める。これまで、何度かわからないくらい座ってきたソファーだ。だけど今日は、まるでこれがギロチンになったみたいに感じる。

タオフーの重みに沈むソファーの柔らかさも、流砂の沼みたいに感じられる。

タオフーは手を握りしめ、震《ふる》えないようにしていた。それでも震えが来てしまって、両手をしっかり組んでおくことにした。

次の瞬間、タオフーは驚いて、思い切り飛び上がりそうになった。

突然、叫ぶ声が聞こえたせいだ。

〝なに考えてんだ、このイカれババア!〟

(セーンおじさんの腕時計おじさんの声だ!)

〝こいつ、グラスになにか入れたぞ。クマ公! この飲み物は、飲まないほうがいいと思う――〟

腕時計おじさんは、チャンさんが飲み物を調合しているところからほど近い、流し台から首を伸ばしている。

タオフーも首を伸ばしたが、ちょうど家の主がその飲み物を持って、こちらを向いてしまう。彼女が笑みを浮かべて、トウモロコシの軸についた実みたいに美しく並んだ歯を見せる。それから、さっきみたいな、ソロリソロリとした歩き方で、自分の向かいのソファーにやってきた。

〝飲んでみてちょうだい。今日の味はどうかしら〟

チャンさんもソファーに腰を下ろす。それから、赤い液体の入ったグラスを、こちらの手の間近まで突き出してくる。受け取ったタオフーはそれを持ち上げて、液体と、作ったひととを交互に見る。

〝おい! クマ公、おれの言ってることが聞こえてるか!〟

腕時計おじさんが叫ぶ。さっきよりも焦《あせ》っている。

タオフーは、なにも聞こえていないみたいなそぶりを見せている。

それからほほ笑んで、チャンさんだけと目を合わせた。

〝今日のジュースは、最初の日にチャンさんが作ってくれたのと同じ色ですね〟

〝そうよ〟

彼女はうなずく。

〝だけどたぶん味は違うわ。配合を変えてみたの。きっとおいしくなってるわよ〟

〝おいしいわけあるか！〟

腕時計おじさんの声がまた聞こえる。どうやら彼は、なんとか這《は》ってこちらに近づこうとしているようだ。

〝ジュースをいっぱい飲まないほうがいいって言いますよね。なんでチャンさん、ぼくにジュースばっかり出してくれるんですか？〟

彼女は甘くほほ笑む。

〝ジュースが一番うまく作れるのよ。今度は別のを作ってあげるから。急いで飲んでちょうだい。それから、一緒に上に行きましょう〟

〝わかりました〟

言い終わると、タオフーは少しずつグラスを持ち上げて、その唇に触れさせていく。だがその瞬間、腕時計おじさんの声が響く。

〝ダメだ……！〟

腕時計おじさんは、こちらに来てなんとか止めようとしたのだろう。タオフーは、おじさんが床に落ちる音を聞いた。

チャンさんは、それが気になったというよりは、本能的にそちらを向いた。なんの音だかわかると顔をしかめて、こちらに向き直り、自身の作品を見た。

だがタオフーに渡したグラスに赤い液体は一滴も残っておらず、代わりに口のまわりに少しこびりついているだけだった。しかもタオフーは、舌を出してそれを舐《な》めている。

チャンさんの口元に、してやったりという笑みが少しずつ浮かぶ。

さながら聖人の衣を脱ぎ捨てるみたいに、彼女の細い身体がサッと立ち上がる。勝ち誇ったように立つひとの顔が、タオフーの頭よりも高い位置にある。

チャンさんの顔はほとんど灰色と言っていいくらい青白くなっていて、真っ赤な目は飛び出しそうだ。左の目尻の筋肉がピクピクと痙攣《けいれん》している。そこに固まったままの笑みが合わさるとますます、神経症状に脅《おびや》かされている女性みたいに見える。

「許してね、タオフー。わたしもこんなやりかたはしたくなかった。だけど、あなたが言うことを聞かないから」

タオフーはなにかを言える状態ではなかった。まるでおなかに毒蛇がいて、毒を吐きながら、体内に貪欲に食らいついているみたいだ。

背の高いその身体がだんだんと床に崩れて落ちていく。泡立った液体が口のところに出てくる。遠くでは、まだ、腕時計おじさんの声が聞こえる。

「クマ公！　おい！　クマ公！」

どんな状況になるかわかっていたはずなのに、チャンさんはタオフーの状態に驚いているようだ。彼女は瞑想《めいそう》するみたいに深く呼吸をした。それから元夫の腕時計を回収しようと、パントリーに向かう。

そこでかがむと、パントリーの下の隠し場所みたいな棚からなにかの瓶を取り出し、落ち着かない様子でその蓋《ふた》を開けた。それから、すっかり喉が渇いたというように、中の琥珀《こはく》色の液体を流し込んでいる。

「すべてには終わりがある。終わらせないといけない」

その言葉は、自分自身に警告を与えているみたいだ。チャンさんが床に座り込む。そのスピードが速くて、床が沈んだか、床が彼女を吸い込んだみたいにも見える。

痩《や》せた身体が、パントリーの棚に寄りかかりながら、体育座りをしている。タオフーに背を向けて、震える手で酒をちびちびと飲み、あらゆる感情を押さえつけているように見える。

タオフーはチャンさんを呼んで、こちらを向かせたかった。しかし、そんな力は残っていない。ちょっとした声を出す力もなかった。

（ありがとうチャンさん。すべてをやりやすくしてくれて！）

そう。タオフーはこの日が来るのをわかっていた。

この世界に、ただ待ち続けるよりもつらいことがあるだろうか。特に、自分自身の決断を自分で待たなければいけないほどにつらいことが、あるだろうか。勇気が出せなければ、変化も訪れはしないのだから。

さながら、棘《とげ》になった違和感が心に残っているみたいだった。自分の心が生み出したその棘を、タオフーはただ払って捨てることもできずにいた。

ここが自分の居場所ではないかもしれないという疑念から生まれた棘――。

タオフーは、ターターンさんの記憶と、よき想いから生まれた。愛と思いやりの力が、クマのぬいぐるみを人間に造り変えた。

タオフーに与えられた役割は、ナットくんのそばにいて、ナットくんを愛し、その世話をすることだった。

でも同時にその力は、ターターンさんの命を抜き取ってしまっていた。

タオフーが気になっていたことの答えは、チェンマイでの最終日に明かされた。

〝このステーキをください。――ナイフもください。――お肉を切るんだよ〟

〝お肉〟とは、皿の上のステーキではなく、自分自身の肉だった。

タオフーはまだ覚えている。自分がナイフをわざとテーブルの下に落としたとき、ナットくんが言った。

〝そそっかしいやつだな――〟

そのタイミングで、テーブルの下にかがんでいたタオフーは、ありったけの力でナイフの刃を握りしめた。刃が肉に深く食い込んで、真紅の血が飛び散るのと同時に大きな声を出してしまった。

〝おまえ、ほんとに子どもみたいなことをしやがって。ボヤボヤしてわたわたして、ナイフをそのまんまつかむってなんだよ。腱に傷がついて、障がいが残ったりしなくて、どれだけよかったか……〟

タオフーの傷の手当てをしに急いで病院に行ったあと、ナットくんが長々とぼやいていた。みんなが自分を心配していた。だけど、それが本当はタオフー自身の望みだなんて、だれも気づいていなかった。そして、そのあと、ある仮説が証明された。

〝なにかあったんですか？　その……ターンさんの親戚です〟

〝さっきアラームが鳴ったので、先生と一緒に見に来たら、患者さんと人工呼吸器がファイティングしてて、ほら！　ターターンさんの自発呼吸が戻ってるんです。それに、左手も動いてる。本当によかった。意識を失ってからの二ヶ月で、初めての兆候ですよ！〟


左手――タオフーが包帯を巻いていて、深い傷のせいで動かせないのと、同じほうの手だった。

片方が生きていれば、もうひとりは生きていられない。

そのときから、恐怖がタオフーの心を蝕《むしば》み始めた。

自分は、借りたものを返す日を待つだけの間借り人だった。

自分自身も、この呼吸も、家の中の居場所も……ナットくんのベッドも。

どこにも、自分のものはなにひとつない。


〝タオフー……――なにか、怖かったのか？〟


ナットくんははっきり聞いてくれた。でもタオフーには答えられなかった。ただナットくんにバッと抱きついて、大泣きするしかできなかった。

まるで、涙がすべての恐怖を洗い流してくれるかのように。

（ぼくが奇跡だとしても、ぼくは今ここで、ナットくんのそばで、手を握ってる。絶対に離さないよ。絶対に離さな――）

ターターンさんの存在は、幽霊みたいなものだ。タオフーには見えないし、触ることもできない幽霊。ただ近くを漂っていることはわかる。ターターンさんはなにも望んでいないけれど、タオフーは、これは不公平なんじゃないかと考え始めていた。

タオフーは彼の持ついろいろな権利を、自分のものとして使い込んでいたのだから。特に、命の権利、つまり生きていく権利までも。

（ぼくがいなくなれば、ターターンさんは目覚める。もしターターンさんがここに住んでたら、ナットくんの人生はもっといいものになったはずだ！）

けれども、それに逆らいたい気持ちもあった。

（だけどターターンさん自身がぼくを造り出した。それにぼくも、自分の役割をすべて、完璧にこなした。なにより……ナットくん……ナットくんはぼくを選んでくれた……。でも、もしターターンさんがここにいたら、ナットくんが彼を選ばないって、どうして言える？　だけどもう遅いんだ。ぼくはだれも騙《だま》してない。ぼくはナットくんを愛してる。ナットくんもぼくを愛してる。ぼくはだれひとり騙してなんかいない！）

心の戦場での争いの果てに、これがタオフーの最後の答えになるはずだった。

この答えを選べば、心は落ち着き、すべてが収まるところに収まり、この物語は美しいものになる。

タオフーにはナットくんがいる。ナットくんにもタオフーがいる。

今や、タオフーがナットくんを助けられることはそんなに多くない。だけどこれからも、ナットくんを助ける方法を探すのだと自分に誓っていた。

お金を稼ぐのも、おばさんの世話をするのも。ターターンさんにだって負けていないはずだ。

自分は罪人じゃない。この平穏な家を、家として守るんだ……。

すべてがそうやって平穏に進んでいくはずだった。ある日、最後のしらせが手元に届かなければ。

チョコレートモルト色の毛布さんが語った、もうひとつの物語。

〝たぶんそう。次に起きたのは、ナットくんのお父さんの調子がすごく悪かった日だよ。立ち上がれないくらいひどい風邪だったのに、フラフラ起きてわたしを取り出して、なんの遠慮もなく床に投げつけたんだよ。体じゅう痛くって。なにに怒ってたか知らないけどさあ〟

〝ゴホゴホ咳してるのに、部屋から出ようとしてたんだよ――だから下の階までは行けたんだけど、咳の音は上まで聞こえてたの。しばらくしたらドアがまた開いて、顔のそっくりなひとが入ってきたんだ。そのとき初めて、セーンおじさんを見たの――そのときナットくんのお母さんが下で大変だったから、セーンおじさんがベッドサイドにある弟の薬を取りに来たってこと。やさしいよねえ。弟の薬がぜんぶ飲んであるのに気がついて、自分の薬をあげたんだよ。あんまりあげたくないみたいだったけど。そのままずっと迷ってるおじさんを、そのままずっとわたしは見てたの。それから、決心して、下にいるシップムーンおじさんに薬をあげに行った……〟

そう。この話を聞いたその日、過去からの声がサッとよみがえってきた。

〝ナーはすごく悲しんだ。シップを殺したのはわたしだって、自分を責めてた。ぼくはなんとか、そうじゃないと伝えようとした。彼女はただ薬を買ってきただけだ。それまでのことと合わせてしっかり考えれば、あいつに薬を飲ませたのは、むしろぼくだ。そう思わないか？〟


あのぼんやりしたセーンおじさんの言葉には、こんなにも深い意味が隠されていたのだ！

シップムーンさんの死は、事故や、偶然によるものじゃない。

（殺人だった！）

セーンおじさんは、子どものころから、双子の弟の薬へのアナフィラキシーを知っていた。彼はきっと、愛する女性を、彼女を傷つける男から解放するチャンスだと思ったのだろう。彼女を騙して罠《わな》にかけ、自分からも奪っていった男から。

シップムーンさんがその薬を飲んだあと、なにが起こったのかタオフーにはわからない。証言してくれる「物」も存在しない。

だけど、それでも予想はつく。マタナーさんも、たぶんこのことを知っている！

苦しみ始めた夫を見てきっとマタナーさんは泣きわめき、セーンおじさんに、病院に連れていくよう頼んだはずだ。けれどもセーンおじさんは落ち着き払っていただろう。

そして最愛の女性にささやいた。これが、彼女を助け出す唯一の道だと。彼女を利用し、抑圧する詐欺師から。マタナーさんはきっと黙り込んで、恐れおののいた。

でも、それから——それが単に状況に流されたものなのか、本当に意図的だったのかにかかわらず——シップムーンさんを病院に連れていくのが遅れて、手遅れになった。

シップムーンおじさんは亡くなった。ふたりの人間に、罪悪感を残して。

このせいなのだろうか。チャンスはあったはずなのに、セーンおじさんがおばさんに会いに来ることがほとんどなかったのは。

マタナーさんも、罪の意識から抜け出せなくなって、それに少しずつ蝕まれて、おかしくなっていった。自分が罪に加担したという事実を受け入れることができずにいた。

ある日……、ターターンさんがマタナーさんのもとを訪れるまでは！

〝こんにちは。ぼく、ナットの昔の友人なんです。日本から帰ってきたばっかりで、偶然、ナットがこの辺に引っ越してきたって聞いて。それでおみやげを——〟

ターターンさんはすぐにマタナーさんの異常に気がついた。それで、ナットくんのことが心配になった。なにが起こっているのか、ナットくんがなにに直面しているのか、知りたかった。

自分に肩代わりできることはないか、ということも。

この家に入り込んだターターンさんは、マタナーさんがどうしてしまったのか、事実を探っていった。

おまけに、薬の効力と病状が拮抗《きっこう》しているころだったから、マタナーさんは口をすべらせていろんなことを言ってしまったようだ。彼女はそれを忘れていたようだけど、記憶の皮がだんだんとめくられていって、最近は思い出すこともあったみたいだ。

マタナーさんは、確実に、なにかをターターンさんに言った。そしてそれをあとで思い出した。そうでなければ、チェンマイ料理の店でターターンさんの写真を見たときに、あんなに沈むことはなかったはずだ。しかもその翌日は、息子と出かけるのを拒んだくらいだ。

その上、最後には、ターターンさんのお見舞いに行くと、自分から強く主張していた。

とはいえ、タオフーにもはっきりとはわからない。おかしくなってしまったひとの記憶が、善意の手によって掘り返されたとき、どんな秘密がそこから漏れ出たのか。

もしかすると、それは単なる断片にすぎないのかもしれない。だけど、仮に断片でしかなくとも、ターターンさんくらいに賢いひとなら、つなぎ合わせるのもむずかしくないだろう。

おばさん自身も、最終的にターターンさんがすべてをつなぎ合わせるだろうとわかっていたに違いない。

そして、そうやって編み上げられた真実のせいで彼はひどい運命に直面して、きっと今日まで目覚めることができていないんだ。

タオフーは覚えている。チェンマイから帰る前に、おばさんはセーンおじさんとふたりきりで話をしていた。

〝――わたしの調子が悪いときだって、ターターンはわざわざ家まで様子を見に来てくれたんだし――そう、うちに来たのよ。聞き違いじゃないわ。――話すと長くなるわ。わたしが説明してあげるから、タオフーとナットでターターンの病室に行ってらっしゃい〟

タオフーとナットくんが戻ってきたあと、マタナーさんの憂鬱《ゆううつ》はセーンおじさんと腕時計おじさんにまで伝播《でんぱ》していた。

ナットくんが運転する車に乗っているあいだもずっと、腕時計おじさんも黙り込んで、静かだった。いつもみたいに、タオフーと目を合わせてすらくれなかった。

不思議に思ったタオフーは、マタナーさんに尋ねた。

〝さっき、おじさんとおばさん、すごく長くしゃべってたね。なにかあったの?〟

おばさんは笑ってごまかす。

〝老人同士の会話よ、タオフー〟

おそらく本当は、ターターンさんがだれに襲われたのかという予測についての話だったんじゃないかとタオフーは思っている。マタナーさんはそれがセーンおじさんではないことを願っていた。けれどもあのときあそこにいた全員の、腕時計おじさんまで含めた全員の態度。それがすべての答えだ。

最初、ここまで思い至ったとき、タオフーは胸がキュッとする痛みを感じた。

信じたくなくて、呆然《ぼうぜん》とした。あんなにいいひとの、セーンおじさんが。彼にそんなことができるはずがない。

だけど、それだけの理由で違うと言い切れるだろうか。

怒りにまかせた衝動的なものだったのかもしれない。事故だったのかもしれない。なんだってありうる。

自分と愛するひとに関する危険な秘密が賭けられていたのなら、余計に……。

チャンさんがタオフーを——ターターンさんを前から知っていたと主張するタオフーを——警戒するみたいに近づいてきたのが、その証拠とも言えるだろう。

チャンさんはきっと、セーンおじさんがなにをしでかしたのか知っていた。あるいはもしかすると、なんらかの理由で、同じ船に乗っていたのかもしれない。

チャンさんのほうが、セーンおじさんよりも焦っていて、落ち着かない様子だった。

きっとタオフーが直接真実を知るチャンスはないだろう。だけど、これだけでも十分だ。

このすべてが、最初から避けてきた結論に自分を導いてしまう。

もはや否定もできないだろう。

（ぼくはターターンさんを利用している！）

タオフーが命を持ったこと、それは、本当は、不正義と、異常と、不公正の産物たる奇跡だった！

さながら甘く美しい夢の象徴のようなタオフーは、実際は、罪を犯したひとたちの生存の象徴だった。

マタナーさんの罪。セーンおじさんの罪。チャンさんの罪。

全員が、タオフーと同じ条件のもとで、幸福を享受している。つまり、全員がターターンさんの権利と命を貪《むさぼ》り食らっている！

ひとりの純粋な人間が、傷つけられて、口を封じられた。死んでこそいないが、もはや死んでいるも同然だ。

チェンマイでナットくんが言っていた、イン、チャン、マン、コンという名前のひとたちとなんら変わりがない。

ほかのひとたちの幸せと安心を守るためだけに、市柱の穴に突き落とされたひとたち。犠牲を〝強いられた〟ひとたち。本当は、犠牲になんかなりたくなかったのに！

〝もし明るい人工の月ができたら、最初からあったほうの月が、いらないものだって誤解されちゃうんじゃないですかね。自分はなにも悪いことをしていないのに、だれも見てくれなくなっちゃう〟

捨てられてしまう月は、タオフーではなかった。

ターターンさんだ！

ここまで考えて、タオフーは震えてしまった。

この物語の出口は、どうなるべきなんだ。

このまま、見ないふりを続けることはできない。ターターンさんの正義を取り戻せば、セーンおじさんとマタナーさんの平穏を揺るがしてしまう。そんな言い訳を盲信して安心するために、別の物語を作ることはできない。

たとえそれが、ナットくんの平穏にも影響するんだとしても。

あの日——ワット・チェーディー・ルアン寺院に行った日——の会話で、ナットくんは自分の考えを明確に宣言していた。

〝——疑問を持たれたり、精査されたりしない〈善〉は、真っ黒な盲信となにが違うんだろうな。信心が自分自身に利益をもたらしてくれるとなると、ますます、その根拠や情報を確認しなくなる。だから、あらゆる時代の権力者は、信仰や信心を武器に使ったんだよ。事実を覆い隠せる、最強の道具だからな。その上から新しい物語を被せて、もとからあった信仰と混ぜ合わせて、事実はますます遠くに行ってしまう〟

ナットくんは、だれかを騙して、利用するための物語を憎んでいる。

もしいつか、タオフーがなにから生まれたのか知ったら。タオフーもそれを知っていたのに、なにも感じずに、平然と生き延びていると知ったら。彼はきっとタオフーのことも忌《い》み嫌うだろう。その瞬間、タオフーは、自分の役目が終わりを迎えたことに気がついた。そしてターターンさんから借りていた時間の終わりを迎えるカウントダウンが、本当に始まったことも。

とはいえ、どうすればいいかわかっていても、心を決めるのは簡単ではない。

タオフーはナットくんを愛している。どこにも行きたくない。もし自分がターターンさんとタッチして交代したとして、それから自分がどうなるかもわからない。

もとのクマのぬいぐるみに戻るのか。まだ生きて話すことができるのか。それとも最後にはなにも残らないのか。だれの記憶にすら残らない空虚《くうきょ》になってしまうのか。

タオフーは怖くなった。まだ心の準備ができていない。

それで、上の円錐《えんすい》から下の円錐に、一分ごとに砂粒が落ちて、溜まっていくのに任せていた。起こらないとわかっている奇跡を待っていた。

仮に起こったとしても、それは以前と同じ、不正義と過《あやま》ちの産物でしかない。

ぜんぶうまくいくから落ち着いてと、抱きしめながら慰めてくれるひともいない。

これは、タオフーだけが気づいてしまった戦いだからだ。タオフーだけが、舞台に上がって、それをなんとかする力を持っている。

そんな理由のせいかもしれない。自分以外にすべての過ちを止められるひとはいないと知ったこと。昔のぬいぐるみの状態を抜け出して、人間へと成長して、賢くなって、思考を持ち、分析もできるようになったこと。

それらが合わさって、タオフーは、これが必要なことなのだとはっきり思うようになっていった。自分ひとりしか、どうにかする力を持っていない。だから、勇気を出さなければ。

それに、選べる——自己犠牲を選べる——のは、まだ幸運だとも、誇らしいことだとも言える。イン、チャン、マン、コン、あるいはターターンさんのように、だれかに穴に突き落とされるよりは。

決心したあとは、自分でも驚くほどすっきりして感じられた。次にするべきは、タイミングを待つことだ。

そのために、セーンおじさんとチャンさんを焚《た》きつけておくことにした。その炎が広がって、自分を燃やしてくれるかもしれない。

セーンおじさんのほうが怖がったり疑ったりする様子を見せなかったのは不思議だったが、どうにか、ちゃんと彼にすきを見せることができた。

あとはすべてが、自然にいいほうに向かっていくのを望むばかりだった。

そのあいだタオフーは、ナットくんとの、残されたあまりにわずかな時間を重ねていった。おばさんの〝最後の機会〟を利用して、その時間をできるだけ濃密なものにして、丁寧に使った。一秒たりとも、無駄にすることがないように。

そして、タオフーが……出口……を考え始めたのと同じタイミングで、チャンさんが道を示してくれた。

タオフーは静かな心で、それを受け入れる。あらゆるものに、深く感じ入りながら。

（ナットくん……）

タオフーは、一番愛したひとにささやきかける。これまで何度も味わった、真っ暗な夜と同じように。あるいは輝く光の中、隣にいるひとを見失わないようにしたときと同じように。

だけどもうすぐ、会うこともできなくなる。

かつて一緒に過ごした光景を、ゆっくりと味わう。音のない言葉を、宙に吐き出す。それが相手に届く日が来ないとも、わかっているけれど。


ナットくん、ごめんね。おじいちゃんになるまで一緒にいられなくて、ごめんね。

ナットくんが弱って、だれかを必要としているときに、抱きしめて、慰めてあげることができなくなって、残念だよ。

だけど、ぼくもわかってる。ナットくんはすごく強い。だってナットくんの教えてくれた強さが、ぼくのことも強くしてくれたから。

この方法を選んだことを、後悔はしてない。孤独で、だれも知らないまま、しかもだれにも理解してもらえないかもしれない。だけどぼく自身がわかってれば、それだけで十分なんじゃないかな。

ありがとうナットくん。二本の足でどうやって、事実の上に、論理の上に、正義の上に立てばいいのか、教えてくれて。

正義さえあれば、あとはなにも難しくないってわかったよ。

このあと、ターターンさんは目を覚ます。罪を犯したひとたちは裁かれる。この家に崩壊が訪れて、ナットくんにはつらい時間になるかもしれない。

だけど最後にはちゃんと過ぎ去っていくから。ナットくんの人生に、もうひとつ映画の脚本とか、ドラマの脚本が生まれたみたいなものでさ。ナットくんの指先で、物語をハッピーエンドにすることができる。

できることなら、そんな美しい終わりを、自分の目で見てみたかったな。

そのときには、ターターンさんがナットくんの隣に立って、手を握ってくれてる。彼は、ぼくよりもたくさんの愛をナットくんに与えてくれる。ぼくがやるよりも、ナットくんの人生を幸福に、生きやすいものにしてくれる。

ナットくんがずっと待ち焦《こ》がれたほほ笑みと幸せを思ったら、ぼくにとってそれ以上のことはないね。

もしぼくを思い出して悲しくなったり、罪悪感を覚えたりするくらいなら、ぼくのことは覚えておかなくていいよ。

ナットくんを抱きしめたぼくの腕の感触は、身体を洗うときにシャワーと一緒に流してね。

ぼくのキスは、風に流してね。ぼくが触れた跡《あと》は、太陽の光に溶かしてね。

ぼくひとりで、ナットくんを覚えていられれば十分なんだ。

ナットくんのことを愛してもいいって、許してもらえるなら。

それだけで、この命には、十分すぎるくらいだよ……。

むかしむかし、あるところにあった、命には。

本当に、ありがとう。

かすむ目が最後の喜悦の涙とともに閉じられるその瞬間、家に飛び込んでくるセーンおじさんの姿がぼんやりと映る。タオフーはその白黒した目に、驚きと恐れが浮かんでいるのを見る。

セーンおじさんとチャンさんが大騒ぎする声がするが、うまく聞き取れない。どれも途切れ途切れだ。

「——落ち着くんだ。これはきみの罪じゃない！」

「わたしのよォ、わたしのよ！」

「行くぞ、病院に連れていくんだ！」

「ダメよ！　あなたが捕まっちゃう！」

「きみは、本当になにもわかってないんだな！」

ふたりが取っ組み合いになっている。泣いているチャンさんが、力尽きたみたいに床にへたり込んだ。

自分を一度たりとも、愛しても、思いやってもくれなかった、そう自分もわかっている元夫が、ゆっくりと座って、身体を支えてくれる。

ふたりがタオフーのほうを見る。そして、最後の意識の中、タオフーがゆっくりと、おじさんにほほ笑みを向ける。彼も、その意味がわかっているはずだ。

（これは、解放なんだ……）

このあとも、いろんなひとが語り継ぐ、たくさんの物語が残っていく。

だけどタオフーは、その物語を超えたところに浮かび上がっていく。痛みもない。病もない。虚飾《きょしょく》の暗闇もない。もしかしたら、自分がかつてだれかの記憶に足を踏み入れた、そんな痕跡《こんせき》すらないかもしれない。

明るく輝き、香り立ち、美しく響く、軽やかさ。あの空の向こうからこの空に向かって手を振る、美しい平和のほほ笑み。

＊＊＊

そのあと、残されたのは、戦わなければいけないのは、ぼくたちだ。連なって互いを覆い隠す数々の物語と立ち向かい、掘り返さないといけない。もっとも公正な事実を見つけるために。はっきり言えば、この物語においては、クマさんが一番幸運な登場人物かもしれない。ぼくがかつてそうありたいと望んだみたいな場所にいる、登場人物。幽霊のように、だれからも見られず、だれにも触れられない。だけど近くを漂うことはできる。二度と離れることなく、自分が永遠に愛し続けるひとのそばにいる。

だけど結局、ぼくたちは幽霊じゃない。どんな悪夢にも、いい夢にも、終わりが来る。そうしたら、目覚めないといけない――。

「先輩！」

遠くないどこかで、ぼくを呼ぶ声が聞こえる。まばたきをすると、あたりがはっきりと見えた。

(ピーラナット!)

ナットが、喜びにあふれた笑みを浮かべる。そこから離れたところに、ぼくと親しくないという
ことについては自信を持って言える、親戚のチャンおばさんがいた。

「先輩、起きた!」

ナットの声が小さくなる。感情でいっぱいで、かなり震えている。

彼のほうをもう一度見る。

「おかえりなさい、ターン先輩!」

30　バーン・ナー・サーイ村の焼き討ち

かなり細長い部屋だ。奥行きに合わせて、胸くらいの高さのなにも置かれていないカウンターがあって、それがブロックに区切られている。

八十ブロックくらいあるだろうか。それぞれの真ん中に丸い木の椅子が置かれていて、カウンターには安物の古臭いプラスチック製の電話機が据《す》えつけられている。

流れるような動きで椅子に座ると、光のおかげで、カウンターの上の透明なガラスに反射した自分の姿が見える。ガラスが古いせいなのか、自分自身のせいなのか、そこに映っている姿はまったく清潔そうではなくて、曇った汚れがたくさんついて見える。空間が持つ威力に圧迫されているみたいにゴミゴミとしたここの雰囲気と、ほとんど変わりないくらいに曇っている。

一瞬の静寂《せいじゃく》と手を取ろうと、ぼくは目の前に映った、ぼやけた像をじっくりと見つめる。

定期的な運動と栄養バランスのとれた食事のおかげで、身体にはきちんと肉がつき始めている。細身だが、全体にしっかりした体型だ。

見たままのとおりに言えば、こんなぼんやりとした姿だけでも、かなり美しい部類に入るだろう。じゃまにならないよう短く切った髪のおかげで、頭の形もすっきり見えている。そこから長い首と、堂々と広がった肩につながる。曇っているせいであまりよく見えない顔には、力のある鋭い目がはめ込まれている。

だがそのあとすぐに、その目がまたたく。

透明なガラスの向こう、だれも座っていなかった椅子のところにひとが現れて座り、その姿が自分の姿に重なった。

ぼくが彼との面会にここに来たのは初めてだ。六十歳を越えた男性は、とても衰《おとろ》えて見えた。茶色の丸首のシャツと、濃い茶色のズボンを身に着けている。髪の毛は、男性受刑者らしく短く刈り込まれている。

その身体はずいぶんと痩《や》せたようで、肌はしおれて、黒ずんでいる。けれども、ぼくを見つめ返すその目はとても澄んでいて、あの花瓶をつかんで、ぼくの頭に思い切り振り下ろした日のものとはかけ離れている。

その日からぼくは意識を失って、ずっと長い時間、なにも知らずにいた。

「ここでターンに会うとは思わなかったよ」

セーンおじさんがぼくに電話で話しかける、最初の言葉。

「話さなきゃいけないことが、まだたくさんあるしね」

「たくさん?」

セーンおじさんが繰り返す。

ぼくはうなずいて、答える。

「面会一回じゃ時間が足りないかもしれない」

「二十分のうち、もう一分経ったぞ」

おじさんが笑った。

ぼくはため息をつく。二分目が無駄になる前に、急いで話すことにした。

「おじさんに謝りたいんだ」

ガラスの向こうのひとは、怪訝《けげん》そうに少し眉をひそめる。

「ぼくがすべての原因だから。ぼくがパー・ウォーのデモに参加したから、おじさんはTRDのやつらにぼくを止めるよう圧力をかけられた。もしぼくがすぐに活動をやめていたら、あの日のぼくたちの口論だってあんなには広がらずに……」

セーンおじさんはぼくと違って平穏と静寂を愛するひとだ。彼が喧騒《けんそう》——特にすぐ大騒ぎしがちな妻——を逃れて、落ち着いた生活を求めてチェンマイにやってきたのは知っている。

デモのことに関わらされたのは、彼の本意ではなかった。そんなおじさんが、そういうことはやめるんだとぼくに懇願するたびに、嫌な気持ちになった。

事件の日、おじさんはぼくの家に来た。そして、身近なひとたちが危険にさらされる前に活動をやめなければいけないと、最後通告をつきつけてきた。

思わず笑い出してしまったのを覚えている。その前にも、ぼくは一度おじさんの忠告を受け入れて活動をやめていたことがある。だけどそのときとは、あらゆる状況が変わっていた。

〝おじさんのところのボスだってわかってるはずだよ。運動はどんどん拡大してて、もう抑えようもないって〟

〝会社が理解していようがいまいが、ターンは退いたほうがいい。他人に任せておくんだ〟

〝それでぼくは無関心でいろって？〟

〝ぼくたちには関係ない話だろ〟

〝関係ない？〟


そのときぼくは、バカにするみたいに、おじさんの言葉を繰り返した。長いあいだ秘密を隠していた心の扉が、少しずつ開いていく。相手をやりこめたいという思いで、ぼくは抱えていた秘密を吐き出してしまった。


〝おじさんの弟が死んだのと同じだね！〟

セーンおじさんが目を見開く。呆然《ぼうぜん》の中に、恐怖が顔をのぞかせている。

〝どういう意味だ〟

〝ナットのお母さんの調子が悪いって聞いて、ひとりでこっそり会いに行ったんだ。いろんなことをしゃべった。彼女は正気だったり、正気じゃなかったりしたけど。でも、ぼくたちが正気じゃないときの言葉っていうのはさ、覚醒してるときよりも、もっと真実を帯びてたりするもんだよね。そうでしょ！〟

〝どういう意味だ！〟

さきほどの恐怖がもっと広がって、おじさんの顔をサッと包む。おじさんの身体が、抑えていられないみたいに震《ふる》えている。

この話が、どんなときも〝なんでもいい〟という態度だったこの男性にとって生死に関わるような問題なのだと、はっきりした。彼にとっては〝どうやっても受け入れられない〟ことなのに、それを、大胆にもぼくが口にしてしまったんだ。

〝おばさんがああなったのは、自分の夫殺しに関わったっていう罪悪感のせいだ。おじさんは自分の弟を殺して、愛する女性を狂わせた。パー・ウォーのことを関係ないって言えるのも不思議じゃないよ。あんなにも大きなことだって、ずっと知らないふりをして、ごまかして――〟

ぼくの言葉はそこで終わった。こちらが嫌味を言い続けるまでもなく、会話の相手は花瓶をつかんで、ありったけの力でぼくの頭に振り下ろした。

ぼくはたぶん、そこで倒れた。

それから三ヶ月以上、暗闇の世界にいた。

「そんな言い方はするな」

おじさんがこちらを見つめる。言葉のとおりの純粋な気持ちが見てとれる。

「ターンのしたことはすべて正しい。はじめから間違っていて、それを隠そうと間違いを重ねたのは、ぼくのほうだ」

　おじさんがため息をつく。

「ターンが目覚めて、すべてを思い出せるくらいに回復してくれて、うれしいよ。少なくとも、おかげで真実をだれかに話す機会をもらえた。あの日ターンが言ってたことは正しい。ぼくは、自分の弟を殺した。それでナーを恐怖に陥《おとしい》れて、彼女は罪悪感から正気を失った。だけどべつに、ぼくはもとから目的があったわけじゃない。ぼくはただ……ただ彼女をあのどうしようもない夫から解放したかったんだ！」

　おじさんは、口が震えないようなんとか抑えようとしている。それでも、目は真っ赤だ。

「シップはナーを傷つけた。ぼくとの関係への疑いから、あいつがずっとナーのことを疑ってたのは知ってた。だけど、暴力を振るうようになるとまでは思ってなかった。ぼくはあいつのすべてを許していた。この、ただひとつだけを除いてね。ナーを傷つけることだけは、許せなかった！」

　ぼくも、もしこれがほかの夫婦の話なら、どうしてとっとと別れて、終わりにしてしまわなかったんだろうと思っていたかもしれない。

　だけどナットとの付き合いがあったから、その家族がどんな状況だったか、ぼくは知っていた。マタナーさんは強いひとだ。けれども、おばあさんとふたりきりで奮闘してきた人生に、彼女は疲れ切っていた。

　シップムーンおじさんが現れて、彼女が彼の支配と抑圧のもとに置かれるようになっても、その〈支配〉こそが自分を導いてくれて、助けてくれるものだと考えてしまった。

マタナーさんの気持ちはずっと張り詰めていた。でもそれと同時に、深いところではどこかあたたかな気持ちにもなっていた。

書き直した新たな物語を自分自身に聞かせて、それを信じ込んだおかげで。

彼女は、もともとあった物語を書き直す、歴史家としての熟練の知識を利用した。

ひそかな目的は心にしまい込み、関係のなさそうなタイトルをそれぞれの章にあてがいさえした。

それが彼女自身の権利なんだと主張して。

だって彼女は作者なんだから。

そうして物語は改変され、終わりを見失い、だれが犠牲になっていくのか、興味すら払わなかった。自分自身が犠牲になることすら、気にも留《と》めなかった。

支配されたまま長い時が経って、マタナーさんはますます自信を失っていった。シップムーンおじさんの、強い力を持った視線と声にかどわかされて、自分ひとりでは生きていけないし、息子を育てられないと考えるようになった。だから、夫からの助けと世話が必要なんだと。

そんな服従ゆえに、母を愛していた息子も、同じ状況に陥《おちい》ることになった。

ナットは父のおこないが許せなかった。しかし母が父に従う以上、自分も従わざるをえない。

そして最後には、憎悪の対象が、父だけではなく、母へも広がっていった。

母が、父のために扉を開けて、家中の人々への暴虐《ぼうぎゃく》を、逆らうこともなく許してしまったから。

母のせいで、ナット自身が心に罪の意識を背負うことになってしまった。この家で父に逆らう気持ちを持つのは、自分ひとりなんだと感じさせられたせいで。

彼女は息子を愛していた。けれどもずっと、間接的に息子を傷つけていた。

そんな罰、ナットが受けるいわれはまったくなかったのに！

セーンおじさんは話を続ける。

おじさんは、弟の殺害を計画していたわけではなかった。偶然、チャンスが膝の上に転がり落ちてきただけだった。

事件の日、マタナーさんの頼みで弟の寝室に薬を取りに上がったおじさんは、喉の痛みを抑えるトローチがほとんどなくなっていることに気がついた。そして自分も、同じような薬をもう一袋持っていた。ただ自分の持っているほうには、ＮＳＡＩＤｓの成分が含まれている。かつて弟は、このタイプの薬に強いアナフィラキシー反応を示していた。

ふと思い立って、おじさんは自分の薬を弟に渡してしまう。それを口に入れるところは、見ていられなかった。

シップムーンおじさんが薬を口に入れて、薬が効力を発揮してから、セーンおじさんはすべてをマタナーさんに伝えた。

彼女は驚いて、夫をできるだけすぐ病院に連れていくよう求めた。だけど病院に着いたころには、すべてが手遅れだった。

「――だれも知らなかった。ナーも、シップがＮＳＡＩＤｓにアナフィラキシーがあるとは知らなかったし、それをみんなわかってた。だから彼女は罪を逃れることができた。ナーもぼくを擁護してくれたよ。だけど、わかるか？　内側から自分を蝕《むしば》む罪悪感から守ってくれるひとは、どこにもいないんだ。どこにもね！　だからナーはあんなことになってしまった。それにぼくも、彼女に合わせる顔がなくなった。ターンのことも同じだよ……」

おじさんは悲しげな瞳をこちらに向ける。

「ターンを殴ったあと、ぼくは驚いて車で逃げてしまった。だけど我に返って、引き返した。警察に真実を伝えようと思ってた。だけどターンがいなくなってたんだ。きっとだれかがターンを助けたんだと思って、車で家に戻って、そのだれかからの電話を待った。だけどだれも電話をかけてこない。翌日の昼になって、ひどい状態のターンがアーントーンの森で見つかったというニュースがあった。結局なにがどうなっているのか、混乱しているうちに電話があって、会いに来いと言われたんだ——」

ＴＲＤグループの人々に。

やつらはずっと、ぼくを尾行していた。セーンおじさんがぼくを殴って逃げたのを知ってすぐ、やつらはぼくの車を運転して、その身体をはるか遠くアーントーンまで捨てに行った。すべてをもみ消すために。

それはセーンおじさんを助けようとしているようでありながら、実際は彼を階段から突き落として、やつらの仲間にしてしまう行為だった。

おじさんは、そのままやつらの支配下に落ちて、あらゆる命令に従わざるをえなくなった。パフォーマンスみたいに、ぼくをわざわざバンコクの病院に移送したのも、そういうわけだ。

セーンおじさんが続ける。

「ナーがチェンマイに来てターンの写真を見たとき、彼女は思い出したんだ。それに、なにが起こったのか予想できてしまった。自分のせいで、ターンが傷つけられることになってしまって、彼女は悲しんでたよ。そこでぼくはまた、過《あやま》ちを犯してしまう。彼女は、できることならぼくに、すべてを明かしてほしいと言ったんだ。だけどもう言ったみたいに、このことはもはやぼくたちだけの問題じゃなくなってた。ＴＲＤグループが裏で糸を引いていたからね」

「たぶんだけど……」

ぼくは相手の目の深いところを見つめようとした。

「あの青年の死は、おじさんのせいじゃないよね」

あの青年……タオフー。

ナットは、タオフーがぼくと知り合いのはずだと言っていた。

というのも彼は、ぼんやりした過去の記憶の中に、ぼくの姿とチェンマイの家を見ていたらしい。だけど、ぼくは本当に彼のことを知らない。あの青年が一体だれだったのか、わからないのだ。

彼の顔つきや身体つきが、ナットの初恋の相手と瓜二つだったのも驚きだ。だけどヌンのやつの家族も、タオフーと自分たちは関係ないと言っている。

とにかく、タオフーが、自分とぼくが関係あると言い出したこと。そのせいで、彼自身が悲しい運命を引き寄せてしまった。

セーンおじさんは悲嘆に暮れたほほ笑みを見せる。口の端を歪《ゆが》めて、その問いには答えないということを強調する。

それはべつに、この部屋にほかのひとがたくさんいるからじゃない。

この面会室はたしかに混雑しているが、受刑者も面会希望者も、それぞれ自分の相手との会話でいっぱいいっぱいだ。面会の時間には限りがあるから、余計に。だから、他人に興味を払っているひとなんていない。

セーンおじさんが答えなかったのは、たぶん、だれかを守りたいからだ。

とはいえ、それだけで、ぼくにとっては十分な答えになってしまう。すべてを知っているひとはそんなにいない。セーンおじさん、マタナーさん、それから——おそらく——チャンおばさん。

マタナーさんみたいにやさしい心の持ち主が、だれかを傷つけることなんてできるはずがない。そしてそれがセーンおじさんでもないとなれば、十分な動機もあって、そんなことをする決断が下せるような人物は、ひとりだけだ。

「ずっと、セーンおじさんはチャンおばさんを愛してないと思ってたんだけど？」

ほほ笑んだままの、おじさんの言葉はやさしげだ。

「もしぼくが、昔から彼女を愛していたら、どれもこんなにややこしいことにはならなかった」

おじさんは疲れたようなため息をつく。

「だけどな、ターン。愛よりも大きいこと、というのもあるんだよ」

ぼくはおじさんの目を見つめる。セーンおじさんが放った、さながら仏教問答みたいな言葉の意味が、今ならわかる気がする。

チャンおばさんがどんな人間であろうと、彼女がずっとセーンおじさんを愛して、おじさんのことを思いやってきたのは否定できない。

知っている限りでは、おばさんはわざわざ探偵を雇って、元夫の動向を何年も探り続けていた。もしかしたら、おじさんがぼくを殴ったことも、おばさんの耳に入っていたのかもしれない。だけど彼女は、セーンおじさんを守るために、それを秘密にした。それから、タオフーの死のことも……。

もしチャンおばさんなら――彼女が手を下して、あの青年の命を奪ったんだとしたら――きっと同じ理由からのはずだ。

目が覚めてから、ぼくは事件のニュースをひととおり読んだ。タオフーは飲み物に強い毒を入れられたそうだ。そして、セーンおじさんが自身で殺害を計画したと証言した。

おじさんがぼくを殺しかけたことを、タオフーが明るみに出そうとしているのではと疑ったかららしい。

あの日おじさんは、マタナーさんとナットを病院に連れていったが、途中で引き返して、少年の始末をやってのけた。

タオフーが死んだあと、一階に降りてきたチャンおばさんがそれを見つけた。驚いた彼女は涙して、元夫に出頭するよう懇願した。

セーンおじさんは彼女の言葉に従った。彼女は証人として保護された。そして最後に、セーンおじさんがここに移送されたのだ。

「おじさん、それが、全員にとって公正《ユッティタム》な決断だと思うの？」

ゆっくりと、おじさんがぼくの目を見すえる。

「正義《ユッティタム》を導く方法は違うかもしれない。だけど結局、ぼくたちのそれぞれにとって、その言葉《ユッティタム》の意味は、変わらないはずだ」

「内側から自分を蝕む罪悪感から守ってくれるひとは、どこにもいない？」

「これでぜんぶが終わるよ、ターン」

おじさんの目は、その言葉に嘘偽りも、それ以上の意味もないと示している。次の言葉は、さながら約束のようだ。

「ぼくを信じてくれ。終わったんだ」

ぼくはうなずく。

「もしそれが、おじさんの望みなら」

「ありがとう。来てくれて……理解してくれて、ありがとう」


帰り道、ぼくはチャンおばさんのところに寄ろうと思っていたのを、やめた。

ずっと彼女とは親しくなかった。親戚や家族であることが、ひととひとを親しくさせる理由になるとは思ったことがない。

ぼくたちがどれだけ長く付き合って、どれだけ親しくなるか決めるのは、それぞれの価値観や、持っている文化だろう。

ぼくは、すべてがセーンおじさんの言ったとおりだと思った。"正義《ユッティタム》を導く方法は違うかもしれない。だけど結局、ぼくたちのそれぞれにとって、その言葉《ユッティタム》の意味は、変わらないはずだ"

ぼくはなにを期待してたんだろう。病院に入った老女？ それとも、静かでさみしい家の中で、ドラマの登場人物みたいに、精神に異常をきたした彼女が、泣いたり独り言を言ったりする姿か？

ぼくが最後にチャンおばさんの家に行ったときに目にした光景は、そんな想像とはまるで正反対だった。

骨ばって痩せていて"形式的"には完璧な美しさを保っていたチャンおばさんは、今ではすっかり太っている。けれども快活な様子は変わらない。

一番変わったのは、目つきかもしれない。前みたいに、乾いて、攻撃的で、空虚《くうきょ》じゃなくなった。もっとあたたかくて、やさしい光が浮かぶようになったんだ。

それを見たぼくは、曙光《しょこう》に照らされた朝の雪がチラチラと光るのを思い出した。チャンおばさんの幸福は、その体型や、衣服や、アクセサリーや、彼女の属するコミュニティとは関係しないのかもしれない。今、それを教えてくれるのは、彼女の住む家だ。家のあちらこちらに浮かぶ、生気。まるで家具たちが動き出して、呼吸をしているみたいだ。

でも、べつにそこが彼女の宮殿だというわけじゃない。あの家はむしろ、だれにも明かせない真実と、彼女の罪悪感を捕らえておく牢獄だ。ただ、生涯をかけた愛のおかげで、その牢獄の雰囲気もやわらぎ、あたたかさが満ちて、希望の光が射し込んだ。

これまでは存在しなかった、あたたかさと希望が。

チャンおばさんもそれを理解していると、ぼくは思っている。どうしてセーンおじさんが、あんな決断をしたのか。かつて愛した女性との自由な生活が、すぐそこに待っていたのに。

どうしておじさんは、チャンおばさんを、もうひとつの別の牢獄に入れてしまわなかったのか。さみしく凍える牢獄《ここ》のほうに。

今、チャンおばさんは、愛するひとを困難に追いやってしまったという罪の意識を持っているだろう。だけど、少なくとも彼女には、心を支えてくれるものがある。彼女の考え方を、まったく別人のように変えてしまったものが。

あの隣の家から、こちらの家の門扉《もんぴ》に視線を戻す。

ぼくは、この家の鍵をもらっていて、いつでも出入りができる。鉄の門扉はかなりきしむ。早いところ、油をささないといけないだろう。中に向けて押すと、キイッと音がした。それを聞いたこの家の老犬がドシドシと走ってきて、鼻で家のガラスドアを押し開ける。待ちわびていた様子。

ドアを引き開けた瞬間、クゥンクゥンという音が聞こえる。犬がぼくの足に絡みついて、大騒ぎしている。

「クンチャーイも味をしめちゃったんだよ。どこに行っても、いつもおやつを買ってくるから」

家の奥から、ぼやくような声が漂ってくる。中をのぞくと、声の主が見えた。彼は、仕事をするために一階に持ってきたノートパソコンに向き合って座っている。

どれだけの時間が経っていても、ナットの近況を耳にしたり、ナットの声を聞いたり、特にこんなにも近い距離でその姿を見たりすると、ぼくの心はいつも潤う。

今日の彼は、ふつうのクルーネックシャツと半ズボンを身に着けていて、分厚い眼鏡をかけている。それにヘアバンドをつけておでこをきれいに出していて、ぐちゃぐちゃと垂れ下がって、仕事の集中をそぐ長い前髪をまとめている。

家の奥の部分は、ナットとぼくの小さなホームオフィスとして使っている。ナットがこの家のあたたかな空気を想像力と混ぜ合わせて、物語を作る。

ぼくはそのすぐ近くの空気と想像力を混ぜ合わせて、画像を作る。

ぼくたちの仕事はうまくいっていた。

ただナットは、これまでほどのスピードでは仕事を進められていない。ほかに大事な責任を負っているからだ。

「ナット、帰ってきたの」

別の声が家の裏から聞こえる。ひらひらの服に包まれた太った身体が、手首でカシャカシャとぶつかるブレスレットの音とともに近づいてくる。

マタナーさんは毎日美しい。しかも今は、時の流れがほとんどすべての悪い記憶を押し流してしまっている。

彼女の時間は、かつて彼女がやり直したいと願い、しかしそうできなかった日々を行き来している。

病もときには奇跡を起こして、ぼくたちに新しいチャンスを与えてくれる。

「今日、またお父さんに怒られたのよ」

マタナーさんがぼくを抱きしめて、そのタイミングで耳元にささやく。それから、黙々と仕事をする本物の息子のほうにうなずきかける。

ぼくは笑う。

「母さん、なにをしたのさ」

彼女の心の安寧のために、ときにはぼくたちも話を合わせてあげないとならない。

「むしろわたしはなにもしてないの。だから怒ったのよ。ほら見て、すごい顔でにらんでる」

「父さん、あっち向いてなって」

ぼくは手でナットに合図を送る。向こうはつまらなそうな顔をしてから、首を横に振った。それからパソコンの画面をのぞき込んで、自分の物語に集中する。

「お父さんがね、ナットとターターンが付き合ってるのを気に食わないのはわかってるの」

彼女は真剣そうな声でささやいた。

ささやきかけてはいたが、本物の息子にははっきり聞こえているみたいだ。ナットの身体がピクッと硬くなって、キーボードに降り注がんとしていた手が止まる。

マタナーさんの訴えは続く。

「お父さんね、だれかにあとをつけさせてたみたいなの。そのひとが、あなたとターターンがあの古い映画館にいるのを見たって報告してきたみたいで。わたしも聞いてたの。たぶんね、いつかお父さんもこっそりあそこに行って、ナットを捕まえようとすると思うのよ。だから気をつけてね」

ナットもいろいろと理解できたようだ。落ち着かない様子で、少しずつ手を組み合わせていくのが見える。

どれだけの時間が経っても、ナットにとって、あの日のできごとは、ずっと鮮明なままなのだろう。

「母さん、それをずっと知ってたの？」

ぼくは恋人のほうを見たまま、彼女に聞く。

「し……知ってたの。だけど言う勇気がなくて。ナットもわかるでしょ。お父さん、機嫌が悪くなると本当に怖いし。もっと早く言うつもりだったの。でも――」

「母さん」

ぼくは視線を戻して、彼女と目を合わせる。そして、自分の手で彼女の手を包む。

「わかるよ」

マタナーさんはホッとため息をつく。

「ありがとう、ナット」

安心したようなほほ笑みが広がる。

「ナットにも怒られたらどうしようかと思ったわ。約束する。なんとかお父さんと話をつけて、ナットのことに首を突っ込むのをやめさせるから。もう許さないわよ」

「許さない？」

「お父さんがあんなふうにバカみたいなことを考えるのを、許さないのよ。ナットは、ただあの子と愛し合ってるだけでしょ！」

それで、ナットがこちらを見つめる。

マタナーさんはそれに気がつかない。彼女は納得いかない様子で、ぼくを見ている。

「どうして、ただひととひとが愛し合っているのを怒るのかしら、お父さんは」

「だけど、母さん……」

ぼくは声を伸ばして、答えを明かすみたいに話す。

「ぼくとターン先輩は男なんだよ」

彼女は首をかしげる。こちらを見つめるその目には、疑問がいっぱいだ。彼女は理解できていない。いろんなものが洗い流されて純粋になってしまった心では、理解できないんだ。

「変だと思うか、ナット」

ぼくは聞く。今ぼくたちは、あたたかくて、柔《やわ》らかいベッドの上に寝転んでいる。ぼくは両手を組んで頭を支えていて、ナットの頭が、ぼくの片方の胸に載っている。

「なにが変だって？」

相手の視線は追えない。だけどナットが、ガラスドアの外のぼんやりした光に目をやっているんだというのはわかる。夜がしかける奇術。美しく、だけど寂《さび》しげだ。

「ナットの母さんが本当に理解できてなかったことだよ。ひとりの男が別の男と愛し合ってるだけなのに、それをどうしてじゃましなきゃいけないんだって」

「わかる気がする」

つぶやくみたいにナットが答える。

ぼくはうなった。

「うん？」

それから相手のあごをゆっくりと持ち上げて、目を合わせる。

外からの光が、ナットのきれいな肌に注いでオレンジ色に染める。丸くて大きな目が、きらめいている。

「母さんは忘れていってる。今、あの忘却は、身の回りの社会のあり方についての理解とか、その論理とかまで、深く蝕んでる。それで母さんは忘れたんだ。本当は、ふたりの男が愛し合うのは、ふつうじゃないっていうことも」

「それとももしかして、ふたりの男が愛し合うのはふつうじゃないっていう理解を社会が生み出してること自体が、異常なのかも？」

ぼくの言葉を聞いていたほうの視線は、まるで問い返してくるみたいだ。

ぼくは彼にほほ笑む。こういう目を見るのが好きだ。考え込んでいて、賢くて、でも少しだけ、こちらに勝ちたいと思っているような目つき。

あまりにかわいらしくて、思わず相手の鼻先をつまんでしまった。

「だって考えてみなよ。今、ナットのお母さんの記憶は少しずつ洗い流されてる。残っているのは、はじめに自然がぼくたちに与えてくれるものだけだ。ということは、本当は、自然はだれのこともじゃましてなかった。ぼくたち人間が、あとからあんなおかしな考えを作り出して、それが基本の原則なんだって勝手に思い込んだ。ぼくたちにおかしな論理を埋め込んでるなにかを忘れられるってのも、ときにはすばらしいことになるのかもしれない」

「理解できた」

ナットはうなずいて、さっきと同じように、ぼくの胸にほっぺたを寄せる。

ぼくにはわかっている。〝理解〟というその言葉には、ぼくが言ったことよりも、深くて重いものがある。

ナットは、その理解と、長いあいだ抱えている傷を向かい合わせて、つなげようとしている。社会が作り出した、ぼくたちを囲む論理の壁が崩れれば、ナットにもその本質が見える。マタナーさんは、ナットを、無条件に愛していると。

かつて父を恐れ、服従した母。新しいチャンスが与えられただけで、彼女は服従をやめ、息子への愛を示すべくしっかりと立ち上がった。夫やどこのだれかもわからない人間が作り上げた新しい物語が押しつけてくる正しさではなく、彼女自身が正しいと思うことを主張するために。

待ち望んだ甲斐《かい》はあった。

マタナーさんの世話の大変さに見合う、見返りだろう。

「今ナットと一緒にいられて、ラッキーだよ」

「おれと一緒にいるひとは、みんなラッキーだから」

「ふん!」

ぼくはその皮肉っぽい言葉に思わず笑ってしまった。

「本気で言ってるんだよ。まるでだれかが、ここまでの道のりをぜんぶ整えてくれたみたいだ。今はもう、ほとんど、大変なこともないし」

あの病院で目覚めた日から、ぼくは急速に回復した。まるで、不調が身体のあらゆるところから突然消え去ったみたいに。

そのあとは、親戚やチャンおばさんが入れ代わり立ち代わり見舞いに来た。警察とTRDグループの人々も、事件を清算すべく訪れ続けた。

正直なところ、ぼくには心残りがあった。まだ、どんな権力にも屈服したくなかった。だけど、涙の痕に汚れたほほ笑みとともに見舞いに訪れた、愛するひとの顔を見たときに、すべてのこだわりが溶け消えていった。

人生の新しい目標がなんであるか即座に理解できたし、それ以外のものは、永遠に意味を失った。ナットがやってきてくれたのは、ぼくたちの可能性の扉をもう一度開いてくれるためだったのではないだろうか。ぼくはそうやって理解しようとしていた。

本当の旬が訪れて、咲き誇ろうとする可能性。手を伸ばせば摘《つ》み取ることもできそうな美しさ。

ぼくたちは手を伸ばして互いに握り合い、幾星霜《いくせいそう》もこちらに背を向けていた輝く世界に、歩み出していく。

ぼくたちの関係と、ぼくの身体の状態は似ていた。あっという間にもとに戻っていった。むしろ、もとよりも強く、明るいものになったような気さえする。

その年月は大した長さではなく、ぼくたちもちっとも変わってなかったみたいに。すべてが簡単に、苦労なくつながっていった。

ぼくたちはまだ同じ歌を聞いていたし、同じ映画を見ていたし、同じ本の話ができた。同じようなテーマの話で意気投合し、対立した。

ふたりのあいだをさえぎる薄い壁が唯一あるとすれば、ナットの前の恋人だ。

——タオフーという名の青年。

ふたりが一緒にいた期間は長くない。

だけど、その絆《きずな》は密接で、深く、簡単には薄れないものだというのは、ぼくにもわかる。

それはもしかすると、タオフーがかわいらしい性格の子で、気がつかえて、困難な時期にずっとナットのそばで応援していてくれたからなのかもしれない。

ぼくは、彼に嫉妬《しっと》するよりも、むしろ感謝している。

タオフーが死んでしまって、しかも自分が存在した痕跡《こんせき》すらほとんど残さなかったのが、うれしいのか、悲しいのか、ほかのなんの感情なのか、はっきり言葉にするのはぼくにも難しい。

認めないといけないだろう。こんなふうにすべてが整った状態でなかったら、ぼくはナットとまた一緒になることも、この家のもうひとりのメンバーとして過ごすこともできなかったかもしれない。一番いい時間を、逃していただろう。

だから、ナットの視線が、昔ぼくがあげた大きなクマのぬいぐるみにばかり向いているときがあっても、妬《ねた》む気にもならない。

おかしな話だ。あれは、ぼくたちふたりのあいだの記念になるはずだった。

だけどあのぬいぐるみもなぜかタオフーという名前だったせいで、それに――ナットもうまく説明できない直感のせいで――ナットは、あのぬいぐるみを、昔の男の最後の思い出だと思っている。

もう帰ってこない男の……。

最終章

タオフー。

おれの声が聞こえるか？

善人が死んだあと、その魂は空に昇るっていう話がある。どれくらい信憑性があるのかはわかんないけど、もし空の上がいい場所なんだったら、そこがおまえの居場所になってるはずだよな。わかんないんだよ。おれの声はおまえのところに届いてるのかな。それに、ほんとにおまえに届いてほしいのか、自分でもわからなくなってきてる。だって空の上がいいところなんだったら、おれの声はむしろおまえのじゃまになるんじゃないかって気もするし。

タオフー。おれのことは心配しなくていい。今のおれは、ひとりじゃない。もう、家の中の重荷を、ひとりで背負わなくてもよくなってる。

ターン先輩が一緒にいてくれるからだ。

先輩はいろんなことを助けてくれてる。もちろん、そのうちのひとつはベッドの上でのことだ。おまえはきっと笑うかもな。二言目にはすぐシモの話だって。そのとおり。おれみたいに盛《さか》りがちな人間は、セックスなしでは生きられないんだ。

むしろターン先輩に感謝したほうがいいぞ。おまえの負担を減らしてやったんだから。疲れなくて済むだろ。

怖がらなくていいからな。どう言ったら安心してもらえるかな。

おまえの恐れは、完全に無駄だから。だれかが、だれかの代わりになることなんてない。

おまえは、おまえで、ターン先輩は、ターン先輩だ。

だれかが残ってほかのだれかが消えたんだとしても、それぞれ、替えが利くわけじゃない。

おれにはわかってる。おまえはずっと、ターン先輩に勝てないことをつらく思ってた。

おれと一緒に金を稼ぐこともできない。先輩みたいに有名でもない。

だけど、そんなのなんの意味もないんだ。

だってそれがおまえだったら、それが一番なんだ。だからおれは、おまえを愛してた。

おまえほどかわいいやつはいないよ。

ほかのだれも、おれに、弱さを見せつつ、強くいることを許してくれなかった。

ターン先輩は、おれに、ありのままの世界を見る方法を教えてくれた。だけどおまえは、それよりもっと美しい世界の見方を教えてくれた。

おかげで、おまえがどこから来たのか、気になってしょうがない。

母さんが言ってたみたいに、ほんとにほかの星から来たのか？　じゃあおまえの星はどの銀河系にあるんだ？　きっとおれのいる宇宙からすげー離れてるんだろうな。きっと母船がおまえに光を注いで連れて帰っちゃったんだろう。きれいな星に帰ったんだな。

その場所の輝きらめく光が、ほかのたくさんの暗いひとたちにまで広がって、みんな、すぐに一緒に明るくなる。そう思うようにしてる。

おれはおまえを愛してる。おまえを知ったやつは、絶対にみんなおまえを好きになる。わかるか？　おまえはターン先輩に引け目を感じるんじゃなくて、自分を誇りに思うべきなんだよ。

おまえを失うのがすごく怖くて、やりきれない。おれをそんなふうにさせたんだから。

おまえにはわからないかもしれない。おれはよく、自分が呪われてるんだと感じてた。やってきたいいことが、最後にはぜんぶ消えてしまう。母さんの記憶だってそうだ。

おれは、おまえと一緒にいられる時間が短いんじゃないかって、不安だった。そいつも本当になりやがったよ。

タオフー、あの薬が腹の中に流れていくときは、痛かったか？

記者がいろいろ情報を集めて、ずいぶん分析してた。

おまえが……行ってしまうときに、どんなふうに感じてたか。あんまり痛くなかったことを願ってるよ。あっさりと、気楽な、単なる状態の変化みたいなものであってほしい。

おまえみたいな人間は、そうあるべきだ。

おれはすごくつらい。おまえがあんなことになったのも、たまたまここに来ちゃったからだ。おれのイカれた家に。

時間を戻せるなら、おまえと一生知り合わないで済む運命を選びたかった。おまえがもっといい人生を送れて、こんな終わりを迎えずに済んでほしかった。

おまえが抱いてくれたのも、おまえのキスも、耳元でささやく声も、思い出してる。

思い出してるけど……望んでるわけじゃない。いつか戻ってくるなんて思ってない。

おれの初のBLドラマは、大してうまくいかなかった。

知りたいか？　教えてやるよ。

おれは変わらず、頭がイカれてる。恋愛ものにわざわざ政治を突っ込んで、プロットは意味不明に複雑で、どんでん返しが何回もある。見てるほうはただカップルに萌えて、妄想したいだけだってのに。

視聴率もちっともよくなかった。賞にノミネートすらしてない。ただ一応、ツイッターでは話題になって、トレンド入りはした。

そのあとはまた映画の脚本を書いてる。自分がやりたくて、得意な、重いテーマだ。だけどそこに、柔《やわ》らかくてやさしい太陽の光と、穏やかな風みたいな雰囲気も入れ込んでる。

おまえのおかげだよ。おれの木は単なる木にはならない。おれの紙も、単なる紙にはなってない。タオフー。おまえの奇跡のおかげで、できるようになったんだ。

ありがとうな。一番暗い夜に、光射す星になってくれて。あのカタツムリの幸せを、あの蝶の幸せを、おれに教えてくれた。

それからあのめっちゃ変な虹の覚え方も、思い出させてくれた。

おれのことをおかしなやつだと思わないでくれて、ずっとおれの手を握ってくれて、ありがとう。

自分が抱きしめられないから、おれが寒いかもしれないなんてことは、気にしなくていい。

もちろん、今はターン先輩が抱いてくれる。だけどそういうことが言いたいんじゃない。

クマのぬいぐるみのこと、覚えてるか？　大騒ぎになって探してたやつ。家に帰ってきたんだよ。

不思議だよな。おまえがいなくなって、すぐ戻ってきたんだ。

おまえは、あの本物を見たことないよな。だけどおれは、あのぬいぐるみとおまえに、不思議なつながりを感じてる。こんなこと言ったら、おまえは笑うかもな。

あの黒いボタンでできた目を見るといつも、おまえがおれを見てるみたいに感じるんだ。

それにあのぬいぐるみを抱っこすると、おまえを抱っこしてるみたいに感じる。

そういうわけで、おまえを思い出したときは、おれはあのぬいぐるみを抱く。おまえにキスしたくなったら、おれはあのぬいぐるみにキスをする。

ターン先輩の頭がまともで、ぬいぐるみに嫉妬《しっと》するようなことがなくてよかったよ。

おまえは今でもずっと、おれの人生に贈られたプレゼントだよ。

おれの心のぜんぶに、記憶を刻んでくれたひとだ。いつかそこに刻まれたものを文字にして、おれたちの物語にしよう。そこにはあの歌も添えて。おまえの好きなあの歌だよ。

英語の歌から詩を作ってやったぞ……ちゃんと約束もしてやれなかった、約束のとおりに。


いつまでもおまえを愛してる　天球に星が動く限り

いつでもおまえと一緒だ　季節がうつろいをやめるまで
もちろん、おれたちの物語の最初の一行にぴったりなのは、この言葉しかない。
むかしむかし、あるところに……。
おれの心の片隅に
ナット

THE END

特別章　第二次世界大戦の戦勝国タイ

暗くて狭苦しい場所。線状のなにかに搦《から》め捕《と》られているような気がする。おかげで動けないし、目を開けることもできない。

ガラガラと重いものを運ぶような音は、この空間がさらに別の、もっと狭い空間に向けて移動されていることを示している。

その響きが、中にほんのりと聞こえてくる。離れたところでは、読経の声。あまりはっきりは聞こえない。少なくとも、なにかが燃えているみたいな、パチパチとはぜる音のほうが大きい。その燃える音が、すべての方向から迫ってくるみたいに広がっていく。

そして、熱が広がった。なにかを溶かして、ほかのものに変えてしまうくらいの熱さ。

最初の光が目を射す。それでようやく、自分は目を開けられるんだというのに気がついた。

その次、全身に絡みつく糸からなんとか抜け出そうとする。最初は張り詰めていたものが、まるでだれかがほどいてくれたみたいにゆるむ。でも実際に、ほどいてくれたひとがいたわけじゃない。

タオフーはまるで……まるで自分の身体が縮んだみたいに感じた。そのせいで、自分を捕らえていた糸が、しっかりと縛っておけなくなったみたいに感じた。

タオフーを〝詰めた〟ものが、少しずつ炎に呑《の》まれていく。自分が、下のほうで赤くちらつく灰の一部になってしまうんじゃないかと思うと、怖い。人間の皮膚は、火がつくとどうなるんだろう。タオフーが、この死の業火から逃れようと身体を引こうとしたとき、その視界に入った自分の腕が、前みたいに長くすべすべしたものじゃなくなっていることに気がついた。

小さく縮んで、クリーム色の毛が茂っている。腕の先にある手の指も、もう五本に分かれていない。クマさんの体と同じ布を縫いつけた、丸いおててがあるだけだ。

その瞬間〈目覚め〉の感覚が両の目にせり上がってくる。

タオフーは目を開けて、炎が燃やし溶かそうとしているのが、自分の体であることに気づく。人間の身体だったものが、クマのぬいぐるみの姿にすっかり戻っている！

頭を振って、考えをまとめる。なにが起こっているんだ？　覚えている最後の光景は、チャンさんの家。彼女に自分を殺させようと、計画を立てた。

チャンさんが自分を殺せば、警察が来て、彼女は牢獄に入れられる。そうすれば、ナットくんとその家族の人生の道のりから、危険人物はいなくなる。セーンおじさんのほうには、まったく悪意が見られない。ただもしおじさんが本当に悪いことをしたというのなら、目覚めたターターンさんが、すべてをきちんと片付けてくれるのを願うばかりだ。

そうだよ。タオフーはターターンさんを起こすために死を選んだ。ここで自分がまた目覚めてしまったら、ターターンさんはどうなるんだ？

途端にタオフーは、はぜる炎の熱が怖くなくなった。

怖いのは、ナットくんの面倒を見るひとがいなくなってしまうことだ。この狭い場所から抜け出す道を絶対に見つけなければと、タオフーは強く決意した。ここから逃げて、ナットくんとマタナーさんがまだ幸せに暮らしているのを、この目で見ないと。

クマさんは木の燃えカスを登って、一番火が少ないほうに移動した。すると、そこの壁が押し開けられそうになっていることに気づく。タオフーが力を入れて何度もぶつかって、ようやく壁が少し動いた。今の自分の体は、すっかりフワフワで、軽くなってしまっている。

炎がタオフーの体を呑み込む前に、ゴン！ という音がする。この壁の向こうでじゃまをしていたものが、動いて外れたんだろう。壁が開いて、広いすきまを作る。そのタイミングで、タオフーは体をそこにサッと押し込んだ。

大きいながら柔《やわ》らかい体のおかげで、縮んで抜け出すことができた。だがすきまを抜けた瞬間、向こうに床がないことに気がついた。タオフーは、もっと下にある床まで落ちた。

驚いて声を出しそうになったが、近くに男性がひとり立っていることに気づいた。どうやら、この火つけを担当している人間らしい。あちらこちらを向きながら、机の上のなにかに忙しそうにしている。

タオフーは急いで這《は》って壁の角をまわり、その向こうに身を隠した。すると、さっきの男性が立っている横に、見慣れただれかの写真を入れた額が置いてあるのに気づく。

そうだ、あれは自分だ！

人間の姿のタオフー！

ナットくんがインタキンの祠《ほこら》で撮ってくれた写真。

あわてて頭の中を整理してみて、なんとなくわかった気がする。

これはおそらく、チャンさんに殺された自分の葬式だ。ただ、式自体は終わっているみたいだ。死体を火葬炉に入れるのは、葬儀の最後のほうのプロセスだと、聞いたことがある。

どうりで、参列客もとてもまばらなはずだ。この……火葬台……の上に立っているひとも、だれもいない。

火葬を取りしきっている男性がこちらを振り向いて、自分をまた炉に押し込むんじゃないかと恐れて、タオフーは急いで火葬台の裏側にまわる。ここなら、完全にひとの目は届かない。

気づかれないようにこっそりと、しかし急いで台から下りた。

下に足がつくと、ブーゲンビリアの花むらに身を潜《ひそ》める。空が暗くなるまではここで待ったほうがいいだろう。それから、ナットくんの家に戻る方法を探さなくちゃ。


それから、かなりの時間を待った。空が赤らみ始めて、寺院の境内の人々がまばらになって、タオフーはようやく隠れ場所から出ていくことができた。

そして、境内のいろんな建物の陰に隠れながら動いていく。なによりまず、この寺院がバンコクのどのあたりにあるのか調べないといけない。

（うーん、前みたいにスマートフォンがあったらよかったのに）

状況はどんどん険しくなっていく。家に帰る道を探そうと首を伸ばしていろいろとのぞいていると、突然後ろでフー！　という声がした。

びっくりしたタオフーが振り返ると、この寺の、毛の短い犬が二匹、自分ににじり寄ってきている。ここぞとなにかをしているタオフーに気づいたんだろう。

（なんで犬運がこんなに悪いんだ！）

二匹のうちのどちらかに飛びかかられて、嚙みつかれる前に、タオフーは隠れ場所からピュッと走り出した。必死に走ったが、犬どもも走って追いかけてくる。しかもやつらが吠えて、たくさんの仲間たちがワーッと集まってきてしまった。

タオフーはかなり不利だ。足はすごく短いし、体はぽっちゃりだ。何度も、手やお尻に嚙みつかれそうになる。なんとか身をかわすことができて、よかった。

我を忘れて逃げているうちに、気がつくと、行き止まりにいた。

背中が、寺院の壁に触れる。昂《たかぶ》って燃えたぎる犬どもに取り囲まれてしまう。

やつらはもはや走ってこない。相手に逃げ道がないことに気づいているんだろう。それぞれが口を開けて、恐ろしい牙を剝《む》いている。一番前にいるやつが、じりじりと迫ってくる。

タオフーは交渉を試みる。

「お願い、なにもしないでくれないかな。ただ家に帰りたいだけなんだよ！」

だが聞き入れてもらえるわけがない。タオフーを取り囲む輪が狭くなっていく。その瞬間、別の声が響いた。

「いてっ！」

犬たちもタオフーも驚いてそちらを向く。まもなく、暗がりからこの寺院で働く男性が歩み出してきた。片手にはスリッパが握られている。

「おい、クソ犬ども。おまえらの喧嘩《けんか》のせいでスリッパが頭に飛んできたぞ！」

それだけで、すべての犬があわてた顔で散っていく。さっきの男性が犬の群れを追っていって、スリッパが地面に投げ捨てられる。

「大丈夫？」

その声を聞いて、タオフーも我に返る。自分が寺院の壁に背をつけている場所から、近くも遠くもないところで聞こえた。

聞いたことのある声だが、話すリズムには覚えがない。視線を向けると、黒いボタンの目が大きく開きそうになる。

「左のスリッパさん？」

「ク……クマさん！　タオフーなの！」

スリッパさんのほうもこちらに負けないくらいに驚きあわてている。再会することがあるなんて、思ってもみなかったんだろう。

「そうだよ、ぼくだよ！」

タオフーはうなずく。あふれる涙が透明なキラキラの塊《かたまり》になって、それが黒いボタンの瞳を覆い、視界がぼやけていく。

タオフーはゆっくりと、ずっと会えなかった旧友に近づいていく。

「左のスリッパさん……どうしてここに？」

「長い話になるのよ」

彼女が別の方向を向く。その視線が、タオフーを会話に誘う言葉になる。

「静かなところで話しましょう。またあの汚い犬たちにじゃまされちゃう」


左のスリッパさんがタオフーを連れていってくれた安全な場所、それは僧房の床下だった。もともとかなりぼやけていてよく見えない場所だし、陽が暗くなって風が吹き始める時間帯には、ますます仄暗《ほのぐら》くなる。

自分たちがここで動いているのを、だれかが見つけるのは難しいだろう。しかも今、寺院の僧侶たちは、夕方の勤行のために本堂へ行っている。

ここまで一緒に歩くあいだ、左のスリッパさんが語ってくれた。

数ヶ月前に警察署の前ではぐれたあと、野良犬にくわえられて運ばれた彼女は、その子どもの寝床に敷かれていた。彼女は怖かった。自分があまりに遠いところに連れてこられたとわかっていたから、タオフーが見つけてくれるかもしれないという希望も、だんだん消えていった。

家に帰ろうと思っても、道がわからない。それで最後は諦《あきら》めてしまった。もうナットくんの家に帰れる日は来ないんだと。

諦めがつくと、目の前にある新しいものが見えるようになった。それは、母犬が子どもたちに与える愛情とあたたかさだ。

不思議なものだが、左のスリッパさんはそこでまた幸せを感じたそうだ。

それまで思いもよらなかったが、自分にもまだ、なにかの役に立つことがあるんだと気がつけた。

子犬たちもだんだん成長していき、それぞれ自分の道を進んでいった。それで彼女も、自分も成長して、自分の人生の新しい道を探そうと考えた——少なくとも、ゴミ収集人に見つけられて、どこかのゴミ溜めで人生を終えることになる前に。

「外にいるのはほんとに大変だったよね。ごめんね、左のスリッパさん。ぼくも探そうとしてたんだ。だけど——」

「だれのせいでもないわ」

以前の弱さや怯《おび》えが消えた、別人みたいにほがらかなほほ笑み。

「たしかにすごく大変だった。でもおかげで、いろんなことを知ったの。特に自分自身のことね」

相手の目を見ていたタオフーはふと、ナットくんの家での日々を思い出す。左のスリッパさんはずっと、恋人の言うことに従ってきた。テレビのリモコンで、好きなチャンネルを選ぶ権利すら持っていなかった。彼女自身がその権利を求めなかったから、右のスリッパさんは、彼女も自分と同じ番組を見るのが好きなんだと思ってしまった。自分が選んだ道と同じ道を選んで、彼女も幸せなんだと。

「はっきり言ってね、今日まで生き延びられると思ってなかったの。だけど一日一日を生きてね、汚らしいところに捨てられたり、犬たちにかじられたりしないでいたら、自分が誇らしくなってきたの。今までになかった気持ちなのよね。もしかしたら、失ったものの代わりにこれを得られたのかもしれない」

「だけど左のスリッパさん、家のみんなに会いたくないの？　特に……右のスリッパさんは？」

聞かれたほうは、沈んで、その声も小さく、悲しげになる。

「会いたいわよ。だけど、今のわたしを見てよ」

彼女は両手を伸ばして体を動かし、タオフーがよく見えるようにしてくれた。

「わたしはもう、おうちにある、きれいで柔らかいスリッパじゃないのよ。あの家にはそぐわない。それに、もしあのひと片方だけになっちゃったら――」

恋人を呼ぶ声は、前と同じに美しく、やさしく響く。

「――家のひとは、捨てちゃってるんじゃないかな。帰ったところでなんの意味もないわよ」

「意味はあるよ！」

タオフーは焦《あせ》ったように言う。家のいろんなものたちが眠っていることを思い出したが、左のスリッパさんはまだ眠っていないのだ。

（これにはなにか意味があるはずだ！）

「右のスリッパさんをこっそりしまっておいたんだ。だから、どこにも消えてないよ。家のみんなが左のスリッパさんが帰ってくるのを待ってるよ。一緒に帰ろう！」

「タオフー……？」

左のスリッパさんは啞然《あぜん》とした様子でこちらを見る。

「だけど今……」

「ぼくを信じてよ。あとは左のスリッパさんが、帰りたいと思うかどうかだ。そしたらふたりで……」

言い終わる前に、左のスリッパさんが目を見開き、口をパクパクさせて合図を送ってくる。

「タオフー、シーッ！」

ひとが近づく気配を感じて、互いに急いで眠りに入る。

「こんなにちゃんとしたぬいぐるみなのに、なんでここに捨ててくんだよ」

その〝ひと〟が、タオフーを後ろからかかえ上げる。タオフーからだれなのかは見えない。ただ声だけは聞こえている……。

（どこかで聞いたことのある声。まるで……）

「おい！　このぬいぐるみ、ナットの持ってたやつにそっくりだぞ」

聞こえてきた別の声のせいで、タオフーは目玉が飛び出しそうになる。これは……。

（ケーンくんとソーンさんだ！）

「マジか」

タオフーを抱っこしていたソーンさんが、向きを変えて、顔を見合わせる。

「だけど同じやつじゃないんじゃない？　こんなところに捨ててあるわけないでしょ」

「知らねえけどさ」

頭を下げたケーンくんが、目を細めてこちらをじっくりと見る。おでこには深いしわが刻まれている。

「ナットのやつがさ、ぬいぐるみがなくなったって言ってたことがあったんだよ。おばさんがうっかり捨てちゃったのかも」

「そしたら持って――いてっ！」

大きな声で叫んだソーンさんが、ぬいぐるみを落とす。タオフーがこっそり手を伸ばして、相手の手を思い切りつねったので、驚いたんだろう。ソーンさんは、手の赤い跡《あと》を確認している。そのあいだにタオフーはグルグルと転がって、さっきの床下のもっと奥に入っていく。

「どうした？」

ケーンくんが、一緒に来たひとに聞く。

「わかんない」

ソーンさんが顔をしかめている。

「ぬいぐるみの中に、針だかなんだかが埋まってるみたい。それが手に当たって。赤くなっちゃったよ」

「どうりで。だから捨てたんだな」

ふたりは小さな声でぼやきながら去っていった。安全を確認した左のスリッパさんが、タオフーのところにズルズルと近づいてくる。

「クマさん、大丈夫？　どうしてあんなことしたの。まさにナットのところに連れて帰ってもらえそうだったのに」

「だけどケーンくんとソーンさんに任せたら、ぼくひとりしか帰れないでしょ」

「それはもういい――」

「よくないよ」

タオフーは強い声で反論した。

「約束しよう。もし家に帰るなら、ふたりで一緒に帰るんだ！」

左のスリッパさんがタオフーの目を見つめる。少しずつほほ笑みが広がっていき、その目に、感極まった涙がキラキラと光っている。


ケーンくんとソーンさんがここにいるということは、マタナーさんとナットくんもまだ寺を出ていないということだろう。それで、左のスリッパさんと一緒に、探しに出ることにした。

ほかの「物」たちに尋ねて歩いているうちに、四人が、本堂で夕方の勤行をしている住職を待っていて、あとで僧房で会う予定になっていることがわかった。

何日も続くタオフーの葬儀を執りおこなってくれた住職に、マタナーさんが感謝を伝えたいからということだった。

目的地の僧房でみんなが話しているうちに、タオフーと左のスリッパさんは、その床下に身を隠した。

遠くにいるナットくんの姿を見て、その声を聞いただけで、タオフーの心は、ホースで水をぶっかけられたみたいに、ずぶ濡れになってしまう。

もうどれくらい、ナットくんに会ってないんだろう。

チャンさんのグラスのあの飲み物を飲んだ日から今日まで、ナットくんのことをずっと想っていた。ナットくんのあたたかい腕の中に戻りたい。……クマのぬいぐるみとしてでもいいから。

だがタオフーは、その欲求を心の深いところに留《とど》めておいた。少なくとも、まだその時じゃない。

とはいえ、ナットくんを見ただけで、元気があふれ出してくる。

隣で躊躇《ちゅうちょ》している、左のスリッパさんとは正反対だ。

「うまくいくの？」

「やってみないとわからないよ」

タオフーが答える。左のスリッパさんがまだ自信なさげなのに気づいて、急いで重ねた。

「少なくとも、なにも失うものはない。そうでしょ？」

それを聞いた、左のスリッパさんも口を歪《ゆが》めてうなずいた。

ふたりはゆっくりと、僧房の床下部分に置かれていた、ナットくんとマタナーさんの靴を動かしていく――タオフーの計画どおりに。

まず自分が、ナットくんの靴の片方を少し離れたところに置く。そこからさらに少し離して、もう片方を。同じように、十分な距離をとって、マタナーさんの靴の片方を置く。その先にもう片方。そのつぎに左のスリッパさん。そして最後には、タオフー自身が、ナットくんの水色のセダン、助手席側のタイヤに寄りかかっているというわけだ。

「物」の声は人間には聞こえない。こっそりとささやいたり、夢に出ることもできない。だけど、ナットくんとマタナーさんはわかってくれるはずだ。

自分が伝えようとしている、奇跡を……。

ゆっくりと、その時が訪れる。

マタナーさんとナットくんがしばらく歩き回って、靴を探しているのが遠くから見える。背が高くて遠くが見えるソーンさんが先に首を伸ばして、離れた場所にある靴を指差している。

全員がゆっくりと歩いてくる。一歩ずつ、片方だけの靴へ。

タオフーの心がどんどんと高鳴る。左のスリッパさんの前でおばさんが止まったときには、心臓の動きも止まりそうだった。

ふつうに考えれば、古い片方だけのスリッパなんて、なんの価値もない。多くの記憶が洗い流された病人の目には、ますます価値なんてないかもしれない。

だけど、黄昏の薄明の中、タオフーは、おばさんの瞳がキラリと光るのを見た。訝《いぶか》しむような目。理解もできていない。だけど、なにか深いものを思い出す。

「これ……わたしのスリッパ……」

「母さんのスリッパが、なんでここに」

ナットくんにも理解できない。

ケーンくんは盛り上がっている。

「いや、わからないぞ。さっき言っただろ、あのぬいぐるみが――」

「あそこにあるぞ！」

ソーンさんの興奮した声が聞こえる。全員が、指差されたほうを見る。その指先が、タオフーを向いていた。

「なにがどうなってんだよ！」

ケーンくんが思わず毒づく。

答えはない。それに、答えを探す必要もない。

ナットくんがまっすぐタオフーのところに走ってきて、座り込み、すばやく抱き上げる。ソーンさんはなんとか「気をつけて――！」とだけ言えたが、ナットくんはもうタオフーをしっかりと抱きしめていた。

待ち焦《こ》がれていた瞬間だ。ナットくんの腕の中以上に、タオフーがいたい場所なんてない。ナットくんと同じくらいに、会いたいひとなんてだれもいない。

（ナットくん、元気？　幸せにやれてる？　ごめんね。もうナットくんから離れないよ。もうどこにも行ったりしないよ……）

ぼやけた夕闇にまぎれて、タオフーはゆっくりと腕を伸ばし、ナットくんを柔らかく抱きしめた。

それに気づいたナットくんはビクリとしたが、最後は今までみたいに、タオフーの腕に身を預ける。前よりももっと、しっかりと。

これこそが、答えだ。

どんな約束よりも、安心できる。

タオフーと左のスリッパさんは、家に帰れるんだ……。

【奇跡《パーティハーン》】〔名〕驚くべき奇妙なこと、または驚くべき奇妙さ
〔動〕普段はなし得ないことをする

すっかりきれいに洗ってもらったあと、ナットくんに抱かれたタオフーは、前と同じ、ベッドサイドの椅子の上に置かれた。

ナットくんは首を傾けて、帰ってきた愛するぬいぐるみに、満足そうな笑みを向けている。

ずっとそんな様子でいるから、寝室の「物」たちがみんな眠りから目覚めて、タオフーの帰還にニッコリ笑って、動き出しているのには気がつかない。

抱き枕さんすら笑っている。掛け布団おばさんがこっそりと手を上げて、目尻の涙をぬぐっているのも見えた。彼女の口が動いて、なにか言っているように見える。

〝やっと帰ってこられた。悪いこともぜんぶおしまいね――〟

タオフーの心があたたかくなって、満ち足りていく。

自分の愛するひとたちが自分を愛してくれていて、帰りを待っていてくれる。これ以上にいいことなんてない。

このあとは、きっとなにがどうなったのかという質問攻めにあうだろう。特に、どうやって人間の身体からぬいぐるみに戻ったのかということについては、みんな知りたいはずだ。

とはいえ、タオフーが思い違いをしていたところもあった。実際は、想像よりももっと長く話さないといけなくなったのだ。

家具たちは左のスリッパさんが帰ってきたことも知り、そちらにも同じように興味を持った。そのぶんも左のスリッパさんの代わりに話してあげないといけなくなったからだ。

聞き終わったチェアさんが、思わずぼやく。

「わ……わたしも外に出て、勇気を手に入れてきたいな」

だけど、ノートおじさんがすぐに反論する。

「わざわざがんばって外に出なくてもいいだろ。家の中で東北《イーサーン》の言葉を使う勇気を持ちなよ」

彼女は恥ずかしそうにほほ笑んで、これからはもう気後れしないと約束した。デスクさんもガハハと笑う。

「そんだけの話だ！」

それから数ヶ月後、いいニュースが訪れた。

ある日の午後、家の前にタクシーが停まる。寝室の家具たちは興味津々《きょうみしんしん》で、窓に近寄った。後部座席のドアを開けて降りてきたひとを見て、みんなが目を丸くする。

細身で背が高く、鋭い顔つき。人間のときのタオフーほど甘くもないが、なんとなく目が離せない。それに、一度見たら、簡単には忘れられない顔だ。

掛け布団おばさんがドギマギとしながら声を発した。

「あ……あれは……？」

「そうだよ」

自分も鳥肌が立つような気分になりながら、タオフーがうなずく。

「ターターンさんだよ！」

いつかはここに現れるはずだとわかってはいたが、実際に目の前でそれが起こると、やはり興奮する。

最近――ターターンさんが病院で目を覚ましてから――ナットくんはまた彼と連絡をとっていたらしい。

ナットくんは最初、かなり躊躇していたようだ。自分の恋人が命を落としたばかりで、しかもそれが、ターターンさんが襲われたのと関係する事件だった。

タオフーはとにかくナットくんの心の傷が早く治るよう祈っていた。ナットくんがそれを早く乗り越えれば乗り越えるほど、同じだけ早く幸せになれるからだ。

そしてナットくんの幸せこそ、自分の最高の望みなんだ――もちろん、人間のタオフーへの未練や、愛情や、罪悪感に浸《ひた》っているナットくんを見るよりも、ずっと。

そんなことは、ナットくんの悲嘆以外には、なにも生み出してくれない。

ターターンさんがそれを理解していて、ナットくんの心に入り込むすべを見つけてくれたのは幸運だった。

ナットくんの携帯電話さんによると、ターターンさんは自分が襲われた事件を利用したらしい。

それがタオフーの死にもつながっていることから、運命をともにした人間として、ナットくんに歩み寄っていった。

そしてふたりは互いを理解し、思いやるようになった。

でも同時にターターンさんは十分に紳士的で、ものごとを強引に進めることもなく、無理やりに風を送って、昔の火を燃え上がらせようとすることもなかった。

ナットくんが少しずつ心を開いてくれるのを待ったのだ。

そのころには、ナットくんの心も、丁寧に耕された、古い庭みたいになった。新しい花々や木々が植えられて、咲き誇り、馥郁《ふくいく》たる香りを放つことができるようになっていた。

タオフーはその庭に、だんだんと生えてくる美しい花弁《かべん》を眺めていた。だけどまだ、完全じゃなかった。どうしてそんなことがわかったかといえば、ナットくんがタオフーを抱きしめてくれるたびに、心臓の鼓動と、戸惑《とまど》いを示す体臭を感じたからだ。

ナットくんはどうかしちゃったのか、それともなにか不安なことがあるのか、聞きたかった。

わかっている限りでは、ナットくんの仕事は喜ばしい評価を受けている。セーンおじさんの事件も解決が近づいている。おばさんの病状は悪くなってこそいるが、ほかの同じ病気のひとたちの大部分と比べれば、まだ対応しやすいと言える範疇《はんちゅう》だ。

このときになって初めて、タオフーは後悔を覚えた。もし自分がまだ人間だったら、ぜんぶもっと簡単なのに。

とそこまで考えて、同時にターターンさんを責めたくもなった。

ターターンさんのために、機会を譲ったんじゃなかったのか。なのにどうして、彼はそれを逃してるんだ。タオフーが望んでいるみたいに、ナットくんの心を癒やしてあげないんだ――。

だが、あることに思い当たった。タオフーのボタンの目が大きく開かれて、理解が進むに従って、心臓の鼓動が速く、強くなる。

その夜遅く、ナットくんが深い眠りについたのを確認してから、クマさんは椅子から少しずつベッドに登った。そしてナットくんの顔にすり寄って、小さな声でささやく。

「ナットくん、タオフーだよ」

薄闇の中で、ナットくんの眉頭の筋肉がピクリとわずかに動き、無意識には声が聞こえているはずだと、確信が持てる。

一瞬の夢うつつの中、ナットくんにはきっと、自分に会いに来た人間の姿のタオフーが見えているだろう。

「ナットくん、心配しなくていいよ。悪いと思わなくても大丈夫。ぼくはわかってるから。ターターンさんがここに住んだり、このベッドで眠ったりするの、ぼくはうれしいよ。ナットくんが幸せなだけで、ぼくも一緒に幸せなんだから」

その言葉から何日も経たないうちに、タータンさんがこの家に現れた。抱き枕さんがふざけて冷やかしの指笛を吹くようなできごとも、また起こるようになった。

ナットくんのベッドは、寂しいものじゃなくなった。寝室も。

そして最後には、この家全体も。

最新のいいニュースもある。タータンさんが引っ越してきたことで、家の中の「物」たちにまた命が吹き込まれて、目覚めるようになったみたいだ。

最近では、ソファーさんと右のスリッパさんが侃々諤々《かんかんがくがく》とやり合う声が、二階まで聞こえてきている。マタナーさんの携帯電話さんの単調な声が、それを仲裁しようとするのも。それに、階段下収納から響く、掃除機さんの声も。

かつての持ち主の記憶が少しずつ薄れていっても、新たな持ち主の与える愛情や、つながりや、記憶が、代わりに「物」たちに生命を注ぐ。だからみんな、どれだけの年月が経っても、死ぬことはない。

ときに、歪められたり消えてしまったりする記憶があったとしても。

あるいは、最初の持ち主が存在しなくなったとしても。

月の光が金色になる夜。こっそりと目を開けてみたらどうだろう。

もしかすると、ゆっくりと動く毛布が身体をしっかり包んであたためてくれていたり、枕がこちらにもっと近づこうと、体を預けてきたりしているのが、見えるかもしれない。

ナットくんの腕の中にぴったりと入り込んで、小さな声でささやく、タオフーみたいに。

「おやすみね。ナットくんが、どんな奇跡にも頼らずに、現実の世界で幸せになれますように」

特別章終わり

著者／Prapt（プラープ）
1986年バンコク生まれ。本名チャイラット・ピピットパッタナープラープ。タマサート大学商学・会計学部業務管理専攻を卒業。最初のサスペンス小説『狂騒の混沌』（2014年）が国内の多くの文学賞を受賞し、「タイのダン・ブラウン」とも称される。またサスペンス以外にも、さまざまなジャンルの小説を執筆する。メディアの注目度も高く、『狂騒の混沌』やラブ・コメディ『この運命は衰えない My Precious Bad Luck』は、ドラマ化もされている。本作『The Miracle of Teddy Bear』は、プラープにとって初めてのBL小説となる。

訳者／福冨 渉（ふくとみ・しょう）
1986年東京都生まれ。タイ語翻訳・通訳者、タイ文学研究。青山学院大学地球社会共生学部、神田外語大学外国語学部で非常勤講師。著書に『タイ現代文学覚書』（風響社）、訳書にプラープダー・ユン『新しい目の旅立ち』（ゲンロン）、ウティット・ヘーマムーン『プラータナー』（河出書房新社）、『絶縁』（共訳、小学館）など。

本書は、2023年7月11日にU-NEXTより刊行された電子書籍を紙の書籍としたものです。

The Miracle of Teddy Bear 下
2023年8月1日 初版第1刷発行

著　者　Prapt

訳　者　福冨 渉

発行者　マイケル・ステイリー

発行所　株式会社Ｕ－ＮＥＸＴ
〒141-0021
東京都品川区上大崎3-1-1
目黒セントラルスクエア

電　話　03-6741-4422（編集部）
048-487-9878（受注専用）

印刷所　シナノ印刷株式会社

Printed in Japan ISBN 978-4-910207-44-5 C0097

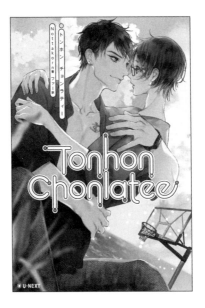